图书 影视

# 暗被
やみはら

[日] 辻村深月 著
李雨萍 译

台海出版社

北京市版权局著作合同登记号：图字 01-2023-3810
YAMIHARA
©Mizuki Tsujimura 2021
First published in Japan in 2021 by KADOKAWA CORPORATION, Tokyo. Simplified Chinese translation rights arranged with KADOKAWA CORPORATION, Tokyo through Pace Agency Ltd.

图书在版编目（CIP）数据

暗袚 /（日）辻村深月著；李雨萍译 . -- 北京：台海出版社 , 2023.9
ISBN 978-7-5168-3598-2

Ⅰ. ①暗… Ⅱ. ①辻… ②李… Ⅲ. ①推理小说－日本－现代 Ⅳ. ① I313.45

中国国家版本馆 CIP 数据核字 (2023) 第 123160 号

# 暗袚

| 著　　者：[日]辻村深月 | 译　　者：李雨萍 |
|---|---|
| 出 版 人：蔡　旭 | 责任编辑：俞滟荣 |

出版发行：台海出版社
地　　址：北京市东城区景山东街 20 号　　邮政编码：100009
电　　话：010-64041652（发行，邮购）
传　　真：010-84045799（总编室）
网　　址：www.taimeng.org.cn/thcbs/default.htm
E － mail：thcbs@126.com

经　　销：全国各地新华书店
印　　刷：天津鑫旭阳印刷有限公司
本书如有破损、缺页、装订错误，请与本社联系调换

| 开　　本：880 毫米 × 1230 毫米 | 1/32 |
|---|---|
| 字　　数：252 千字 | 印　　张：10.25 |
| 版　　次：2023 年 9 月第 1 版 | 印　　次：2023 年 9 月第 1 次印刷 |
| 书　　号：ISBN 978-7-5168-3598-2 | |

定　　价：45.00 元

版权所有 翻印必究

# CONTENTS
# 目录

第一章　　转学生 ································ / 001

第二章　　邻居 ·································· / 073

第三章　　同事 ·································· / 171

第四章　　组长 ·································· / 215

最终章　　家人 ·································· / 243

　　　　　尾声 ·································· / 315

【黑暗骚扰】

由于精神或心灵处于黑暗状态而产生的，将自己的感受强加于对方、使对方感到不舒服的言行。无论本人是否别有用心，只要使对方感到不舒服、伤自尊或受威胁的行为，即为黑暗骚扰。

第一章

转学生

# 暗被

给大家介绍一位转学生——

她闻声抬头，立刻撞上了对方的视线。

这种毫无心理准备的对视，令她的心猛地一跳。

班主任南野身边站着个穿立领制服的男生，只见他四肢修长，瘦骨伶仃。他的长相虽谈不上多端正，但他鼻梁挺拔，因此倒也谈不上多丑陋。他的眼皮有些肿胀，倦容满面，目光也有些局促不安。不过他毕竟是转学生，今天又是第一次来教室，有这样的表现，或许也是人之常情。

他个子很高，往体形矮胖的南野老师旁边一站，像是与南野一起讲漫才①的年轻搭档。她有些在意他那头乱蓬蓬的头发，今天可是来新学校的第一天，或许他就是那种不修边幅的性格。

估计是制服还没有做好吧，他身上的立领制服在这里倒是挺新鲜的。这所学校的制服不分性别，都是卡其色的西装，男生佩戴领带，女生佩戴领结。

为了化解不小心对视的尴尬，澪努力自然地别开了视线。南野老师回头看向转学生。

"说几句吧，白石。"

---

① 日本的一种喜剧形式，类似中国的对口相声。一个人负责吐槽，一个人负责装傻。——译者注（如无特殊说明，后文皆为译者注）

## 第一章 转学生

"哦。"

他在老师的催促下,跟大家打了招呼。他的声音细若蚊蚋,听起来不甚真切。

"我爸工作调动,我也跟着转学过来了。今后请多关照。"

"名字。"

"什么?"

"名字呢?打算瞒着大家啊?"

听见老师玩笑般的催促,转学生发出短促的一声"啊",然后便再次用嘶哑含混的嗓音补充道:"SHIRAYISHI KANAME[①]。"干巴巴的一个名字,连个表示礼貌的词尾[②]都没加。

旁边的南野在黑板上写下"白石要"。

"这位同学好像有点儿迷糊。不过,大家还是要关照一下他哦。"

老师爽朗地调侃了一句,试图缓和气氛,但是谁也没有笑。

耳边是他们的一问一答,这时,她的心里突然发出一声——咦?

他的眼睛又在看湊了。他是因为刚刚不小心对视了,所以又不由自主地看向她了吗?还是说,这只是她的错觉,他其实在看她身后的什么东西?

"你就坐第二列后面那排吧。"

教室后排不知何时搬来了一套新的桌椅。转学生回答:"好的。"就连这个时候,他的目光也完全没有投向老师示意的座位,而是停留在她的方向。

转学生白石拎着自己的书包朝座位走去。直到这时,他的目光才

---

[①] 白石要的罗马音。
[②] 日语中的"です・ます体"为敬体,名词句尾加"です"更加礼貌。

终于从澪的身上移开。

尽管澪觉得有可能是错觉,但是,不止她一个人察觉到了转学生的目光。

那天,在平时的小团体中,澪刚打开便当盒,她的好朋友泽田花果就压低声音招呼着"哎哎哎",然后一脸八卦地将额头凑到澪面前。说话时,花果长长的发梢轻柔地垂落到澪的脸侧。

"那个看起来有点阴森的转学生,刚刚一直在盯着你吧?"

"咦,有吗?真的假的?"

这是三个好朋友的午休时间,三人经常一起在教室的窗边吃便当。澪背靠窗户,其他二人面朝窗户,形成一个彼此都能面对面的三角形。

听到花果饶有兴致的话,另一位好友今井沙穗立刻就要回头,往转学生的座位张望。花果忙制止她:"喂,别看呀!"

"你一看不就暴露我们了吗?别回头。"

"好吧。可是听你这么说,他该不会是对澪有意思吧?"

"……只是巧合吧。"

澪听着二人的话,苦笑着反驳了一句:"他只是稍微看了我一眼而已。我们一句话都没有说过,要是他对我有意思,那也太莫名其妙了。"

"那可不一定呀!"

花果和沙穗异口同声地说,二人夸张地在她面前摆了摆手。

"还有一见钟情的可能性呀!不过,你们不觉得很扯吗?如果是在漫画或者电影里,一见钟情倒是一个心动元素啦。可是,被一个连话都没有说过的人喜欢上,在现实中很倒胃口吧?该说他是跟踪狂吗……"

"喂,别这么说。"

## 第一章　转学生

认识了这么久，澪非常清楚沙穗不仅是个恋爱脑，还爱瞎起哄。可是，拿一个刚认识的人打趣，她感觉有些不妥。看到澪蹙起眉头，花果终于道歉："抱歉，抱歉啦。"

"不过，白石同学肯定很聪明。咱们的转校考试相当难嘛。去年转学过来的学长就是学霸，突然间就考了年级第一。"

澪她们念的三峯学园是一所私立高中，这所学校在千叶县历史悠久，是所谓的升学名校。不知道是不是私立学校的缘故，这里很少有转学生，不过也会有某一届罕见地接收转学生。另外，据说转学考试确实比入学考试还难。

"既然要收转学生，学校当然希望选择那些能在高考中考出好成绩的学生吧？所以，白石同学应该也挺聪明的。"

毕竟是私立名校，三峯学园在这方面非常严格。学校会在校舍的墙上，像大型补习班那样张贴去年的大学录取人数。

"应该是吧。不过人家刚转学过来，还是先不要假定他是什么样的人吧，多可怜呀。比如说他可能很聪明啦，刚刚还说他阴森啥的。"

"有吗？可是……"

沙穗将中长发别到耳后，好像还有话想说。就在这时，旁边忽然传来一声"原野"。南野老师也不知道是什么时候过来的，站得特别近。花果和沙穗连忙尴尬地闭上了嘴巴。"老师。"澪无比镇定地答应了一声。南野老师说："不好意思，白石的事想要麻烦你一下。你方便的话，放学后能不能找几个人带他在学校里转转？原本想着宫井要是在的话，就麻烦他了，但是他今天请假了。"

宫井是担任副班长的男生。听到南野老师的话，花果和沙穗有所示意地互相递了个眼色，澪注意到了，但是佯装不知。

"好的。"

"太好了。学校的社团活动和节庆活动之类的,我大体跟他说过了,你带着他转转就行。"

"好的。"

班主任一走,花果和沙穗就哧哧地笑了,小声揶揄澪:"不愧是班长呀。"沙穗也打趣地说:"对他太好的话,小心他会更爱你哦。"

"别说傻话啦!赶紧吃饭吧,否则要没时间午休和上厕所了。"

她有些无语地笑着提醒道。花果笑吟吟地说:"澪真的是优等生呀。"沙穗也说:"澪是万人迷嘛。"二人都是说着玩儿的,澪并不往心里去。她漫不经心地转向前方,大脑突然有一瞬间的空白——咦?

白石要正在看这里。

身穿与众不同的制服的男生,看起来与周围格格不入。眼看又要与他对视了,澪慌忙垂下眼帘,装作没有注意到他的视线。

"唉,下午的课好无聊啊,好想回家。"

"啊!明明告诉我妈不要往便当里放圣女果的!"

已经转移到别的话题的二人,既没有注意到白石的视线,也没有注意到澪的表情。澪也佯装平静,努力不让她们察觉到自己的僵硬,看向母亲做的便当。

澪感觉他还在看这里,只要一抬眼就能跟他对视。一想到这里,她就实在抬不起头。在她眼角的余光里,那个身穿藏蓝色立领制服的身影,从刚刚开始就一动不动了。

心跳声越来越大了。与其说是害怕,不如说是尴尬。她们刚刚的对话或许被转学生听到了。南野老师也真是的,为什么偏偏选了白石也在教室的时候找她帮忙呀?

然后,她的心头突然萌生出一个疑问。

今天是他转学的第一天。班里的男生虽然偶尔会调皮捣蛋,但他们基本上是本分、好脾气的类型,难道没有一个人邀请第一天转学的白石加入他们吗?他们让他一个人吃便当吗?

身穿立领制服的男生形单影只,似乎跟任何人都没有交集,在澪的视野中岿然不动。

后来她才知道,午休时为什么只有白石要一个人。

放学前,她问了问关系好的男生,果不其然,班里几个男生曾经跑去问他:"要不要一起吃饭?"

白石的回答是这样的。"嗯?"他像是听不懂一样歪了下头,然后又看了看同学们带的便当盒,或者从便利店买的夹心面包,然后缓缓地吐出一口气,"啊啊——"他回答,"我没带。"

难道他打算今天只上半天课吗?还是说他之前的学校会提供午餐?中学之前姑且不谈,这一带倒是没怎么听说哪家高中会提供午餐,不过说不定别的地区有这样的高中吧。几个男生好奇地跟他打听起来,可是无论是谁的问题,白石要都只是淡淡地回答"不是的",神色有一些不耐烦。

看到他的态度,哪怕是那几个好脾气的男生也有些受挫。他们放弃对白石的邀请,跟他说了一下哪里可以买到面包,白石却只是爱搭不理地点了点头,也没有要去买的意思。后来,他就一直一个人待在自己的座位上。

听说了这些事后,此时此刻走在白石身边,澪的心里一点主意都没有。她答应了南野,放学后找人带他在学校里转转,可是去问了几个男生,她都惨遭拒绝。或许是因为午休时话不投机吧,连花果和沙穗都没陪她。一个说今天的社团活动有重要会议,一个说已经提前和男朋友约好了。"抱歉啦,澪。""加油哦。"她们道歉的时候,嘴角也挂着揶揄的笑意。所以，澪尽管有些无法释怀，现在也只能独自带着沉默寡言的转学生参观学校。

没错，白石要比她想象中更沉默寡言。

"白石同学，我带你在学校里转转吧？南野老师已经跟你说过了吧？"

放学后，澪走到他的座位旁跟他打招呼，从那个时候起她就发现了。当时他轻轻地抬起头瞥了澪一眼，沉默地点了点头，一声也没吭。虽然有些扫兴，澪还是向他介绍了自己的名字和班长的身份。跟刚才一样，他仍然只是浅浅地点了点头，动作小到澪连他是不是真的点了头都无法确定。

澪感觉他今天两次看她，好像都是她的错觉。面对面的时候，他甚至没有用正眼看过澪。或许他是个特别社恐的人吧。

"三楼呢，是音乐教室、美术教室等专用教室的集中地。所以如果需要换教室，也基本上是去三楼。"

她边走边介绍，转学生的表情却几乎没有变化。他最开始起码还会点点头，现在连有没有点头都不得而知了。

"你肚子不饿吗？"

希望他起码给点反应，她笑着问道。虽然只有很小的幅度，但是她感觉白石的脸好像往她这边转过来了一点。

"我听男生们说了。你忘记带便当了吧？看到你什么都没吃，大家都很担心哦。"

后半句是她编的。其实男生们有的表示无语，有的说他"恐怖"。澪偷偷地观察白石的表情，看到他略微点了点头。

总算是看到正常的反应了，澪继续问他："你在之前的学校会带便当吗？"谁知这一次他又没了反应，转过脸一言不发。澪好像是在对着空气说话。

澪的脸颊腾地烧了起来。

要是被别人看到的话,他们应该会觉得刚刚的自己是被无视了吧?她感觉很丢脸,可是,她还是勉强整理好情绪,继续往前走:"接下来就是音乐教室啦,在最前面。"白石默默地跟在她身后。

他明明在澪身后跟着,却一点儿反应都没有,这令她渐渐产生了一种被愚弄的感觉。

各个教室的社团活动似乎都已经开始了。

从音乐教室里传来铜管乐队分声部练习的声音。澪是田径部的成员,今天她让部员帮忙带话,说会晚一点到。不过她还是有些担心地想,希望前辈们不要以为自己是在偷懒。

经常有人说,澪是优等生。

她自己也觉得或许如此。可是,她绝对没有把这句话当成褒奖。

她从小就很会照顾人。大概是因为有个弟弟,这或多或少地影响了她的性格吧。从小学低年级的时候开始,她就经常被老师或者大人夸"稳重"。在班级、小组或社团活动中,她总是会关注到那些融不进集体的孩子,主动跟对方攀谈。有人因为感冒请长假,重返校园,感到无所适从的时候,哪怕她跟对方不熟,也会主动走过去提出邀请:"早呀!要不要一起玩?"

于是,老师和大人们开始说:"不愧是小澪。"

被表扬会很开心,可是,她并不是为了得到表扬才做这些事的。

她并不是在装好人,只是觉得有些事是天经地义的。其实"装好人"这种坏话,她从小到大不知道听过多少遍,被关系不好的同学说过,也被同一个团体的同学说过。花果口中的"真是优等生呀"也绝对不是佩服,有时听起来还有另一层意思:"你可真行。"

可她就是会在意，做不到对有困难的人不闻不问，总是不知不觉间就向他们伸出援手。一个人应该会很寂寞吧？哪怕本人不觉得寂寞，想到周围的人觉得自己没朋友，心里应该也会五味杂陈吧？

学校是一个很奇怪的地方。小学、中学、高中，无论进入哪个阶段，归属于哪个班级，教室里都会划分出鲜明的阶层。第一次听说"校园种姓"这个词时，她醍醐灌顶，心想，好像确实是这样。班级里有上等组和下等组。她并不喜欢"上下"的说法，也不认为仅仅因为兴趣不同，某一方就比另一方优越。可她就是能看出来，一个人是积极的类型还是内敛的类型，是惹眼的类型还是朴素的类型，是闹腾的类型还是老实的类型。

被称为"上等"的团体确实有更积极、惹眼、闹腾的倾向，所以有更大的话语权。可是反过来想，那是因为他们粗线条。她想不通为什么粗线条的人可以宣称自己比性格胆小的人"高等"。

中学时代，她和一个朴素型的同学聊天时，对方曾说："小澪明明是那边的人，没想到这么平易近人。"

她没有立刻明白对方的意思，见她茫然，对方又说："偶尔也会有呢。无关团体，无关上下，保持中立，和哪边都聊得来的人。"

听到对方平静地把自己归类于"下"，她感到非常心痛，可是又忍不住想，或许确实如此。"上等"团体的成员会满不在乎地跟"下等"团体的成员说话，"下等"团体的成员却几乎不会跟"上等"团体的成员说话。他们在避嫌。

她莫名接受了对方给自己的"中立者"的定位。实际上，她会交的朋友也大多是这类人，比如现在跟她要好的花果和沙穗。奇怪的是，即使是有着严厉校规的升学名校，也会有热衷美妆和打扮的学生，还有爱玩儿的不良少年，这些"上等生"经常和外校的学生联谊。花果和沙穗都在运动部,沙穗还有男友。在真正朴素型的同学看来,或许她们或多或少都有些惹眼吧。可是二人都很善良,虽然喜欢胡闹,但她们不是粗线条的人。

她们是会照顾别人心情的人。

而且连澪自己都觉得,和身边的人比起来,自己格外爱操心。就像刚刚对白石那样,她总是会随时随地、无差别地照顾别人。

虽然被称为优等生,但她其实明白。

我很懦弱。

从很早以前开始,班干部和班长就常常在班级里担任领导者的角色。连她自己都觉得她并没有什么掌控欲,也并不是渴望权力、享受关注的性格,可是又常常莫名其妙地在责任感的驱使下参加竞选。

现在的二年级三班便是如此。虽然没有竞选,但是有人推选她,她就做了。理由是她一年级的时候就在做班长。

所以,带转学生参观学校,自然而然也是班长的任务。

她并不是每一次付出关心都能够得到回报,对方没有发现自己的关心、毫无回应的情况反而更多。

和白石走在校舍三楼长长的走廊上,澪在心里叹了口气。要是有人正好看到他们,不知道会做何感想。如果遇到认识的人,她就坦然地告诉对方,自己在带转学生逛学校好了。她盯着自己的脚尖,对白石说:"音乐教室平时放学后都是铜管乐队在用。白石同学在之前的学校有参加过什么社团活动吗?"

估计他仍然不会回答自己吧——做好心理准备问出来之后,白石果然还是不说话。澪自暴自弃地继续问他:"你个子挺高的,有参加什么运动吗?你看起来运动神经很发达呢。"

其实她完全不这么觉得,只是为了奉承对方才会言不由衷。这是她的老毛病。这次估计也不会有什么反应吧,澪这样想着。这时,她却突然听到一个声音:"原野同学。"

她吓了一跳,一时之间没意识到,这是走在自己身侧的白石的声音。这几乎是她第一次听见他出声。她抬起头,这次近距离地与他四目相对了。

怎么啦?她想要这样反问,并打算露出笑脸。

可是,她的笑容却在他接下来的那句话中僵住了。白石问:"我今天可以去你家吗?"

他的脸在笑,嘴角缓缓向两边咧开,隐约露出几颗杂乱的、锯齿般的尖利牙齿。那是一张穷凶极恶的笑脸。

直到她逃进活动室里,才终于喘出一口气。

她想不起来是怎么和转学生分开的了。

喉咙里发不出声音。是她听错了吗?他是在跟她开玩笑吗?她看向他,准备这样笑着糊弄过去,但是她又突然意识到,对方和自己并不是能相互开这种玩笑的关系,于是,她笑不出来了。

"咦?"她喃喃了一声,等着对方说些什么,想要确认刚刚是自己听错了。

可是转学生什么也没说,只是皮笑肉不笑地盯着她。然后,有个念头浮现在了她的脑海中——必须逃跑。

这个人,很危险。

即使如此,她好像还是回了对方两三句话。她不是出于客气,而是出于一种类似本能的感觉。如果直截了当地拒绝他,估计会很危险吧。抱歉,我得走了。她应该说了类似这样的话。

心脏一直在狂跳。来到安全的地方后,她清楚地意识到自己刚刚有多慌,然后又慢一拍地意识到自己刚刚有多害怕。

有股感情涌上心头——好没出息。

耳畔响起午休时花果和沙穗的声音："澪是万人迷嘛。"

跟踪狂、阴森、一见钟情。对他太好的话，小心他会更爱你哦……

她很后悔，以前也不是没有发生过这种事。经常有完全不是她喜欢的类型的男生——要么在班里遭到排挤、要么没有女生缘——因为她习惯性的关心和问候，对她产生好感。

所以，她明白为什么沙穗会说"澪是万人迷嘛"。但是，这句话绝对不是在夸她，而是嘲讽。对于向那种男生释放善意的澪感到无语。

更加令她觉得自己没出息的是，哪怕一直认为"万人迷"不是夸奖，她也不会为此不开心。遇到这种事之后，她总是会后悔——都怪我太没记性了，才又搞成这种局面。

白石要并不正常。能冒昧地说出那种话，肯定是个怪胎。

可是，是她自己给了这种怪胎乘虚而入的机会。

带他逛学校这种事，只要推到其他时间不就好了？明明可以把这一切交给担任副班长的男生。自己是不是有一瞬间这么想过——要对融不进集体的转学生好一点，希望他能够觉察出自己的"友善"。

倒也不至于希望他对自己产生好感，澪从来没有这么想过。可是她总是这样，总是会造成这种局面。

"咦？原野？"

听到声音，她的后背一绷。

在还以为只有自己的活动室的角落里，突然有个人影站了起来。田径部有独立的男女更衣室，这里则是用来开会的公共活动室。澪还以为这个时间，大家都在操场呢。看到站起来的那个人的脸后，澪松了口气："神原学长——"

"啊——睡了个好觉。不好意思，昨天没怎么睡。我跟部长他们说好了，去练习之前让我睡五分钟。他们这是扔下我走掉了吗？"

他声音懒散地说着，大幅度地活动了一下双臂，伸了个懒腰。

神原一太是比她高一级的田径部学长，项目跟澪一样，是跳远。因为他们经常一起练习，所以社团内关系也很好。他卷起运动服的袖口，确认了一下时间，然后夸张地叹了口气："完啦，再不过去的话我就算缺勤了，小田川肯定要发火。"

他在称呼田径部的指导顾问时，在对方的名字前轻浮地加了个"小"字。这种轻快的口吻将她从恐惧中解救了出来。

"你怎么了？"神原突然问。

"咦？"澪惊讶出声。

他观察着她的脸色，说："优等生原野居然会迟到这么久啊，真稀罕。我这个坏学生也就算了。"

"哪有……"

她想否定"优等生"这句抬举自己的话，但是胸口很堵，莫名有些想哭，她又不自觉地想到了刚刚和转学生的对话。

神原的眼神蓦地变了，刚睡醒的倦怠感也消失了。他换上认真的表情望着澪："到底怎么了？"

神原的身材并不高大，但是五官非常端正，被他面对面盯着，她不合时宜地想：他长得真好看，双眼皮清晰分明，肤色黝黑却光滑，皮肤上毫无瑕疵。被他没有任何阴霾、真诚的眼神注视着，澪不由自主地说了出来。

今天刚来的转学生的事。

两次感觉到他的视线，突然听到他说"可以去你家吗？"的事。

复述这些事的时候，她的背后一直笼罩着一层寒意。听完她说的话，学长的目光变得更加严肃。他将身体往前探了探，喃喃道："这也太扯了吧。"

"——很扯。"

澪也附和了一句。不过，说出来之后，她的紧张感缓解了一些，唇边露出虚弱的笑意。明明这么伤脑筋，她也不知道自己为什么还能笑出来。

"我还想过，会不会是我做了什么让他误会的事……"

她又不由自主地这样补充道。

因为她感觉这样很危险。

不是转学生白石要，他确实挺危险的，但是自己这样想下去也很危险。一旦跟别人说了，这件事就会变成"段子"——她好像是在炫耀自己是万人迷。不能说自己完全没有这种想法，越是这样想，她就越是心虚。

神原却断然摇了摇头："不是原野的错。"

他果断的语气让她非常开心。神原的嗓音无比平淡，喃喃地说："该拿那小子怎么办呢？"说着，他没规矩地在活动室的桌子上盘腿坐好。

"怎么说呢，感觉他的脑子有点问题，不能正常地跟人交流。"

"……这样想也正常吧？"

"正常，不这么想反而不正常。"

从第三者的口中得到笃定的回答，这令她松了口气。

神原学长说："或许他喜欢原野吧，但是没有人一上来就说那种话的。"

"是喜欢的问题吗？"

"喜欢肯定是喜欢的吧？我能理解哦。原野很好嘛，又温柔，又可爱。"

咦？——和面对白石要时不同，这一次她因为不同的理由突然再度发不出声音。她被男生面对面地说"可爱"，还是生平头一次。

何况对方还是学长。

是她崇拜的神原学长。

"总而言之……"

也不知道他有没有注意到，自己的一句话竟让澪这么心潮澎湃——学长淡淡地说着，随即站了起来。

"要是他再有什么奇怪的举动，随时跟我说哦。还有，也跟同班的好友商量商量，尽量不要单独行动，好吗？"

"好的……"

澪克制住尚未平复的情绪，朝他点了点头。"很让人担心嘛。"神原说。或许他没别的意思，但是这句话还是让她的心口激荡不已。

●

第二天上学，澪的心情很沉重。

要去那个转学生也在的教室，坦白讲，这让她感觉有些累。

澪完成社团活动的晨练来到教室时，白石要暂时还没来。

"早！"

花果也结束了排球部的晨练，比澪稍迟一步来到教室。澪很想立刻跟她说昨天的事，但是沙穗还没有来。除了要跟她们汇报转学生奇怪的言行，她还想跟她们说说自己和神原学长的对话。

其实从去年遇到学长的第一天起，澪就经常跟死党们聊神原学长了，也可以说她一直在关注他。

平时总是踩着点来的沙穗，这一天也一如既往地睡眼惺忪、满脸倦容地踩着上课铃声进了教室。结果,那天早上她始终没时间跟二人说话。

白石要的座位空着。

她有一瞬间期待他今天逃课。可是上课铃的最后一声刚落,他就来了。

新制服今天好像也没有做好,他仍然穿着那件藏蓝色的立领制服,脸上没有露出任何担心迟到的神色,迈着散漫的步伐走进教室,一言不发地坐进座位里。"早,白石同学。"就连邻座的同学跟他打招呼,都没有听见他回应。或许他轻轻点了下头吧,但是至少凜什么也没听到。

大概是因为他个子高,晃晃悠悠地走路时,姿势有点像僵尸。他昨天中午什么也没吃,这一点也挺像僵尸的,愈发令人觉得毛骨悚然了。

不好,她想。

因为昨天的那件事,就连之前没什么感想的体型和走路方式,都开始让她抵触。凜克制住自己想要往白石要的座位看的冲动,冷静地平视前方。虽然能够从白石的方向感觉到他的视线,但是她说服自己是错觉,选择无视。

直到这一天的午休,她才找到机会和花果、沙穗说话。在这半天时间里,她一直能够感受到注视的目光。

难道视线也具有物理性质的压力吗?白石方向的右半侧脖子好痛,仿佛抽筋了一样,身体一直都很紧绷。

午休时间一到,白石要的身影就悄然从她的视野里消失了。今天他也不吃便当吗?

现在，他不在。

确定不在。

确认了好几遍，澪终于向两个死党诉说了事情的经过。

"其实——"

听说了"可以去你家吗？"这句话后，二人都哑口无言。在此之前，她们还玩笑般地说着"什么？他喜欢上你了？""我就说嘛！"之类的话，但是一听到这句话，她们的这种揶揄的表情就消失了。

花果回过头，确认白石的座位上没有人之后，望着澪说："也太扯了吧。"

大家的反应千篇一律。不过，澪也完全有同感。她的脑海中只能浮现出"扯"这个字。

花果和沙穗把声音压低了一些。之前她们也留意着不让周围的人听见，此时额头挨得更近，更加谨慎地说悄悄话："也就是说，这位白石同学不只是看起来阴森而已吧？是个怪胎，危险人物。"

"嗯……"

澪也一筹莫展地点点头，把今天早上感受到他视线的事说出来后，花果和沙穗都蹙起了眉头。

"昨天没事吧？他没有跟着你回家吧？"

"应该没有。还不至于……而且社团活动的时候，我把这件事跟学长说了，他送我回家了。"

最近澪在这个小团体中提到"学长"的时候，哪怕不提名字，她们也都默认是神原学长。之前一直表情僵硬的花果和沙穗听了，神色蓦地缓和下来。沙穗提高声调："咦？！"

"他送你回家了？这不是挺行的吗？澪你真是闷声干大事呀！"

"就是偶然而已啦。去活动室的时候，正好学长也在。我太害怕了，忍不住跟他说了，他非常担心。"

尽管不认为白石会真的跟她回家，社团活动结束后，神原还是理所当然地在校门口等澪，当时她真的非常感动。

"咦？我没事啦，你怎么……"尽管感激，澪还是客气地拒绝了他的提议。他不耐烦地皱起眉头，一把将澪的手提书包夺了过去："听到那种话，今天怎么能放心让你一个人回家。"

又紧张又开心，她觉得自己的心脏都停止了跳动。

她禁不住想，要是有个学长这样的男朋友就好了。

"咦咦咦咦——！！！"

二人的尖叫声充满了少女的娇羞。沙穗身体前倾，一脸兴奋地摸了摸澪的肩膀，说："挺好的嘛，澪！"

"要是无所谓的人，就算是学妹，学长也不会热心到那个份儿上啦！转学生的事是挺那个的，可是这叫什么来着？歪打正着？不经风雨就不见彩虹？总而言之，因为出现了竞争对手，学长也开始着急了吧？说不定他本来就很关注澪！"

"不，学长只是担心我……"

神原对澪以外的学妹或者社团成员也都很亲切。就算不是澪，他估计也会做出同样的事吧。他这种高尚的人品也是吸引澪的理由之一。

"白石那么没分寸，是挺让人担心的……不过，你又没怎么跟他说过话，他是对你一见钟情了吧？"

"就是因为他没怎么跟女生说过话吧？稍微对他好一点，他就会误会。"

花果和沙穗叽叽喳喳地说着悄悄话。沙穗继续说："可是——我也不是不能理解。"

"咦？理解什么？"

"那种一陷入爱河就无法自控的感觉。"

很意外，沙穗明明应该最嫌弃白石这类人，还以为她会说他的坏话。见澪不说话了，沙穗慌忙补充道："澪当然很可怜啦！可是——我呀，觉得恋爱时的自己特别靠不住。在绝对是不发信息比较好的时候，我也会因为焦虑不停地发信息，明知道人家可能会嫌烦，还是会单方面地给人家发信息，大聊特聊自己的感情话题。——去年因为前男友的事，也给你们两个添了超多麻烦。"

澪和花果惊讶地看着沙穗，平时就是恋爱脑、迷恋爱情故事的沙穗，她们还以为这丫头并没有这样的自知之明呢。

"……白石同学和沙穗不一样啦。"

澪说完，沙穗立刻像平时那样做了个鬼脸，笑了。

"或许是吧。不过我想说的是，就连现在能这么冷静思考的我，恋爱中也会变成那副德性哦。"

"不过，你现在的男朋友好像是个超级好男人。"

"是啊。我超爱他！"

听见花果的话，沙穗脸上立刻荡漾出甜蜜的笑容。就在这时——

"小澪。"

听见身后有人喊，澪回头一看，原来是同班同学矢内——麻花辫，戴眼镜，个性认真的文艺部女生，和澪是邻座。

澪留下仍然聊得热火朝天的花果和沙穗，回头问她："怎么了？矢内，你已经吃过午饭了吗？"

"啊，嗯。我和文艺部的同学一起在活动室吃的。先不提这个了。"

直到这时，澪才注意到她的表情，好像有些焦虑和不知所措。

"刚刚在走廊上，白石同学叫住了我。"

听到这个名字，澪的目光僵住了。眼镜后那双圆圆的眼睛好像更

无措,也更困惑了,像是要将这些情绪遮掩过去似的,矢内缓缓地眨了眨眼睛,说:"他问我——能不能跟他换座位。因为,他想坐在原野同学旁边。"

澪身上的鸡皮疙瘩"唰"地起来了。听起来像个玩笑,但确实是一瞬间的事。

不知何时,面前的花果和沙穗也屏住了呼吸,沉默地睁圆眼睛。矢内的表情非常为难:"我觉得他是开玩笑的……抱歉啦,就是跟你说一声。"

慌里慌张地留下这句话,她便逃也似的离开了教室。

澪目瞪口呆,然后有股情绪翻涌上来——愤怒。

为什么?为什么?脑海中被问号填满。她不记得自己有做过什么吸引他的事。明明昨天才跟转学生认识,之前与他毫无瓜葛,为什么?

"难以置信!"

一旁听到的沙穗和花果也异口同声地说,她们担心地把手放在澪的肩膀上。

"没事吧,澪?"

"再喜欢也不能这样啊!"

——喜欢。

沙穗的话让她的后背僵住了。喜欢。对方或许确实喜欢她,可是澪并不喜欢他。明知如此,还强行把好感塞给她,这不是一种暴力吗?

"这是性骚扰吧?"

花果的语气很重,压得她喘不过气来。性骚扰。或许是吧,澪呆呆地想,却又感觉有种强烈的不协调感。

"应该不是性骚扰吧?这件事又不是跟性别有关……"

"是吗?可是我觉得这是某种骚扰。我不是很懂啦,但是我觉得可以给这种没有距离感、缺乏自知之明的感觉取个名字。"

花果口中的这种感觉确实非常精准。对方蛮横地逼自己接受某种东西，却不认为这不正常，这种感觉的确不可能是一种正常的关系。

"跟他直说好啦。"花果说。

看到澪抬起头，露出一副快要哭出来的模样，她又用坚决的口吻继续说："跟转学生直说吧！问问他到底打算做什么。或许他喜欢澪，但是澪觉得很受打扰。"

"不，不行……"她条件反射地拒绝道。

"为什么不行？"花果眯起一只眼睛盯着澪。

"要是澪不想直接跟他说话，那我们去帮你说？"

"谢谢，可是……"

不想刺激到他，这种情绪比什么都强烈。跟他说清楚就意味着要理睬他，她觉得通过无视的方式让这件事过去，才是最好的办法。

"我怕如果一本正经地答复他，他反而会做出别的事来……"

"你说的我好像也能理解。"像是为了缓和花果激动的情绪，沙穗帮腔道，"要是理睬他的话，感觉他会更肆无忌惮。对于这种情况，或许无视才是最好的答复。"

"是吗？可是如果不理不睬，万一他得寸进尺，不是更讨厌吗？恶心死了。"

"花果，等等，先别说话。"沙穗的脸往花果那里凑了凑。

注意到她正看着教室门的方向，澪也闭上了嘴。

白石回教室了，不知道今天午休他有没有吃东西，他独自回到自己的座位上。澪立刻别开视线，要是发现那双眼睛又往这里看的话，说不定她会忍不住尖叫出来。

沙穗和花果应该比澪往白石的方向看得更久，既然她们什么都没说，说明他应该没往这里看。心脏在扑通扑通地狂跳，虽然对于他没往这里看放下心来，可是一想到几分钟前他向矢内提出了那种要求，还这么若无其事，她就有种受到愚弄的感觉。

"……矢内有没有拒绝呀？"

"咦？"

听见沙穗的话，澪看向她，沙穗有些尴尬地继续说道："白石同学想跟她换座位的事，她跟澪说了，但是她是怎么答复白石同学的？肯定明确拒绝了吧？"

听到沙穗的话，澪才想起，刚刚对方并没有提到这件事。

"……我去找矢内确认一下。"

没问题，肯定没问题。她只是想想就惴惴不安。

她没了继续吃便当的食欲，匆匆将吃了一半的便当收拾好，去走廊找矢内了。

"今天那小子还老实吗？"

现在是放学后的社团活动。在跳远练习前铺平沙坑的时候，身后突然有人问她。在此之前，澪一直怀着想要一个人待着的心情，低着头默默地移动着平沙耙。

回过头，确认是身穿运动服的神原，她立刻松了口气。学长像平时一样，用运动鞋的鞋尖着地，左右各跳了两下，然后转动一只胳膊，做简单的准备运动。仅仅是看到他，澪就莫名有了强大的底气。

"神原学长……"

"昨天送你回家后，我一直很担心你。"

# 暗袯

听到神原的话，正在跟一年级的后辈聊天的三年级学姐们飞快地瞄了他们一眼。五官端正、学习优异、运动神经也发达的神原在同年级的女生中也很有人气。只要在社团里，澪就能非常清楚地感受到大家对他的喜欢。

澪慌忙摇了摇头："我没事。昨天谢谢你。"

"有事的话随时跟我说。我毕竟是学长，那个男的估计也会有所忌惮。"

每一句话听起来都像是甜美的诱惑，她不由自主地想要把今天的事也都说出来——可惜三年级的学姐们正关注着这里。

"我没事。"她重复了一遍。

后来她找矢内确认过了，换座位的事矢内明确地帮她拒绝了。不过，当时她用了"座位的事学生不能私自决定……"这种中规中矩的回绝方式，但并没有指责白石的不正常和没分寸。虽然她帮了自己的忙，澪还是有一些沮丧。

没有人帮她当面斥责他的不正常，澪自己也不想跟他纠缠，所以拜托花果她们什么也不要说。

"是吗？那就好。"

神原学长好像仍然有些不放心。望着他的表情，她真的很想依赖他，但还是忍住了。

结束社团活动后，澪在更衣室里，听到了三年级的学姐们在背后窸窸窣窣的议论声。

"……说是送她回家了之类的。"

听到她们的声音，她慌里慌张地换好衣服，装作迟钝的样子，说了声"我先走了"，就离开了更衣室。她察觉到了学姐们的视线，好像是有话要说，但还是直接出去了。

谁知——

"啊,太好了。原野,你还在。"走廊的尽头,神原倚墙而立。

"学长……"澪话还未说完,神原就掏出智能手机,把用来"添加好友"的二维码调出来,递到她面前:"加一下 LINE① 好友吧。"

"啊,好的。"

澪也取出智能手机。为了添加好友,往彼此的手机屏幕上看的时候,他们的脸贴得非常近。

她的心里小鹿乱撞。

"有什么事记得跟我联系。再见。"

他简短地说完后就转过身去。

"谢谢学长!"听到澪的声音,他突然又转了过来,笑着说:"原野,短发很适合你哦。"

"咦?"

"还有声音,打招呼的时候非常有活力。"

听见他若无其事的话,感觉自己好像一下子飘了起来,澪的脸颊开始发烫。学长又迅速转了回去。

"啊,谢谢!"

澪的嗓音因为开心有些发紧,学长只是背对着她挥了挥手,大步流星地走远了。

和学长加上了 LINE 好友,好像做梦一样,澪握紧手里的智能手机,心想。

幸好是在学姐没看到的时候加的。

---

① 一款即时通讯软件,类似于微信。

从高中搭公交车，在第七站下车。

下车后步行十分钟左右，有一栋后面有片竹林的独户二层建筑，这便是澪的家。这里原本是父亲的老家，之前他们一直和祖父母住在一起。如今祖父过世，家里便只剩下祖母、父母、澪和弟弟五口人。

三峯学园可以搭公交车直达，升学时她便是考虑到了自家的地理位置，才选择了这所学校，不过高中距离这里并不算近，附近升入三峯学园的也只有澪，所以平时几乎见不到同校学生的身影。

社团活动结束后的秋日黄昏，天上升起一轮朦胧的月亮。澪非常喜欢夏日结束、秋日伊始的这个有些寂寥的时节。尽管最近这一带建起了相当多的公寓，但还是留有许多农田。望着这片恬静的风景，澪会产生一种在学校的时光也可以重置的心境。她从小在这片熟悉的风景里长大。

所以，之前和神原学长走在这条路上的时候，她的心里一直悸动不已。澪客气地说送到公交车站就好了，学长却问："为什么？"又说，"不把你送到家，那岂不是没有意义了？"

自己喜欢的人进入了自己成长的风景里，和自己并肩而行。

喜欢的人——昨天，将念头转化成语言后，她清楚地明白了自己的心。如果有人看到自己和学长并肩而行该有多好，她忍不住这样期待着。一想到要是这一幕被附近的阿姨们看到了，认为他是自己的男朋友，澪的心里就萌生出一种近似骄傲的羞涩情绪。她还有点不好意思让家人看到，尤其是爸爸，如果被他看到了，也不知道该用什么样的表情面对。不过倘若是弟弟零的话——要是零问："那是老姐的男朋友吗？"自己就会回答："不许说出去。"——只是想象一下那个场景，澪就难为情得想要撒腿狂奔，心里又忍不住美滋滋的。

沙穗、花果和澪是铁三角。

## 第一章　转学生

　　沙穗一直在恋爱，花果也在初中交过男朋友，只有澪还没有跟任何人交往过。所以她不知道，有没有人是这样开始交往的。

　　他说她可爱，还送她回家，与她加了 LINE 好友。她真实地感觉到自己和学长的距离越来越近。用恋爱游戏来说，难道现在就是"恋爱的前兆"阶段？她可以期待幸运降临在自己身上吗？

　　夜色朦胧。澪望着挂在天空中的月亮，漫无边际地想着这些事，走到家门前。这时，突然有个人从屋后的竹林里走了出来，好像是个高个子的男生。

　　然后，她又意识到——

　　男生。

　　这一带应该见不到同校的学生。

　　在暮色中走近的他穿着制服，眼熟的立领制服，是他们班唯一一套与众不同的制服。

　　是转学生——白石要。

　　"啊。"

　　白石发现了澪。那短促的一声，在澪听来好像在说"真不巧"。

　　在学校里让自己避之唯恐不及的白石，从自己家的后面走了出来。

　　接下来如果发生什么事的话，她肯定会尖叫出来——这个想法如此强烈，但是奇怪的是，她并没有发出尖叫，只是目瞪口呆地望着他。她想说些什么——明明必须说些什么，却说不出话来，她震惊得失去了语言的能力。

　　白石面不改色。

　　快说些什么啊，她想。可他什么都没有说，既没有尴尬地别开目光，也没有露出惊慌的神情。他好像没有感情。

　　"——你在做什么？"声音在颤抖，结果只能由澪主动问他，"你在这里做什么?"

"这里是我家。

她克制住想要这样说下去的冲动。本能在对她敲警钟,警告她不可以把自己的任何信息泄露给对方,但她的脑中纷乱如麻。他怎么会知道我家的?学校并没有发放登记家庭住址的名册,他是怎么查到的?还是说他是跟踪她到这里的?昨天和学长一起开开心心、满腔骄傲地回来的时候,难道说他就在后面——

白石的眸中浮现出古怪的光。出现在这种地方的明明是他——明明是他不对,他却有些不耐烦地缓缓歪了歪头,再一次垂眼看着澪:"有些好奇,你住在什么样的地方。"

那一刻她尖叫了出来,只是声音没有想象中大,仅仅是从喉咙深处发出一声短促而尖细的叫声,听着像尖锐的笛声。

她感到一种和昨天突然被问"能去你家吗?"时相同的恐惧、莫名其妙和恶心。

但是,今天的情况绝对比昨天更糟糕。

因为这里是我家,是我家门前。

白石看着澪,嘴角缓缓上扬,又露出了那锯齿般的利齿。

他在笑。这时,她的身体终于动了。

她飞快地冲到门后,一溜烟儿地跑进了家里。

"妈妈,妈妈!"

连滚带爬地冲进玄关,急匆匆地锁上门。澪拼命地呼唤寻找着母亲,却没有立刻得到回应。"妈妈!"正在扯着嗓子喊,中学一年级的弟弟零就探出头来:"吵死了。"

"老妈去买东西了。"

"零……"

## 第一章　转学生

单手握着漫画的雯眉头紧蹙,看到澪后一脸愕然。"你怎么了?"他嗓音微微颤抖,又说,"老姐,你的脸色好白。"

她自己也知道。手臂上起了一层鸡皮疙瘩。好害怕,非常非常害怕。她绝望地意识到,自己好像被某些莫名其妙的东西缠住了。

昨天才刚认识,他却这么执着,太荒谬了。

"……有个奇怪的男的在追我。"

她用尽全力说出这句话。"咦?!"雯大喊一声,直接冲了出去,连阻止的机会都没给她。

"雯,别出去!"

不想刺激他,也不想让他看到弟弟的存在,不想让他见到自己的家人——心里这样想,她却没办法追上去。她怕追出去后会再看到白石。

雯出去了一下,立刻就回来了。

"没有人哦。"

听到他的话,她有气无力地回答:"哦。"雯担心地走过来观察她的神色。

"你没事吧,老姐?"

"……我没事。"

不是没事,才不是没事。

可是,她莫名其妙地就那样回答了。为了不让雯发现,她悄悄地拭去因为太害怕而流出来的眼泪。

澪钻进自己的房间后,恐惧再次涌上来,可是又有一种强烈的安心感——能够平安回来太好了,能够成功逃掉太好了。

她小心翼翼、蹑手蹑脚地走到窗边,一边拉上窗帘,一边偷偷地往下看去。家门前的路上目之所及的范围内,没有白石的身影,可是

# 暗袚

她仍然很怕，至今不敢打开房间的灯。

要是没有和神原学长加 LINE 好友，说不定澪已经在向零或者父母哭诉了。

她找到学长的名字，在对话框里输入："我是原野澪，你现在方便吗？"

她握紧手机，焦急地等待学长的回复，一低头，眼泪好像又要流出来了。身边的一切都令她讨厌，她有种像个孩子一样大哭一场的冲动。

昏暗的房间里突然亮起光来。手机在振动，不是信息，而是电话。她听见一声仿佛发自胸腔深处的粗重叹息。

"原野，发生什么事了？"

"学长……"

明明一直在思考该从哪里说、怎么说才好，听到他声音的那一刻，澪的呼吸立刻乱了，眼泪夺眶而出。

她说，帮帮我。

"学长，帮帮我。"

"好。怎么回事？"

他尝试着安抚澪。学长的声音并没有因为她急促的哭声而动摇，听上去是那么沉稳有力。

尽管从未预料到他们会这样开始——

神原学长说每天都会送她回家。澪这一次也婉拒了，因为她现在完全没有心思考虑这种事。

## 第一章　转学生

可是社团活动结束后，在更衣室换衣服的时候，学长理所当然地在走廊上等她。在学姐们惊讶地询问"什么情况？"的时候，学长没等澪解释，就口吻轻快地回答："什么为什么？别问这么不解风情的问题。当然是因为我们在交往啊。"

咦？澪的声音卡在喉咙深处。她还以为自己连呼吸都停止了。问话的学姐们也吓了一跳。神原没有理会她们，快步朝前走去。澪匆匆给其他几位目瞪口呆的学姐点头致歉，急忙追了上去。

尽管尴尬，又有些愧对学姐们，可是说实话，她的心情绝佳。"那个……"她追上神原，准备问他刚刚的发言是什么意思，神原却若无其事地反问她："要不要吃点东西再回去？"

他们一起在学校附近的快餐店吃了饭。要是时间能永远停留在此刻该多好。哪怕他只是为了帮助她对付跟踪狂才这么说的，她也为这短暂的女友身份而雀跃，并且忍不住祈祷，让我就这样稀里糊涂地变成他真正的女朋友吧。

她决定在学校彻底无视白石。其实就连跟他在同一间教室里——岂止如此，就连在同一个校园里，她都觉得恶心。不过，白石只会在澪独处的时候才会当面跟她说话，估计他也不敢在有其他人在的时候找她说话吧。

只是，她偶尔还是会感受到他的视线。

他在看她。可是她下定决心，那种时候绝对不要看回去。因为不小心看到他的话，就会跟他产生关系，所以就算再不舒服，也绝对不要去确认。

白石好像还没有收到新制服。这件事也让澪烦躁。虽然她绝对不会去看，但是在眼角的余光里，那立领制服模模糊糊的存在感、时时刻刻散发出的不协调感，哪怕她努力忽略，也一直如影随形。

可他肯定什么也不能干。花果她们一直陪着澪，绝对不会让她独处，所以她可以无视他。

她一直都是这样想的，然而……

她是在数学课的课堂上发现的。

当时，澪突然感觉到视野内有样东西很奇怪，她有些介意，往课桌上看去，结果又吃了一惊。

课本底下隐约露出一些她没印象的文字。

被认为像大型补习班的私立升学名校——三峯学园的课桌一般不会很脏，因为很少有学生在课堂上胡闹。虽然也可能会有前任主人留下的划痕或者小涂鸦，但是这种情况非常罕见。

"么近吗？"

首先映入眼帘的是这几个字。

字迹非常漂亮，尽管用的是铅笔，但是"点"和"钩"都像毛笔字一样优美。不过，这印刷体般工整的文字令她觉得很不协调也是事实。最重要的是，这些字写在自己的课桌上。到昨天为止，这种东西还不存在。

她将放在那里的课本移开，然后屏住了呼吸。上面写着这样一句话："可以不要跟神原一太走得那么近吗？"

她捂住嘴。

她如果不这样做，恐怕喉咙里会再次溢出鸣笛一样的尖叫。她趴到了桌子上，幸好没有发出声音。她下意识地想要往曾经铁了心不要看的白石那里看，她很想表扬克制住这个念头、仍旧将额头贴在桌子上的自己。

她抖着手从文具盒中拿出橡皮。擦掉，全部擦掉。

这些秀丽、工整到令人心里发毛的字是白石写的吗？到底是什么

样的教育方式,才会培养出他这种没有距离感的人啊?一想到这种莫名其妙的人也有家庭、父母和亲人,她就觉得难以置信。

——这不是性骚扰吗?

她回忆起之前花果的话。

同时,她也回忆起来了自己的回答——不是性骚扰。此时重新想想,或许确实不是性骚扰,却是某种骚扰。也许只是我不知道那个词而已,比方说,像这样禁止对方跟某个人走太近的情况,在夫妇或恋人之间是不是叫作"精神骚扰"?

她带着想哭的心情,一遍又一遍地用橡皮擦拭自己的课桌。哪怕字已经看不见了,她也没有停下,用力地擦了一遍又一遍。

白石正在看她。这一浓烈的气息萦绕不去。

"你已经把那些字擦掉了吗?"

放学后。

包括白石在内的同学都走后,澪对花果、沙穗说了课桌上出现涂鸦的事。听到花果的问题,她在心里"啊"了一声。花果和沙穗盯着已经干干净净的澪的课桌。

"留下那些字,就能让老师他们看见了啊。"

"是的,可是……"

确实不应该擦掉,应该让老师和同学们也都看看,了解情况,她现在才想到。可是,当时她根本顾不上。她恶心得不得了,一心想着用橡皮擦掉,直到课桌都因为摩擦产生了热量才肯停下来。

"……你们相信我吗?"

"我们当然相信你啦。"

花果和沙穗异口同声。花果说:"可是,他都对你做出这种恶心的事了,还是跟老师或者学校说一下比较好吧!下次他再做什么,记得要全部保存下来，到时候拿来当证据！"

"……嗯，对不起。"

"花果，你的语气太冲了。澪好可怜。"

沙穗挺了澪一把，澪从她的声音里感到了安慰。本来以为花果的语气也会缓和下来，对她说"对不起，我只是太担心了"之类的。

但今天的花果非常严厉："可是，谁让澪一点也没有紧迫感啊。"

她的声音里明显透着烦躁："嘴上说着害怕啦，讨厌啦，却完全没有要去跟老师商量的意思。'我都在跟学长交往，是有男朋友的人啦，已经心满意足啦。'——你真的给我一种这样的感觉。"

"我没有！"

她立刻大声反驳。没想到花果会这样想她，澪此时有种与面对白石时截然不同的感受，令她无处可逃的焦虑与不安压迫着她的胸膛。——她被花果讨厌了。

"对不起，要是花果有这种感觉的话，我向你道歉。可是，我并没有跟学长正式交往，又有你和沙穗可以依赖，所以我没有……"

说着说着，连她自己都感觉这样像是在装傻，顿时更加焦虑了。花果为人善良，正义感又强，但是性格也比较强势。一想到自己惹她生气了，澪就忍不住道歉，拼命地道歉。

花果一直沉默不语。夹在中间的沙穗惊慌失措、左右为难。

必须再说点儿什么，澪正在搜肠刮肚地寻找语言，花果的目光突然从她身上离开了。

"对不起。"花果向她道歉。

"刚刚我可能是在拿你撒气吧，对不起。沙穗和澪都交到了男朋友，只有我什么也没有，感觉有些寂寞。"

她自言自语地说着，拿起手提包，没有跟澪或沙穗对视，只说了一句"抱歉,我先回去了",便直接离开了教室。

"花果,对不起。"

澪又小声道了一次歉,花果却没有回应。希望她是没有听见自己的声音,澪的心脏一阵绞痛。

沙穗一脸为难。澪其实很怕她们会在这里讲走掉的花果的坏话,却听见沙穗说:"花果那么可爱,想交男朋友还不是迟早的事?"

就算对方不在,善良的沙穗也这么说,令她感到无比宽慰。澪也点头附和:"是啊。"

去参加社团活动的时候,澪发现今天神原没来。

她非常沮丧,但又害怕其他前辈多想,没敢向任何人打听神原学长不在的原因。

不仅是跳远组,她感觉就连其他项目的前辈、同级生和后辈,对她的态度都变冷淡了。神原那么有人气,或许这是无可奈何的事吧。可是,这种气氛令她如坐针毡。

花果和神原都不在。

只剩下自己一个人了吗?

走出校门的时候,澪却听见一个声音:"嗨。"

视线的尽头是神原。看到他今天也在这里等自己,她不禁满腔欣喜。

"学长,今天的社团……"

"哦,我被叫去办公室做升学辅导了。你没问其他三年级的家伙吗?"

没敢问。澪默默地想着,朝他点了点头。

学长说:"对了,我在这里等你的时候,看到那个女生路过了哦,和澪关系很好的女生，长头发的那个。"

听到他称呼自己"澪"，澪的耳朵慢慢开始发烫。这还是他第一次叫她的名字。

"我们吵架了。"

"咦？不会吧？"

神原担心地望着澪："是谁的错？"

"大概是我。"

"哦。"学长深深吐出一口气，点了点头，然后用一贯的轻快口吻说，"没事啦。马上就会和好的。毕竟每次见到你和花果她们，都有种很和睦的感觉。好姐妹三人组。"

"哪有……"

澪还没说完，学长就一把将澪的手提书包拎起来往前走去。澪落后一步追上他，清楚地感觉到自己的脸颊在渐渐升温。

他原来看在眼里啊。

原来学长一直以来都在关注我，就连我和谁关系好都看在眼里。

就像学长说的那样，花果第二天早上就恢复了好心情。

"昨天对不起啦，我真的有点怪怪的。"她的语调格外明快、友善。

"我也有不对的地方。"澪道歉。沙穗好像也跟着松了口气。

"昨天，白石后来没对你做什么吧？你没事吧？"

"……嗯。"

学长陪她一起回家了。这句话她终究说不出口。花果说："哦，有事的话，记得随时跟我们说哦。"

她的长发今天在脑后扎成马尾，露出后脖颈，显得有些成熟。澪真的很喜欢明明是同龄人，却总是洋溢着靠谱氛围的她。

## 第一章 转学生

"不过，要是那个转学生觉得自己可以赢过神原学长，那可就太搞笑了。他们二者之间只有'人类'这一个共同之处。"

"花果。"

"就是这样嘛！澪，最好不要让他看见你跟学长卿卿我我的画面哦。——神原学长真的很帅，而且感觉很专一。羡慕死你了。"

虽然将白石贬得一文不值，花果的声音却非常开朗，这令她松了口气。

拥有共同的敌人这件事，竟会让人的心情这么舒畅，也不知道这究竟是什么缘故。沙穗被花果逗笑了。看见她们笑，澪也不由得随声附和："是吧？"花果轻轻地笑了出来，澪果然还是喜欢看到她的笑容。

遇到这么糟心的事，原本哪还有心情笑。

可是笑着闹着，她却暂时将那件事抛在了九霄云外。

那份恶心和厌恶感，在风平浪静的时候就会忘记，不过是这种程度而已。每次在小伙伴面前玩闹似的提起这件事，澪很快就会后悔。

那天课间休息时，花果和沙穗因为课代表的工作，说要去办公室一趟，当时她也应该跟着一起去的。可是课间只有十分钟，她不由得放松了警惕，去做了别的事。

她独自去上了趟厕所。就是在这个时候——

"原野同学。"

听到这个声音，她的腿一下子就软了，僵在那里。

她看向厕所正对面的楼梯——白石要站在那里。

这次因为附近还有很多学生，她便放松了警惕。

白石说："ZUI HOU TONG DIE 哦。"

语言没有立刻被大脑吸收。

良久，她才将"ZUI HOU TONG DIE"转换成"最后通牒"。

这一次，他的脸上并没有浮现出那种穷凶极恶的笑容，而是用近乎滑稽的严肃表情，继续对慌乱的澪说："不要跟神原一太走得太近哦。"

◆

逃也似的——不，正如字面意思，她逃跑了。除了小时候的捉迷藏游戏，她还是生平第一次这么认真地从某个人那里逃跑。

上了楼梯，恍然回神时，澪已经站在三年级三班的门口了。这里是神原学长的教室。

"神原学长在吗？"

她突然跑过来，犹豫地问教室门口附近的学长时，听到他发出有些不知所措的声音："咦？"或许是很少有学妹来他们教室吧。不过，他立刻转向教室后方，帮她喊了一声："神原，有人找！"

学长困倦地趴在桌子上，懒懒地抬脸，看见澪后，神色立刻就精神了。

"澪。"

话音刚落，她就感觉教室里的气氛变了。学姐们都对着澪窃窃私语。受到她们的影响，她发现连男生们也都注意到了这里。

这是他第一次当众喊她的名字。

一定是因为她是"女朋友"。

战战兢兢地逃到这里，迎接她的是他开朗温和的声音，她的眼泪差点夺眶而出。好害怕，她真的好害怕。

"怎么了？"

神原来到门口，关心地打量着澪的脸色。

## 第一章 转学生

"学长，白石同学他……"

她觉得现在的自己没办法回教室。听到澪的话，学长的脸色阴沉下来，发出短促的惊讶声："咦？"

澪继续说："刚刚他突然找我。课间休息只有我自己，他突然对我说'最后通牒'什么的，还让我不要跟学长走得太近……"

"你是说，当时只有你自己？"

澪点了点头："我只是在十分钟的休息时间去了趟厕所。"

神原的表情变了。他看了眼黑板上的时钟，喃喃道："快上课了啊。"他的目光依旧严肃，说，"放学再说吧。好好聊一聊吧。"

"好的。"

她实在没办法回到白石也在的教室，不过看到神原的脸，跟他说过话之后，她镇定了下来。刚刚是她大意了，以后绝对不要再单独行动了。

她勉强在下一堂课的老师来之前回到了教室。坐回自己座位的时候，她又感觉到了几道视线。

除了花果和沙穗担心的视线，还有另一道视线——白石要正在盯着她。虽然她绝对不会往那边看，但她就是知道。

澪去学长教室的事，白石估计已经知道了。她有这种感觉。虽然有些恶心，但这样应该可以对他形成威慑。

你说过的话、做过的事，学长也都一清二楚哦。所以，你懂的吧。澪在这种心境下，拼命地无视白石。

一放学她就匆匆离开教室，去了活动室，想要快点见到神原。

神原站在活动室前面的走廊上，没有进活动室，俨然一副特意等她的样子。

知道他一直在担心自己，澪不禁露出微笑："神原学——"

"走吧。"

"咦？可是社团活动……"

神原从倚着的墙上离开，牵起澪的手。见他走向与活动室相反的方向，澪慌忙问他。神原回过头："现在是说这种话的时候吗？好好地聊一下吧，到底是什么情况。"

"啊，那我得先跟老师或者其他同学请个假。"

神原的声音听起来冷冰冰的，估计是在担心澪，生白石的气吧。要是他提出现在带她去找白石兴师问罪的话，那该怎么办——正在担心这个的时候，学长面带责备地看了她一眼。

她还不习惯牵手的感觉，不禁有些羞涩。

"稍等我一下。"

虽然有些不好意思让学长等，但是无故缺席社团活动也不太好。她轻轻地将手从神原的掌心抽出来，走进活动室，对正好在里面的一年级女生说："我身体有点不舒服，今天想请个假。"随后又请她帮忙跟老师和前辈们也说一下。

"哦，好的。"

女生点点头，小心地看了一眼站在澪身后的神原。学长有没有告诉她请假的事呀？她会不会以为他们要一起缺勤呀——尽管他们确实要一起缺勤，澪还是有些抗拒。如果在社团内部谈恋爱，她很希望他们能够更认真地参加活动，成为可以得到大家真诚祝福的情侣。

她在内疚感中离开活动室，走到出入口穿鞋。回去肯定要经过田径部练习的操场，她尴尬得无地自容。为了尽可能不被发现，她含胸驼背、埋着头走了过去。

可是，神原却非常坦荡，好像丝毫不觉得请假是一件不好的事。"咦？一太？"途中被三年级的前辈们喊住的时候，他也笑眯眯地抬起手跟他们打招呼。"嗨——"无需多言，一个动作就把缺勤的事混了过去，这得益于他平时的声望。跟神原打招呼的所有人，都用别有深意的目光望着走在他身边的澪，这令她非常不舒服。

白石要是不是也在哪里注视着他们呢？毕竟他已经神不知鬼不觉地发现，这些天她和神原的距离在迅速拉近了。如果他跑来攻击或者挑衅神原，那该怎么办？

走在澪身畔、比她快一些的神原暂时没有开腔。澪向神原道歉："学长——不好意思，害你社团活动请假。"

神原没有立刻回答。或许"不好意思"显得有些生分了吧。要是之前的话，她绝对会说"对不起"。

"我说啊——"

走出校门，学长才终于开口。他盯着澪："你怎么回事？"

"咦？"

"我不是说过不要单独行动吗？前段时间，在电话里。"

她一时没有反应过来他在说什么，因为神原的语气太突然了。

"对不起。"

她下意识地道歉。她终于意识到，学长他——好像在生气。

"我有跟朋友说过，早上、午餐时间还有放学后绝对不要留我一个人，可是课间时间很短，周围又有很多其他同学，我觉得应该没事。"

"但是，最后还不是出事了？"

"嗯。那个——真的非常抱歉。"

受到打击，澪不停地道歉。花果她们最近已经警告过她了，没想到神原也这样说她。

"你知道自己错在哪里吗？"

澪点头："知道。"

"那你说说看。"

"……学长这么担心我,我却单独行动。"

神原重重地叹了口气,那声悠长的叹息让澪的心凉了半截。她不想让他对自己失望。

"你根本就没有用心保护自己吧?"神原说,"其实最近每次听你说,我都有这种感觉。要是真的困扰,就必须完全不予理睬,彻底无视他。可是你呢?为什么跟他说话?"

"可是我……"

并没有跟他说话。

"是他单方面找我说话的,我完全没有回应过。"

"那你为什么允许他跟你说话?正常情况下不是应该无视他,立刻逃跑吗?我之前不是一直这么跟你说的吗?"

他有这么说过吗?她搜肠刮肚地回忆。

遇到白石的时候,她总是第一时间找学长倾诉。她很害怕,每次听到他说"别怕""担心你",她就会安下心来。或许他确实劝过她,可他有这么强硬地说过吗?她努力回忆。

神原再次长长地叹了一口气:"就是因为这样,才会让他乘虚而入。"

"咦?"

"澪脾气太好了。你没有明确跟他说过自己讨厌他吧?也从来没有严肃地拒绝过他吧?因为你是班长,有很强的责任感,所以不想破坏自己优等生的形象吧?"

她觉得神原说这些是出于关心,他说的确实也是这段时间她对自己的想法。可是,神原却变了脸色,眯起眼睛盯着澪:"恕我直言,这些并不是优点。"

## 第一章　转学生

他的声音冷冰冰的："你总是不想被别人讨厌，这是懦弱的表现。就是因为你懦弱，才会让对方有可乘之机。你必须改掉这点。"

她的心跳开始加速。

这次的心悸与前些天走在神原身边时的那份悸动截然不同，而是焦虑与不安导致的心跳加速。必须道歉，她想。学长在生气。

这是她最不想听到他说的话。

因为澪自己比谁都清楚。她很懦弱，就连讨厌都不能明明白白地说出口，这是自己的缺点。她被他戳到了痛处。

她满腔羞愧。

神原站在距离澪一步之遥的地方，朝着平时的公交车站渐行渐远。在一种无地自容的情绪的驱使下，澪说："那个，学长，今天你不用送我也没关系。"

神原看向澪。她垂下眼帘，继续说："对不起。真的，我一个人也可以。"

"就是因为你不可以，才会变成这种局面吧。"

她愣住了。

她抬起眼，看见神原正冷漠地看着自己。

"你瞎做什么决定呢？别人的话只要稍微难听一点，你就会尴尬地拒绝交流。澪，你就是这点不好。"

"我没有。"

她拼命否定。她并没有想要"拒绝"交流。

"我只是不想给学长添麻烦。"

"要说麻烦，你独处的时候又被转学生骚扰，那才更麻烦。你真的缺乏远见，只顾自己轻松，不想当坏人。你以后能不能不要想一出是一出？"

澪沉默了。

因为他说的都对。独处的时候会被白石纠缠，所以她才会找学长商量，这样一来就是本末倒置了。

"我送你回去。"

神原不容分说地说。澪觉得自己的意志已经无关紧要了。学长又补充："谁让我担心你啊。"

上公交车后，澪坐在他身边，久久没有开口说话。神原的话过于正确，令她陷入自我厌恶。她一个人不可以。要是白石再骚扰她的话，她不知道该怎么办，她很害怕。

可是，每次遇到可怕的事，澪就会忍不住向花果她们或者神原倾诉——通过倾诉让自己振作起来。

连她自己都觉得她简直像是在享受这个过程。你并没有用心保护自己吧——学长的话很扎心。

"澪。"坐在她旁边的神原喊她。她转过头去，发现学长正在看他自己的手机。他好像在搜什么东西，过了一会儿，他把屏幕给澪看："你看。"

那是自己和神原在 LINE 上的聊天记录。

"绝对不要一个人待着，因为你猜不到对方会对你做什么。"

"好喔。谢谢学长替我担心。"

这是昨天的聊天记录。澪正疑惑他为什么现在给自己看这个，这时候听到神原说："你没当回事吧？"

学长看着澪。那个眼神甚至可以说是"瞪"。

"这些聊天记录，我觉得就跟签字画押一样。我都明明白白地告诉过你，不要一个人待着了，你却不听。我该怎么办？明明劝过了，本人却不听，我还能做什么？你的行为就跟违约一样，知道吗？"

## 第一章　转学生

"……嗯。"

坐在颠簸的公交车上，澪有些傻眼。她惊讶地想，这个话题还没结束吗？而且，他居然还调出 LINE 的聊天记录给她看。

屏幕上"谢谢学长替我担心"的文字好像非常遥远。昨天在跟他聊这些的时候，她完全没有想过今天会发生这样的事。面对他"没当回事"的指责，她没办法为自己辩解。

"对不起。"

连她自己都不知道自己是在为什么道歉了。结果，他像是看透了她的心思一般问："你真的知道自己错在哪里了吗？我也不想跟你说这些话，可是如果澪遇到危险的话，那不就糟糕了吗？我是担心你才说这些的。"

"对不起，很抱歉。"她不停地道歉，在心里默念——公交车能不能快点到站啊，到站后就跟他说"送到车站就好啦"——可是，不行。她突然想到，白石知道她家在哪里，她甚至在家门口碰到过他。神原说得很对，她根本就没有明白。难怪他会生气。她越想越难过。

到站下车后，她自然而然地跟神原肩并肩，像平时一样走到家门前。神原一路上都没有消气，虽然语气并不粗暴，却在不停地质问澪。

直到走到她家门前，他突然不说话了。他停下脚步，死死地盯着澪家后面竹林的方向。

"学长？"

"那个转学生的事，我不放心，必须跟澪的家人也好好聊聊。"

"咦？！"

"为什么这么惊讶？"神原又有些不悦，"这不是理所当然的吗？我都到你家附近了。你除了爸妈和奶奶以外，还有个弟弟吧，是不是叫零？必须好好告诉你家里人，一旦有事，得让他们保护你的安全。"

"可是，我还没有发生要跟父母……"

自己又不是被他具体怎么样了。

"'还没有'是什么意思？"

面对神原的问题，澪有些语塞。

"'还没有'就意味着接下来会发生，你有这种预感吧？可是，你的意思却像是准备顺其自然，等更严重的事情发生再说。不想张扬、不想闹大——既然如此，你又为什么找我商量？找我商量的意义在哪里？"

"我没有……"

"你是想说你没有想那么多吗？刚刚我说过了吧？不要缺乏远见、想一出是一出。"

神原说得有道理，过于有道理。

"还有——"

神原不耐烦地说。还要说什么呀——澪正有些不知所措，他的下巴突然转向她家的方向。

"那片竹林是怎么回事？"

"咦？"

他想说什么呢？她有些猝不及防，反应慢了一拍，听到神原继续说："感觉特别不舒服。"

"不舒服是指……"

竹子在风中簌簌摇晃。这片竹林是曾祖父那一代留下的，澪从小就喜欢在竹林里玩。

他怎么能突然这么说呢？澪的心里第一次涌现出一种别扭的感觉。但是在回答之前，神原又咕哝了一句："算了。今天我就先回去了。既然你已经到家了，接下来就绝对不要自己一个人待着。不许出门，因为不知道会遇到什么事。"

"知道了。"

"你真的知道了吗?"

简直像她妈妈或者老师,她想。

这番对话也像大人叮嘱小孩。他好像觉得她是个什么都不懂的小朋友,口吻既无奈又嫌弃。

"对了,你最好剪一下头发。"

"……是吗?"

"嗯。我一直觉得你留短发很好看,可是你最近头发都长到脖子附近,看不见后脖颈了。我不喜欢,再短点儿比较好。"

话题再度跳跃,澪一脸无措。学长是会说这种话的人吗?她震惊极了,但还是含糊地点了点头,勉强挤出一句话:"谢谢你送我回来。"

"行了,用不着这么客气。"

神原说完,转过身去。尽管喜欢神原,今天的澪却有种终于解放的感觉。她刚松了口气,他就又杀了个回马枪:"反正你对我的感激也少得可怜。"

她的腿——浑身都冻结了。

学长完全没有回头看僵住的澪,直接走了。澪目送他的背影消失。她低下头,机械地重复了一遍:"谢谢。"她并不是舍不得他,而是害怕——害怕学长下次回头的时候看不到她会生气;害怕他发现自己逃也似的冲进家里,会再次喋喋不休地数落她。

她在原地等了很久,直到再也看不到学长的身影。澪的眼泪差点夺眶而出,她在心里默数了几秒,才迅速转身,从玄关冲进家里。

——反正你对我的感激也少得可怜。

最后那句话还萦绕在耳畔。

"哇！老姐，你怎么了？"

零问冲进客厅、将脸埋进坐垫里的澪。

"让我一个人静静。"

澪一边回答，一边又重新想了想，但是越想越乱。咦？她突然想到一件事。

——还有个弟弟吧，是不是叫零？

我有告诉过神原学长我有个弟弟吗？我有告诉过他零的名字吗？

"澪，你的脸色怎么这么差？"

第二天在学校，沙穗关心地问她。

那是午休时的事。澪打开便当后没有任何食欲，基本没动过手里的筷子。两个人打量着她的脸色。花果也说："嗯，好像没什么精神头啊。"

"又是因为那个转学生？"

"嗯，也算吧……"

昨天她基本彻夜未眠。可是，她无法告诉二人真正的原因。

昨天和神原分开后，她在睡前确认了一下手机，然后傻眼了。

神原给她发了 LINE 消息。一条又一条。

"我今天的最后一句话你听到了吧？为什么不否定？"

"为什么没有立刻说你的感激并不少？看来你对我的感激确实少得可怜。"

"无所谓啦。这段时间你一直找我说那个转学生的事，我觉得既然接到了你的求助，就要负起责任送你回家。你觉得很烦吗？"

"虽然我觉得男朋友担心女朋友是天经地义的，可是如果你完全把我对你的好当成理所当然，我也会郁闷的。"

"'不好意思，害你社团活动请假'，如果你是抱着'我已经道歉了，你就原谅我吧'的想法道歉的话，我就很难原谅你。明知道歉会给别人造成压力，是一种暴力，你却仍然说这种话，这不是善良，是狡猾。"

"对于刚来的转学生而言，澪的性格或许很善良，很有魅力，可是作为一个很久之前就认识澪的人，我感觉这种不拒绝的善良并不是真正的善良，你最好改掉。或许这些话很伤人，但我觉得我有义务把这些告诉你。"

"你是不是准备向朋友哭诉，说我说话很难听？这也是澪不好的地方。这一点真的非常差劲，懂吗？"

她不知道该怎么回复，正颤抖着手斟酌措辞，就又收到一条LINE消息。

还是神原发来的吗？她差点发出尖叫，然而不是，是同社团的二年级学生凉香发来的。

"澪，辛苦了。今天你怎么没来呀？老师和前辈们都特别生气。你真的在跟神原学长交往吗？感觉你最近有点怪怪的。你这样下去会给他们留下坏印象的，最好道个歉哦。大家都很担心你。"

澪看完之后，疲惫感骤然袭来。

说是担心，但她知道对方的潜台词——大家都很生气，已经对她有了"坏印象"。

要在这种状况下参加明天的社团活动吗？她头晕目眩。

学长的信息也不知道该怎么回复。可是，必须回点什么——如果不回复，他肯定又要指责她不对，虽然她确实不对。

她迫切地想要找花果或沙穗商量，脑海中却骤然闪过神原指责过她的那些话——你就是这点不好。

或许是最近动不动因为转学生的事去打扰他，找他倾诉，向他求助，导致澪过于没有分寸了。神原学长现在的态度，恰恰是澪的性格缺陷导致的。

"对不起。"她用尽浑身力气回复神原。

"对不起。不好的地方，我会改的。"

"还有……跟学长稍微吵了一架。"

在花果和沙穗面前，她忍不住说了出来。二人都发出惊讶的声音："咦？！"澪悚然一惊，忙摇了摇头："不过没事啦，马上就和好了。他怪我单独行动，缺乏戒心，说了一下我。"

她还没有跟花果和沙穗说白石给她发送"最后通牒"的事。沙穗发出轻轻的一声："啊啊——"

"是因为爱吧。学长肯定很担心澪。"

"嗯……"

在这个聚会上，学长是神原学长的专属称呼。学长刚来田径部的时候，澪每天都会跟她们说同为跳远选手的学长的事。帅气，温柔，爽朗——无忧无虑地诉说这些的日子，让她每天都过得很开心。此时此刻，她是多么怀念那段时光啊。

"是嘛。"

花果轻轻地抬手撩了撩最近总是扎着的马尾辫，点了一下头。

沙穗提到学长时口吻轻快，澪却有些在意花果的态度。前阵子她们刚刚因为有没有男朋友的话题闹过别扭，所以，她不想津津乐道地

## 第一章　转学生

谈论自己的感情。

她往白石座位的方向望了一眼。已经感觉不到视线了,不知什么时候,他已经不在教室了。

话说回来,他明明向她下发了"最后通牒",今天她却一次也没有感觉到那道阴沉的视线。

"话说回来,转学生每次午休都不在呢。他都在吃什么?虫子?去操场上捉着吃吗?"

听到花果刻薄的话,澪说:"别这么说。"白石确实有些阴沉,可是如果像这样营造出一种每个人都能瞧不起他的氛围,就会导致他在班级里受到排挤。她还是不喜欢看到真正的霸凌在自己眼前发生。

花果笑了:"澪,你太善良了。那家伙可是害你提心吊胆的罪魁祸首。你的这种博爱主义是哪里来的?"

听见这玩笑一般的语气,她现在却笑不出来了。这句话久久萦绕在耳畔,淤积在她心里。

放学后去活动室,看见神原跟昨天一样立在楼道墙边的那一刻,她下意识地屏住了呼吸。神原注意到澪,"啊"了一声,从靠着的墙上离开。

"回去吗?"听见他问,她的手臂上起了一层鸡皮疙瘩。

她脑海中的第一个念头是——会被孤立。

在社团活动中,她会比之前更不合群。

"那个,学长。"

"怎么了?"

"今天我要参加社团活动,昨天也请假了,不能继续给大家添麻烦。"

"什么?"

神原眉心皱起,表情夸张得像是听到了什么难以置信的话。

好可怕。但澪还是用尽全力说了下去:"都是我不好。关于转学生的事,因为学长一直听我倾诉,我就得意忘形了……可是,要是再不认真参加社团活动……"

"我说你啊——"

神原不耐烦地挠了挠头,像是在说"你怎么就不明白呢"一样晃着脑袋,看向澪:"你知道吗?你最不好的就是这点。'都是我的错''都是我的错,所以没办法',装出一副责备自己的样子,举白旗说:'我自己知道,所以不要怪我。'这种貌似负责,其实是在推卸责任的态度。你就别再装傻了。"

"啊……"

"我说的有哪里不对吗?"

她答不上来。

"走了。"

学长命令道。澪像是被看不见的绳子拴住一样点点头,随他往前走。如果她连"都是我不好"的想法都不能有的话,那么又该怪谁呢?她不知道。

"今天——"

上公交车后,过了片刻,神原突然开口。澪沉默地看向神原,听到他问:"我跟你去你家可以吧?必须跟你爸妈和弟弟说一下那个转学生的事。"

她目瞪口呆。

母亲应该在家吧。弟弟结束社团活动后也会回来。可是,她还没有做好心理准备跟他们说自己被人跟踪了。

## 第一章　转学生

"等到事情发生以后再说就迟了。"

神原不容分说地下了结论。无论澪的答复是什么，他估计都不会理睬她的意见吧。她有话想说，可是所有的话都被封死了。

"喂，澪。"

"嗯。"

她战战兢兢地应声，随后听见神原问："竹林烧了吗？"

"……啊？"

她发出不合时宜、傻不棱登的声音。有一句著名的回文叫"竹林烧了[1]"，她还以为他在讲相关的笑话。

可是神原的神色十分严肃。他严肃地望着她："没烧？！我不是跟你说过，要把竹林烧掉吗？"

"你什么时候……"

没有说过。绝对没有说过。如果你说过这种诡异的话，我肯定会记得。你只是说过我家的竹林让你不舒服而已。

尽管觉得他绝对没有说过，她还是咽下嘴边的话，不停地道歉："对不起。"

"真是服了。"

学长望着公交车车窗，挤出这句话："澪，你总是这样，总是只听你想听的话。"

"对不起。"

她不停地道歉，学长嘴上说着"无所谓"，却一直在用斤斤计较的语气念叨她。

怎么才能拒绝他来我家啊？

---

[1] 原文为"たけやぶ、やけた"，正读倒读都一样，是日本有名的回文。

蹲下去装病好了。不行，那样的话，他更要送我回家了。

她握紧口袋里的手机。不然就假装接到电话，说母亲突然晕倒了吧。不行，他肯定会说他很担心，要陪我一起去。会被他担心。

他们在最近的公交车站下了车。

终于还是到站了。

"走吧，澪。"

学长一副回自己家的口吻，在澪前面带路。因为让他送过自己好几次，他已经彻底记住了去她家的路线。

刚走到家门前，学长就冷不丁开口："那个转学生啊。"

"嗯。"

"他一个刚转学过来、对澪一无所知的家伙，居然那么缺乏自知之明，超恶心的。作为一个认识你这么久的人，我感觉他肯定是会错意了——"

"可是，学长也曾是……转学生吧。"

她大胆地说了出来。不知道为什么，她觉得现在好像可以说出来了。

起风了。学长将脸转向澪。屋后的竹林从右向左猛烈地摇摆起来。

她把学长讨厌的"可是"说了出来。

澪已经无法克制了。其实她一直有种别扭的感觉。

因为我认识这么久的澪是这种德行啊——她可以理解他的意思，也内疚地觉得自己有错，可是，她无论如何都克制不住自己的想法。

"学长不也是去年才转学过来的吗？田径部也是今年才加入的。你也并没有认识我多久吧……"

她鼓足勇气，在第一句话说出口之后，她就仿佛获得了力量，能够流畅地说话了。

学长的嘴抿成一线，脸上笑意全无——他变得面无表情。

望着那张脸，她想——

话说回来，刚刚好像是神原第一次用批判的口吻说起转学生白石。神原一直以来指责的都不是跟踪狂本人，而是本该是受害者的澪。他总是在说澪不好，只把怒火撒在澪身上，对白石却是一副无所谓的态度。

好像一切都是澪自己的错。

"你那是什么意思？"

学长问。他烦躁地抓着自己的脑袋。

澪愣愣地望着他的样子。

神原学长以前有过这种神经质的举动吗？他是那种会无故缺席社团活动还表现得满不在乎的人吗？

想着想着，澪突然意识到连她自己也不知道答案。

白石转学过来的第一天，她和花果她们聊过学长的事、三峯学园的转学考试很难的事。

记得当时花果说——不过，白石同学肯定很聪明。咱们的转校考试相当难嘛，去年转学过来的学长就是学霸，突然间就考了年级第一。

神原学长很聪明。在她们之间只要说起"学长"，肯定是指神原学长。在此之前，澪一直很崇拜神原，为他神魂颠倒。

可是，神原一太究竟是个什么样的人呢？尽管一直很崇拜他，澪却对神原——面前的这个人一无所知。她从来没有想过他会是这种断定自己"懂她""了解她"的人。

神原的手缓缓地从头上拿开，仿佛肩膀无比酸痛一般，艰难地转了一圈脖子。然后，他倏地眯起眼睛。

他的眼睛在看澪对面的房屋，在看屋后的竹林。

"都怪——那里吧。"

她屏住呼吸。他到底在说什么？在失去语言能力的澪身后，突然响起一个声音："放弃吧，神原一太。"

澪悚然一惊，她绷紧后背，回过头去。

从她家后面走出一个立领制服打扮的男生。曾几何时的记忆与眼前的光景重叠在一起。在自己家附近遇到他，这已经是第二次了。

"白石同学……"

白石要站在那里。可他的眼睛看的不是澪，他正死死地盯着神原。

他不再可怕了。不知道为什么，最近这段时间那么令她感到不适的白石的身影，此刻竟让澪产生一种"得救了"的心情。连她自己都觉得这种想法太自私了，却还是忍不住这样想。

她清楚地知道，在自己和神原这段靠她不停道歉来维系的关系里，有其他人走了进来。

白石向前走了一步。

神原不悦地瞥了眼白石。"你就是那个转学生？"神原喃喃自语了一声，厌恶地开口，"就是你吗？跟踪澪的家伙，真恶心。澪，快跑。快点回家……"

"屠杀全家。"

咦……声音卡在喉咙深处。那个可怕的声音是白石发出来的。澪的双腿僵住了。她看向神原，发现他的身体也不动了，瞪大眼睛注视着白石。

"你先以家里的某个人为切入点，笼络对方，不知不觉地进入对方的家，强行让对方接受自己的理论，让对方觉得是自己错了，将你的话奉为真理。进入对方的家后，你再不知不觉地支配家中的所有人。你这次也打算这么做吧——"

白石幽幽地笑了。

他露出一口尖锐的、獠牙般的牙齿。脸上浮现出邪恶笑容的白石，从身后取出一样东西，好像是一串银色的铃铛。

丁零。铃声响起。

神原瞪大眼睛，越瞪越大。

"我是来祛除你的。这家人，不许你杀。"

"你！"

丁零。又是一声铃响。风在吹，屋后的竹林沙沙作响，其中好像交织着同样的铃声。

铃声无比清脆。可是就在这时，澪的耳边突然响起一阵撕裂空气般的哀号。啊啊啊啊啊——那凄厉的程度甚至令人怀疑，自己的耳朵会不会被震聋。

神原滚到地上，痛苦地抱着头翻滚着。望着神原那凄惨的样子，澪不禁捂住嘴，喊着"学长"飞奔到他身边，抓住他的胳膊。"唑——"她猛然缩回手。

神原的胳膊——不，全身都无比滚烫，并不是发烧程度的烫，而是宛若触到了高温金属一样滚烫。

"最好别碰哦。"

白石手持铃铛对她说，嗓音从容不迫。

他的眼睛第一次瞥向澪，嗓音有些兴味索然："我不是都给你发过最后通牒了吗？"

听到白石的话，澪彻底失语了。神原正备受煎熬，他原本端正的五官扭曲了，只见他痛苦地用双手抓挠自己的脸、喉咙和头。

"学长——"她又一次跑过去，手和脚却蓦地停住了。她看到神原的脸"咔嚓"一声扭向了正后方。

"我不是都警告过你好几次了？"

白石像是丝毫不在意在他面前痛苦万分的神原，仍旧用那双不知在想什么的空洞眼睛看着澪。

"'不要跟神原一太走得太近。'不过，幸好你家后面有这片竹林。"

神原曾说"感觉不舒服"的竹林。

竹林随风摇摆，这次，从竹叶的缝隙间传来清晰可闻的铃声。每响一声，在地上翻滚的神原的身体就抽动得更加厉害。

"白石同学……你是什么人？"

哪怕大脑乱作一团，她依然隐约明白了一件事。

这个人说不定——只是猜测——是来救她的。

白石没有回答她。澪望着神原痛苦的样子，又问他："学长怎么了？白石同学，为什么——"

面对澪止不住的询问，白石一脸不耐烦地咂了一下舌。尽管澪觉得他的态度非常恶劣，但总算看到他的情绪，这令她松了口气。这可比因为猜不透他的心思而提心吊胆的时候好多了。

"第一眼看到你，我就知道了——你被缠住了。"

澪回忆起白石转学第一天，一直盯着自己看的那沉重的视线。白石望着在自己脚边呻吟的神原，语速很快："我明明是害怕你被杀掉，才想要跟你回家看看的。"

竹林在喧嚣。

——今天可以去你家吗？

当时那句猝不及防的话和竹叶的幽香重叠在一起。澪瞪大眼睛。虽然一切都莫名其妙，她却突然间想到一件事。

她想起白石从她家后面走出来的那一天。难道白石那一天到她家来，是想去这片竹林里做些什么吗？

"——有些好奇，你住在什么样的地方。

当时，说不定……"

"可是，可是……"

她双唇颤抖，回忆着当时的恐惧，继续说："听到你说想来自己家什么的，正常情况下都会……"

"是吗？我和神原一太做的事有哪里不同吗？仅仅是时间长短、顺序不同而已，这家伙可是打算比我更深地入侵原野同学的家呢。他已经来你家好几次了吧？"

白石的语气很淡。都不知道他到底在想什么，他却突然间一本正经地叫她"原野同学"，这令她呆若木鸡。

"这些家伙会把自己的黑暗强行散播给别人哦。"白石说。他的眼睛仍然死死地盯着神原。

"在各个街区移动，散播黑暗，将他人拽入其中。斩断这种被强行拽入的关系，祛除黑暗，这就是我们的职责——"

她的腿原本就在抖，在听到"屠杀全家"这个刺耳的词后，抖得更厉害了。她觉得他是在戏弄自己，不敢相信，可是白石的话却有着奇妙的说服力。

对于提出要来她家的神原，正常情况下，澪肯定会觉得奇怪，可是她却无法拒绝。

仅仅因为时间长短和顺序不同，她就没办法像拒绝白石那样拒绝他。

可是，正常情况下最重要的就是顺序，应该循序渐进才对。

常理无法在白石身上适用，这令她很不甘心，可是她知道他救了自己。尽管有些想不通，她心里却十分清楚。

"说。"

丁零。白石摇响铃铛，命令神原。神原的眸中浮现着怪异的光芒，虽然冰冷，却并不是愤怒，而是读不出任何情绪的、怪异的目光。

"你家——你父亲——"

就在这时。

"……靠！"

神原突然站了起来，仍旧捂着脸，动作非常快。

他快到令人怀疑，刚刚一直那么痛苦的身体究竟是哪来的力气。他用手腕粗暴而神经质地蹭着自己的脸，一次又一次。手腕的缝隙间隐约露出一张鲜血淋漓的脸，他无声地瞪了白石一眼后——跑了。

空气在野兽般的咆哮声中震颤，竹子的摇摆声和铃声仿佛都被吞没殆尽。

神原跑了，他的动作敏捷得令人惊讶。在一种仿佛电影特效的超现实感中，他沿着原路跑掉了。

白石屏住呼吸，虽然没有喊出"站住"，却径自追向神原。

"等一等！"

澪喊住他。她的大脑混乱至极，竟然无意识地抓住了曾经觉得那么恐怖、可怕的白石的手臂。

白石的眉头皱了皱："怎么了？"

"……如果你没有来，是不是就不会发生这样的事？"

她和学长的距离之所以急速拉近，就是因为要商量白石的事。这样一来，原因不恰恰就在此人身上吗？

说不定是学长出了什么问题。

说不定温柔的学长还能回来。

"跟我无关。"

白石像是为了斩断澪微弱的期待一般，干脆利落地否定道："我来或不来,都会变成这样,迟早的事罢了。"

"可是——"

她真的留下了恐怖的记忆。

不是因为白石,而是因为神原。事到如今,她已经彻底接受了现实。一想到深夜那一条条 LINE 消息,澪的后背就会冒寒气。没有人知道她怀着无路可逃的心情,向神原道了多少次歉。

白石眯起眼睛,叹息一声,低头望着澪:"我很犹豫究竟是该坐视不理,还是拿你当诱饵,所以才会警告你。"

"你往我课桌上写的那些话,是这个意思吗?"

"……我想尽可能不要吓到你。"

白石第一次有些尴尬地咕哝道。看他的样子,她意识到他好像是真的这么想的。这个人是真的出自好意才写下那些字的。那些无比工整、充满压迫感的字。

澪有些傻眼。这个人没有一点社交性或者说社会性——他完全不知道与别人拉近距离的方法。可是,她明白这只是一个事实而已。她已经不会再觉得他恶心了,虽然非常不可思议,可是如今想到神原的时候,她的心里更加不舒服,更恶心。她明明曾经那么喜欢他。

而且,白石并不可怕。

"'最后通牒'就是这个意思。如果原野同学当时选择分手的话,我打算另想办法。"白石说。

他从澪手中抽出手臂,突然背过身去:"利用你设陷阱,抱歉啦。"

说完,他便朝着神原消失的地方追了过去,追过去之前又回了一下头:"只要不动那片竹林,神原应该就会放弃原野同学了。"

诱饵啦、陷阱啦——

她觉得他的措辞很失礼,简直过分。

可是，在白石离去的同时，她的腰骤然一软，像是冷不防被一个看不见的人按了一下似的，"咚"的一声瘫坐在地上。坐下之后，她就再也站不起来了。

突然被告知这么多的内容，她没办法立刻完全消化，心里千头万绪。她感觉自己身上好像发生了一件令人难以置信的事，但是，她清楚地看到了神原痛苦地在地上翻滚的样子。他顶着那张鲜血淋漓的脸，连看都没往澪这边看，只瞪了白石一眼便狼狈地逃跑了。

神原学长的眼里没有我。他没有任何辩解和解释，只顾逃跑。他曾那般指责澪，给她发 LINE 消息，却又这般不在乎澪的存在。

——这些家伙会把自己的黑暗强行散播给别人哦。

——斩断这种被强行拽入的关系，祛除黑暗，这就是我们的职责。

她没有完全理解和相信白石的话，但有些事好像又隐隐能够理解，毕竟她亲眼看到了。

神原学长并不是正常人。

恐怕白石要也不是。

住宅区非常安静。刚刚一直猛烈地摇晃着竹林的风，此时已经不再吹了。学长的惨叫声响彻整个街区，可是周围的家家户户没有一个人出门查看情况。

她拖着仍然瘫软的双腿爬到家门口，打开玄关门。

"……我回来了。"

"你回来啦！"

里面传来母亲无比悠闲的声音。听见这个声音的那一刻，澪的胸中立刻涌上一股热流。厨房里有做饭的声音。

——神原应该就会放弃原野同学了。

得救了。她想。

## 第一章 转学生

第二天去学校时，她特别紧张。澪虽然紧张，但是对于即将发生的事又有隐隐的期待。

昨天，她久违地睡了个好觉。

和神原交往不过短短几天，可是在此期间，她的视野好像被遮挡住了。心情平复下来以后她才明白，自己应该是受到了他的支配，对他唯命是从。事到如今，她终于清醒了过来，感觉就连空气的重量都变了。只是短短一段时间，她却仿佛被扔进了狂风里，被撕扯得粉身碎骨。她虽然平安回来了，但是也有回不来的可能性。

她想跟白石好好聊聊。

她已经不再害怕白石了。神原怎么样了？要是白石在的话，她感觉自己应该也不会再像昨天之前那样害怕神原了，可以勇敢地跟他说话了。

"澪，早呀。"

沙穗跟她打招呼。"早。"澪一边回应，一边关注着三年级教室那边的情况。神原怎么样了呢？他会一脸若无其事地来学校吗？可是，昨天他脸上的伤肯定是藏不住的。

白石还没有来。他以前也总是踩着上课铃声进教室，今天她却等得有些焦躁。

他不会又转学了吧？

一想到他会和来时一样突然走掉，她就有些坐不住。他还没有给她一个满意的解释呢。

正在这时——

"原野，你们两个能来一下吗？"

# 暗被

一抬头，澪就看见班主任南野老师站在走廊上，正在往教室里看。真稀罕，他平时总是在打过铃后才会来教室。澪和沙穗对视一眼。花果还没有来。

南野老师的表情平时总是很爽朗，今天却有一些僵硬。"怎么了？"二人带着困惑来到走廊上，这才发现老师身后还有个人，一个女人。

对方满脸疲惫，双目凹陷，脸色无比苍白。或许是没有睡好或者生病的缘故，她脸上一副快要哭出来的模样，望着澪她们。

这张脸好像在哪里见过——她想起来了。

开家长会的时候见过一次，是花果的妈妈。

"到这边来一下。"她们被带到办公室旁边的学生指导室。刚走进这个狭小的房间，澪就产生了一种不祥的预感。

"请坐。"

南野老师示意了一下，花果的妈妈却没有坐下来。她不说话，目不转睛地盯着澪她们。花果妈妈不坐，澪她们也不好意思坐。

南野老师为难地开口："——花果同学昨天晚上没有回家。"

澪屏住了呼吸。旁边的沙穗也发出一声短促的"咦"。老师继续说："她好像回了一次家，晚上却趁家人不备，偷偷跑了出去，从此失去了联络。直到早上她都没有回家，音讯全无，也没有来学校。"

"……你们两个知道些什么吗？"花果妈妈终于开口了。她的眼睛红通通的，不知道是哭红的，还是熬红的，或者二者皆有。她转向澪和沙穗，身体前倾："桌子上留了张字条，窗户也开着，就像被吸血鬼掳走了一样。"

吸血鬼。

她妈妈好像相当焦虑。南野望着她，好像也不知道该对这句古怪

## 第一章　转学生

的话作何反应。

可是，澪知道自己的脸在渐渐地失去血色，身体也越来越僵硬，脚底仿佛粘在了地板上。

她控制不住地想象着。

窗户开着，花果的房间空无一人，窗帘随风飘荡。

"吸血鬼"是她妈妈下意识的、最直接的印象与感受。正因为她的措辞古怪反常，才会让人这么有画面感，就像自己亲眼看到了一样。

"字条上写了什么？"

问话的声音仿佛不像自己的，她有种不祥的预感。

——吸血鬼。

——最近花果突然扎起了马尾辫。她一直觉得那个露出纤细脖颈、显得很成熟的发型很适合花果。白皙的后脖颈。

最近是不是也有人让澪剪头发呢？头发的长度不要超过脖子。看不见后脖颈，我不喜欢。她想起听到这些话时，自己心里非常不舒服，也非常失望。

——吸血鬼。

将獠牙扎入白皙、纤细的喉管里的鬼。虽然想象中代入的是花果，但是伴随着这一想象，澪的脖子也感到一阵刺痛，有些毛骨悚然。

当时神原在笑。澪对他说"和朋友吵架了"时，他带着温柔的笑意对她说："没事啦。马上就会和好。毕竟每次见到你和花果她们，都有种很和睦的感觉。好姐妹三人组。"

她险些尖叫出来。

澪从来没有让花果和学长直接见过面，可是学长却知道花果的名字。那天一直在校门口等澪的学长，应该见过在此之前走出校门的学生，也见过告别澪和沙穗后，先行离开的花果。

"就是这个。"

花果妈妈翻了翻手提包，从里面取出一张细长的便笺纸。刚看到上面的内容，澪就发出一声不成调的呻吟，闭上了眼睛。

"我和三年级的神原学长在一起，别担心哦。"

"咦咦咦咦？！"沙穗代替澪尖叫出来。

澪睁开眼睛，只见沙穗因为事情过于意外，像是不知道该看澪还是该看花果妈妈，或者南野老师一样，整个人都无比慌乱、无助。在这些人中，她最担心的还是澪。怎么回事？怎么回事？她满眼无措地望着澪。

"三年级的神原还没来。打电话到他家也没人接。原野，你和神原都在田径部吧？有没有听说过什么？"

"……没有。"

她声音嘶哑地回答。沙穗心疼地望着她。

"昨天我跟花果没有聊LINE，放学道别的时候，是我最后一次跟她说话。"

"我也是……"

沙穗也一起摇了摇头。花果妈妈抬头望着她们，问："花果在和那个学长交往吗？"

沙穗短促地吸了口气，为难地看向澪。澪在那道目光的注视下，望着花果妈妈，摇了摇头："我不知道。"

或许神原不会再来学校了吧。

她绝望地意识到，说不定她再也见不到他了。理由说不清道不明，可她就是知道。因为她见到了他昨天那痛苦至极后逃跑的样子。

都怪我。

澪确实被白石解救了，神原真的放弃了她。可是，倘若被他纠缠、引诱的人不止她一个呢？

会那么突然吗？她想。

花果是最近才开始扎马尾的，她有足够的时间和学长迅速走近吗——想着想着，她叹了口气。

不是时间的问题。

改变距离感的不是时间。这几天，澪也每天都被神原牵着鼻子走。短短三天，她对他的感觉每天都在变化。事到如今，他们已经回不到昨天之前的相处方式了。

她想起花果曾经对她说："神原学长真的很帅，而且感觉很专一。"澪随声附和："是吧？"当时，花果对着她轻轻地笑了。

她们应该是朋友。

可是，当时花果的真心话是什么呢？

"我先去一趟神原家吧。"

"我也一起去。"

南野老师和花果妈妈这样说。然后，一筹莫展的老师命令她们："你们两个可以回教室了。"

"花果同学的事还有很多地方没搞清楚，不要随便跟别人讲哦。说不定她突然就回来了呢，到时候要是闹大了，那花果就太可怜了。"

老师努力发出爽朗的声音，却听得人很难受。听到这句饱含希望的话，花果妈妈捂住了脸。她似乎终于崩溃了，喃喃地叫出女儿的名字："花果……"

从学生指导室回教室的路上，沙穗一直低着头。她的沉默好像并不是为了照顾澪的心情，而是真的失去了组织语言的能力。两个人没办法立刻回教室，不由自主地走向无人的消防楼梯。

听到抽鼻子的声音，澪看向沙穗，发现她的眼眶里已经有眼泪在打转了。感受到澪的视线，她道歉："对不起。澪都没哭，我怎么先哭了。对不起。"

"……没关系。"

澪也不知道哪里没关系，默默地递给她一张手帕。沙穗接过去，一边放到眼角，一边说："没有男朋友的事，花果是不是比我们以为的更介意呀？"

她喃喃地继续："可是，她做得不对。"

这次她的语气坚定了一些，嗓音里清晰地透出了怒意："再怎么样也不能撬别人的男朋友呀！真差劲，她绝对做错了。"

一直很善良的女生因为自己生气了——就连这一真情实感，倘若被神原听到了，他肯定也会说她自欺欺人之类的。她的脑海中瞬间冒出这样的念头——不行，这样会被支配。她将这种念头赶出脑海。

她已经回到了可以为朋友真心落泪的世界，她不想让任何人否定沙穗的正直与温柔。

可是花果走了。

就和澪面对神原的指责选择逆来顺受，而这份懦弱被他当成破绽一样，神原也乘虚而入，在花果的体内埋下了黑暗的种子。

想要跟朋友争一口气的心情或许便是如此。

那天花果究竟是怀着什么样的心情，抚摸自己长长的马尾辫呢？

澪将身体不适的沙穗送去了医务室。"今天就提前回家吧。"叮嘱过她之后，澪便一个人回到教室。

打开教室的门，澪发现白石已经坐在座位上了。

原本还以为他会像神原或花果一样，从此再也不出现了呢，她不禁松了口气。看到他的身影，她像是吃下了一颗定心丸。

## 第一章　转学生

"……要同学。"

当时她为什么会喊他的名字呢？很久之后，澪都没有搞清楚。可是，当时的她轻易地喊出了他的名字。

大概是不习惯这个称呼，又大概是这个教室里从来没有学生主动跟自己说话，白石要立刻抬起头来。那不知道在想什么的古怪眼神，仍旧跟最初的印象一样。

不过，她现在已经不害怕这种眼神了，反而还觉得那股莫名其妙的淡定非常可靠。

直到打了上课铃，南野老师都没有出现。估计还在跟花果妈妈说话吧，短时间内他应该不会来了。

"听说神原学长失踪了。"

她的音量可能会不小心被周围的学生听见，但是她已经不在意了。要的眼睛里敛着一道锋芒，一道不仔细观察就难以察觉的锋芒。

"你如果去找他的话，带我一起去。"

要微微睁大眼睛，不过，和到昨天为止的不耐烦、无语之类的目光有些许不同。他一言不发、饶有兴致地迎向澪的视线。

他是不是已经知道花果也一起失踪了呢？听到澪的话，他并未露出震惊的表情。

要一直盯着她，澪也直直地盯回去。

他有什么目的、在做什么事，她并不清楚。或许他打算马上离开神原失踪的这所学校吧。可是，这个世界上还跟花果有微弱联系的人，就只有要了。一旦失去他，一切就都完了。

——这不是性骚扰吗？

花果之前说，要对她做的事是性骚扰，澪认为那就算不是性骚扰，也是"某种骚扰"——没有距离感，单方面地将自己的处境、苦衷和想法强加给别人。现在她已经知道了，骚扰她的人或许不是要，而是神原一太。

这些家伙会把黑暗强行散播给别人哦——要曾经说过。

当时，在对澪颐指气使的神原的眼睛深处，确实存在一片黑暗。一旦往那片漆黑的深渊中窥探便会发现，自己所生活的平凡世界里的常识，或者正常的思维方式全都不再适用。他整个人都散发着这种气息。

澪的脑海中突然冒出一个词。

黑暗骚扰。

将自己心中的黑暗散播出去，强迫别人接受，并将其拽入其中，这是黑暗骚扰，心中或眼睛深处的黑暗不断向外界渗透。所以，可以把这种行为称为黑暗骚扰吧？

"……体。"

耳畔传来声音，她回过神来。"什么？"听见澪反问，要便又重复了一遍："听说昨天在三重县的山中，发现了一具身份不明的男性遗体。"

他冷不丁说什么呢？听完这些内容，澪一脸迷茫。要接着对她说："我觉得是神原一太。"

她瞬间倒抽了一口凉气。

她想起昨天那张鲜血淋漓、伤痕遍布的脸。

要直视着澪的脸，问："为什么想要一起去？"

在猝不及防的时机发布爆炸性的消息，估计已经是他的习惯了吧。

澪回答："因为我担心花果。"

就算这种心情被说成是自欺欺人也无妨。

被说成是博爱主义也无妨。

## 第一章　转学生

善良或许是软弱，但如果让她舍弃善良，她宁愿一直软弱下去。她不会让人否定，也不要改变自己。

担心、自责、是我的错——她先道歉。

这一切都是为她自己而做的，所以并不是善良，哪怕她会被这样说也无妨。

澪又说了一遍："因为我是花果的朋友。"

就算被称为优等生也无妨。她同样认为自己被背叛了，可是这种心情不是谎言。澪带着恳求，对要说："所以，请带上我。"

有几秒的沉默。

几秒过后，要终于开口："好。"

第二章

邻居

# 暗被

"砰!"一声仿佛什么东西爆裂似的巨响传来。

正弯着腰在小区阳台上晾衣服的梨津慌忙抬起头来。她从阳台上往下看了一眼,但是一时间没明白发生了什么。

好像还听见了一声惨叫。

不过,因为前面听见的那个声音太响,导致她耳朵里一阵麻木。那是一种很奇怪的感觉,像是有人突然在她的耳畔按了下车喇叭,吓了她一大跳。可是现在仔细想想,她又觉得那个声音里好像掺杂着水汽。这似乎跟刚刚的形容有些矛盾,但感觉更像"啪叽"一声。

刚刚那是?她正疑惑着,下面便嘈杂了起来。从五楼这个位置只能隐约看到声音传来的地方,但是看不清发生了什么。她心神不宁地匆匆将剩下的衣服晾上去,回到客厅。

直到去小学送孩子的丈夫雄基回来,她才知道发生了什么事。

"你回来啦。奏人怎么样?"

在单位选择弹性工作制的丈夫晚上下班虽晚,早上上班之前的时间却相对充裕。他遛狗时,会顺便送上小学一年级的独生子奏人去附近的小学,这是雄基每天的工作。丈夫回到家时,奏人大多时间已经睡着了,所以对他来说,这是少数能和儿子说话的时间。

怎么样?她这样问并无深意,只是一句对刚回到家的丈夫的日常问候。

可是,这一天的雄基神色却有些古怪,一起回来的豆柴小八莫名

## 第二章　邻居

亢奋。

"奏人挺好的，倒是……"

他的脸色很差。"我先去洗手洗脸。"她从去卫生间的丈夫手中接过散步后的小八，正用毛巾帮它擦脚时，雄基回来了。

"我碰到跳楼的了。"

"啊？"

梨津的耳畔又响起刚才的声音。那么，那个声音——

雄基疲惫地坐到餐椅上。上班前他穿着不讲究的汗衫和牛仔裤，洗脸时汗衫被水溅湿了一小片。

"我把奏人送到学校附近的拐角，回到小区南侧入口的时候，突然听到'咚'的一声巨响，我最开始还以为是出车祸了呢。伴随着那个声音，还听见一声惨叫。"

"嗯。"

"可是我看了看，没看到车。"

雄基口中的巨响估计就是梨津听到的那个声音吧。自己听着像车喇叭声，在附近的雄基听起来是那种声音吗？

南侧入口确实正对着一条挺大的马路，交通量虽然不算大，但是早上这个时间段，车流量估计比中午要大些吧。

"一个大学生模样、骑自行车的姑娘瘫坐在那里。我往那儿一看，发现她前面还倒着个系围裙的女人。"

"——有血吗？"

雄基摇了摇头："倒是没看到血。不过，胳膊和腿都扭成了离奇的角度。"

虽然只能想象到模糊的画面，她还是发出了一声叹息。

"我走过去一看，勉强还有呼吸，但估计是救不活了。"

雄基斟酌着措辞说道。

梨津问:"除了你和骑自行车的姑娘,周围还有别人吗?"

"一开始没有,所以我很发愁。那姑娘彻底吓傻了,我也因为只打算出门送奏人,没有带手机。不过管理员很快就注意到情况,赶了过来。我让他帮忙叫救护车,自己先回来了。毕竟还有工作呢。"

"这样啊。"

好像并没有像在电影或电视剧中经常看到的那样,引发围观、造成轰动。但也恰恰因此,丈夫的话非常有真实感。

"既然她穿着围裙,会不会是这个小区的人?"

"可能吧。不过,也有可能是不想在自己家自杀,特意跑到这里跳楼的。"

丈夫叹了口气:"记得这个小区有个消防楼梯,可以从外面进来吧?"

名义上都叫"小区",但是现在的小区也有各种类型。

20世纪60年代全国各地到处兴建的老房子随着时代的变迁,面临着住户搬迁、居民老龄化的问题,逐渐失去了活力,估计这是最常听说的情况。梨津他们小区的情况却略有不同,大概十年前,这个小区被委托给本地知名的年轻设计师夫妇,进行过一次全面改造,当时还因为二人优秀的审美引发了话题。有些房子因为有人搬走,设计师便将原来的两户打通,变成一户,使得这里的公寓比附近的其他公寓更宽敞。再加上房租便宜,这个小区便成了深受年轻人和有子女的家庭欢迎的房产。

重新改造过的建筑外观充分保留了建筑本身的历史感,就连覆盖在外墙的爬山虎,都在设计师的改造下变得别有意趣。

梨津他们也是听说了小区的风评后,前来参观的家庭之一。在此

## 第二章　邻居

之前，他们一家三口住在市中心的一居室公寓里。但是随着孩子的成长，他们的居住空间越来越狭窄，再加上奏人说想要养狗，他们便趁儿子升小学的机会考虑起了搬家，开始看房子。最终他们相中的就是这个泽渡小区。

原本听说这里是热门房产，很少有闲置房，但是在委托的房产中介公司的帮助下，他们获得了私下参观的机会。

当时参观的便是梨津他们现在居住的 515 室。

距离市中心这么近，还是三居室。虽然房龄确实挺老的，但是入口和走廊都进行了充分的翻修，反而因为这充分保留旧式风情的设计，使得整个建筑散发出一种国外公寓般的厚重感。

最让梨津动心的是参观途中看到的那张贴在电梯里的纸。发现那张纸的奏人咕哝了一句："有庙会呀，还有抬神轿。"

在那张写有"泽渡小区儿童庙会"的海报上，身穿短外褂的孩子们笑容灿烂。看到写在旁边的"还有棉花糖哟""可以去神社参加抬轿活动""10 点在小区中庭公园集合！"的字样，她心想，好想在这里养育奏人。

尽管大学就来了东京，但梨津是德岛县人，在她的儿童时代，经常会有这样的庙会或者儿童活动。从和丈夫结婚时起她就已经知道，因为彼此的工作，他们只能在东京育儿。尽管知道不能在和自己相同的成长环境下养育自己的小孩，她还是有些不知足。市中心和地方相比，人际关系总会淡漠一些。比如在当时居住的公寓，他们和那些拥有差不多年纪的小孩的父母，顶多也就是点头之交，始终维持着客气的距离。

可是，她觉得如果是这个小区的话，应该"有生活"。她想在这里养育儿子，让他能够融入这片土地。和梨津一样是地方出身的丈夫雄基，好像也与她的想法不谋而合。

"真好啊，这种活动。有点感动。"

她觉得，就在丈夫这般喃喃自语时，夫妇俩共同下定了决心。不过，丈夫又担心地补充道："考虑到你的工作性质，我有点儿担心这里的安保。虽然貌似有管理员，但毕竟是旧小区改造的，不像现在的公寓那样配备自动门锁。"

"应该没关系吧。最近我又不怎么接需要露面的工作。"

"可是……"

他能够替自己考虑，她很开心，但还是微笑着对他说："没关系。我觉得泽渡小区特别棒。"

她这样回答，决定搬进来。那是距今大约一年前——奏人上小学之前的冬天的事了。他们在三月底之前完成搬家，入住了半年左右。这是他们在这里迎接的第一个秋天，目前住得非常舒适。

可是直到发生这种事，她才深刻地体会到这里的安保措施有多不到位。因为保留了老建筑的特色，导致外面的人也能通过消防楼梯进入这里。

"希望不是奏人的同学的妈妈之类的……"

跳楼的女人穿着围裙，这让她特别在意。虽说小区是一个共同体，但是整个小区有将近两百户人家，她当然不可能认识所有家庭。不过，一想到对方也是孩子的母亲，她就感觉双腿发软。

"不清楚。看起来年纪比我们大一些。我没看清脸，但应该不认识。"

"……那个骑自行车的姑娘还挺幸运的，没被砸到。"

她从冰箱里拿出麦茶，给脸色仍然有些差的丈夫倒了一杯，继续

## 第二章　邻居

说:"我曾听说跳楼自杀的人会有殃及他人的倾向,据说他们会下意识地选择底下有人的时候跳下去。"

正在喝麦茶的丈夫皱起眉头,嘟囔了一句:"真可怕。"梨津点了点头。

"据说完全是下意识的行为,但就是会控制不住自己。这句话是之前来电台做嘉宾的脑科学家跟我说的。"

梨津是位自由播音员。

以结婚生子为契机,她辞掉了之前电视台的工作,也曾考虑过就此退圈,专心带孩子。不过,在周围的人和丈夫的力劝下,她还是选择继续工作。她尽量减少上电视、做播音员等需要露面的台前工作,目前主要做一些解说类的配音工作。

当时之所以考虑暂时退圈,主要是因为怀孕期间身体垮了,她怕自己的体力跟不上。不过,奏人出生后不久,她的身体状况就稳定了下来,目前的工作也步入了轨道。幸运的是,很多人还记得电视台时代的梨津,也有一些电视节目的配音工作会指定梨津来做。去年她受邀成为一档广播节目的常驻播音员。那是一档由某家赞助商独家赞助的三十分钟的节目,每期都会邀请各行各业的嘉宾做访谈。

节目录完后,她偶尔也会和录制嘉宾聊得火热。刚刚说的那件事,她就是在闲聊的时候听说的。

雄基为梨津的话皱起眉头,将喝光的麦茶杯子放到桌子上。

"不管怎么说,幸好是送完奏人之后发生的事。他没看到那个场面真是太好了。"

"是啊。"

梨津也深深地点了点头。还好跟孩子们的上学时间错开了,一想到要是时间段重合的话,她就不寒而栗。

"我得去公司了。楼下说不定会有警察过来,今天可能一整天都不会消停。梨津,你出去的时候也小心一点。"

"知道了。今天因为阅读志愿者的事,我要去学校一趟,说不定会路过现场。"

话音刚落,雄基就转向梨津,突然笑了。梨津问:"你笑什么?"他回答:"没什么,就是觉得你挺冷静。我还以为你会觉得不舒服,或者担心自己住的房子变成凶宅呢。"

他这样说或许是考虑到了将来吧。梨津有些纳闷:"所谓的凶宅,难道也包括不是死在家里,而是跳楼自杀的情况吗?"

"谁知道呢。好像有个专门汇总凶宅的网站,上面应该会登出来吧?说不定是根据死者是不是那里的住户来认证是不是凶宅呢。"

丈夫说完,叹了口气:"不过想想就郁闷。要是那种网站上介绍了咱们家的话,不就说明我今天见到的那个人去世了吗?虽然眼瞅着是救不活了,可我毕竟正好在场,知道那变成事实,心里还是会有些不是滋味。"

"啊啊,那个网站我也听说过,还看过呢。"

那是一个知名网站,会刊登日本全国因事故或自杀而出现的死者的建筑物或房屋的信息。还在电视台上班时,她从同事那里得知了这个网站的存在,曾经半带着好奇偷偷看过。

丈夫惊讶地说:"咦?你看过啊。"他夸张地做了个哆嗦的动作。

"你居然敢看啊。要是知道咱们家隔壁或者经常去的地方是凶宅,你不会不舒服吗?"

"不会啊。最开始只是好奇,想知道咱们家这一带或者常去的地方有没有那种地方。"

起初她是抱着对恐怖事物的好奇心去看的。望着网站上那一大片地图，她心想：啊啊，原来有这么多被称为凶宅的地方啊。但是，她很快就意识到或许未必有那么多。

"看着看着，我反而觉得现在在家中去世的人真的好少，网站上连孤独死或病死的案例都会介绍。虽然这个网站汇总的并不是全部，但是一想到住户这么多，在家中去世的人却只有这么点儿，就觉得在现代的日常中，死亡好像完全隐身了。在医院去世才是正常的，除此以外都是特殊情况。"

梨津脑海中浮现出当时看到的地图，还有在那个网站上看到的案例数量的显示。

"所以，即便将来这个小区被称为凶宅，我可能也只会觉得就那么回事儿吧。"

"你是这样想的啊。"

丈夫赞叹地说完，又换上揶揄的口吻："梨津的思维果然很理性。不愧是'知性的梨津'。"

"不许这么叫我！"

那是在她做电视播音员的时代，大众传媒给她取的绰号。为了和拥有可爱靓丽外表的同辈或后辈相对照，各个杂志经常这么写她——森本梨津，"知性的梨津"。他们说她比起综艺节目，更擅长负责作家或学者的访谈工作，可她一直觉得那是他们认为自己圆滑周到、没个性的表现。

"好好好，那我先去上班了。"

丈夫说着，去自己的房间换衣服了。往外走的时候，小八像平时一样在他的脚边嬉闹。

她冲着丈夫的背影喊："啊，对了。"

"怎么了？"

# 暗袱

"——小心一点哦。"

她抬头望着雄基的眼睛。她觉得他与自己不相上下，也是能够理性看待各种事情的人，她就是被这种理性吸引才与他结婚的。比如今天亲眼见到这种事，换作别人肯定会更加慌乱，或者把它当成一个重大事件，变得情绪激动吧。

"你可能觉得自己很冷静，但毕竟是看到了死人哦。说不定你自己都没有意识到，其实你已经受到了惊吓，或者留下了心理阴影。不要太逞强哦。"

"知道啦，我没事。"丈夫微微一笑。

"谢谢你替我担心。"说完，他就出门了。

送走丈夫后，梨津给赏叶植物浇水、扫地。做完这些零碎的家务后，她准备整理一下装束，去学校参加下午的志愿者会议。她没有犹豫穿什么比较好，干脆利落地换上一条从事造型师的工作时穿过、当时直接买下来的低开衩连衣裙。

中途她还是有些不放心，去网上看了一下新闻，还打开电视看了看，但是并没有看到跳楼自杀的报道。不存在谋杀性质的自杀案，说不定很少会被报道吧。死亡好像在日常当中隐身了。她又想起自己刚刚说过的这句话。

去学校的路上，梨津会经过雄基说的南侧入口。

她想象过可能会看到警察，或者地上画有经常在电视剧中看到的人形白线，抑或是在一定范围内拉上了禁止入内的警戒线之类的。可她认为是现场的地方，却安静得令人扫兴——并没有很多人聚在那里，也没有警戒线或白线。

只是路面不自然地湿了一片，变成了黑色——估计是已经将痕迹冲洗过了吧，只留下那一小片地方，像是留在这里的死亡之影。

## 第二章　邻居

参加学校的志愿者活动聚会,这个体验对梨津而言还是很新鲜的。

奏人上的区立楠道小学是附近有口皆碑的好学校。大概是因为学区内有国家公务员宿舍,那里的小孩也大多在这里上学的缘故,这里的很多学生家长都热衷教育,也有很多小孩在上小学之前,因为父母的工作去过国外念书。不同成长背景的小孩在这里可以相互影响,所以,甚至有为了让小孩进这所小学,特意搬到这个学区的家庭。

梨津的同事中也有很多把小孩送去私立学校的,但是梨津在考虑搬家的同时,也调查过奏人将来要去的学区的小学。楠道小学的风评令她非常心动,当初之所以选择泽渡小区,也有这个因素。

楠道小学也经常有监护人参与的志愿者活动,有别于PTA(家长联合会)干事的工作,这里有修剪花坛、准备秋日庙会上的义卖会、在上学路上的人行横道旁举着小旗①护送孩子过马路等形形色色的活动。

从奏人出生的那天起,她就在想,今后要尽可能把时间用在孩子身上。

奏人上小学后,她一直想参加志愿者活动,可是工作太忙,很难真正腾出时间。但是听说其中有"阅读委员会"活动小组时,她突然提起兴致,要是有这种活动的话,好像可以在学年的中途加入试试。因为在平时的工作中,她也会阅读绘本或者朗读小说。自己好像也能发光发热——说实话,她心里也隐隐有些自负,想着如果是专业人士

---

① 日本小学的常见活动,在上学或放学路上,举着小旗护送孩子过马路,通常由家长轮班。

做的话，大家应该都会很开心。

可是，在踏入阅读委员会指定集合的阅览室的那一刻，梨津感觉自己好像来得很不合时宜，不由自主地在门口停下脚步。

集合时间是下午一点半。她明明是准时到的，里面却已经座无虚席，呈半包围形排列的座位上坐了很多女性。估计是还没有正式开始议事吧，尽管有个领导模样的女性坐在前面，很多人却在亲密地闲聊。

"对了，上次达也平安回去了吧？露营后——"

"啊，你说那天啊，早就没事了。第二天已经能和美美他们骑自行车去公园了——"

"哎呀，你怎么不早说，我家那个也想去呢！"

不知道她们在聊什么。

梨津之所以在门口停下来，是因为聊天者之间实在太没有距离了。她们那种不用敬语、没有隔阂的说话方式令她望而却步。

看来在学年中途参加果然不太好。

她环顾四周，再次注意到一件事——聚集在这里的大部分母亲，似乎都是高年级小孩的母亲，看不到和奏人同年级的小孩的母亲。说不定每年聚在这里的母亲都是同一批人，这个聚会已经变成她们的社团活动了吧。

梨津已经开始后悔来了。她抱着不舒服的心情，求助般地巡视了一圈。但是母亲们都沉浸在自己的聊天里，无论是否注意到了梨津，都没有看她一眼的意思。

既然已经进来了，再出去也有些奇怪。梨津下定决心，走到最角落的空座位，问旁边的女性："请问，我可以坐在这里吗？"

"咦？可以倒是可以。"

对方是一个年纪看起来比梨津大不少的女性。

## 第二章　邻居

她应该是小学生的母亲，但是随意扎起来的卷发中却夹杂着许多白发，皱皱巴巴的衬衫感觉并不是设计成那样的，而是没有熨烫的缘故。

跟她对视后，梨津微微吃了一惊。

不光是楠道小学——如今这一带的小学，很多母亲都很时髦。她们大都打扮得年轻时尚，也很注意身材。如果她们自己不说，别人很难看出她们有小孩，可是梨津搭讪的这名女性看起来却疲态尽显。还有她的妆容——并不是没有化妆，只是粉底色号太白，有些浮粉，口红的颜色也过于红了，绝对不是这个时代的妆容。就算说她是位年轻的奶奶，梨津可能都会相信。

无意中看了她的手一眼，梨津更吃惊了。她手里拿的不是智能手机，而是翻盖手机。梨津的工作对象中也有固执地不用智能手机的人，这倒是没有什么好大惊小怪的，只是不由得会有些好奇。意识到自己好像盯着对方看太久了，梨津有些尴尬地低下头去。

其他志愿者成员也没有开始议事，仍旧聊得热火朝天。

"哎呀，由美子，你不是说要借那个给我吗？"

"抱歉啦，智美姐，我忘记了。"

她们不是用姓氏，而是用名字称呼对方呢。注意到这一点，自己是局外人的感觉愈发地强烈了。

表面上看不出有没有跟她同一个小区的母亲。她本来就认不全那里的住户，而且平时是走南侧入口还是走北侧入口，也会导致碰面的概率大不相同。

好像也没有人在聊刚刚丈夫看到的跳楼自杀的话题。

听说PTA这样的学校职务，很多家长会彼此推脱，但是也有一部分家长会提前沟通好，由他们自己包揽。不过，她原本想着楠道小学好像不会有这种情况，志愿者活动更是任何人都能够轻松自在地参与。

她的脑海中浮现出新学期伊始、奏人从学校拿回来的宣传单上的内容："招募学校志愿者。成为志愿者，您可以更好地了解孩子们的学校生活。还有机会结识其他年级的家长。"上面如是写道。可是，谁能想到她们已经形成了这样的小团体呢？

如果是阅读，自己也能派上用场——她就不该有这种想法吧。

梨津正暗自感叹，突然感觉到一道视线。这道视线来自身边那个她刚刚觉得格外显老的女性。话说回来，对方好像从刚刚开始就对和其他家长聊天不感兴趣，一直在看翻盖手机。这时，她的目光从手机上离开了，明显在看自己。

"大家之前也一直是阅读委员会的成员吗？"梨津下定决心，主动问道。什么话都不说也挺不自然的，只能由自己先笑着跟对方打招呼了。

她觉得这是一个不痛不痒的话题。可是这话刚问出口，那名女性就拔高嗓音："咦？"她一脸诧异地望着梨津，然后缓慢地点了点头，"噢……告诉你也行。之后你有时间吗？"

哈？她险些发出这样的声音。对话有一瞬间中断了，她的表情僵在那里。对方又说："大家的小孩上几年级啦、谁和谁的关系比较好啦，这些事都可以告诉你啦，不过估计很难一次性记住，所以，你要用笔记本或者记事本之类的记一下吗？"

"咦？啊，不，不用了。"

她慌忙说。本来她就只是想说句客套话，并不是多么想知道她们的情况，反倒是以后再也不想来了的心情更加强烈。

对方盯着梨津："我非常擅长阅读哦。除了学校，图书馆也委托我每周去宝宝广场读书。我的经验非常丰富，所以应该可以给你提供一

## 第二章　邻居

些阅读方面的建议。等会儿你要是方便的话，我就指点你一下吧？你能多留一会儿吗？"

"呃，不好意思，等会儿结束后我还有事。"

真受不了，她想。梨津时不时就会遇到这种事，最头疼的是对方之后通过某种渠道得知她的职业的时候。知道她是专业人士，会让对方产生一种不必要的羞耻感，这会让她觉得有些过意不去。

她基本上能猜出对方会推荐什么书。那些书的作者肯定有几位上过梨津的广播节目，也肯定有下节目后依然与她保持密切联系的人。

这时，对方却突然微眯双目，皱眉问道："你的衣服是怎么回事？"

"咦？"

"什么啊那是，下面还带蕾丝边，感觉怪怪的。"

梨津的讪笑僵在脸上。那不是怪，是精致。她之所以买下这件衣服，就是看中了那里的设计。她极力克制住这样说的冲动，含糊地笑了笑："有吗？"

"哎呀，那里还带开衩？你不觉得非常奇怪吗？"

"啊……不好意思，是我的着装不合适吗？"

这条连衣裙绝对算不上花哨，她觉得只要多看一会儿，应该就能看出它的设计感。对方却对尴尬地询问的梨津摇了摇头："不，我不是那个意思啦，就是觉得——有点儿像女演员啦。"

她说完，开始打量起梨津的脸。梨津怀揣着一种很想消失的心情，对她强颜欢笑。女人毫不客气地将梨津从上到下打量一遍，说："刚刚我就觉得了，我好像在哪里见过你。"

"啊……哦。"

梨津有段时期在电视上做过新闻主播和节目主持人，估计是这个原因吧。像这种时候，第一时间应该如何作答，哪怕经历了再多遍，她也一直不习惯。她生硬地回答:"大概是因为我从事过相关工作吧。"

"工作?"女人咕哝了一句。

她立刻觉得后背发凉。有工作的母亲和没工作的母亲之间存在某种隔阂,她已经在各种各样的场合体验过这件事了。她不禁有些懊恼地想,怎么就冒冒失失地说出来了呢?

"你说的工作,是什么工作?"

"播音的……"

她虽然偶尔会被问到,可是从来没有被这么露骨地反问过。她犹豫地回答过后,女人夸张地提高音调,瞪圆了眼睛:"真的假的?这么说,你是播音员?"

"嗯,算是吧……"

看到梨津点头,她喃喃道:"怪不得呢。"

虽然她不知道梨津叫什么名字,但是估计隐隐知道她的存在吧。下一刻,女人突然压低声音:"我跟你讲哦——"

"请讲。"

"我也是。"

"咦?"

这次轮到梨津瞪圆眼睛了。面对冷不防惊讶出声的梨津,女人扯着嗓子说:"啊,保密保密。不许对别人说!下次我带过来吧,要对别人保密哦。"

"哦……"

带过来,是要把什么带过来呢?她口中的"我也是",是说她也是某个电视台的播音员吗——不会吧?真的假的?

梨津有些慌张。对方的年纪看起来比自己大不少,但是自己完全不认识她。在刚刚的对话中,这个人是不是哪句话听错了啊。

## 第二章 邻居

梨津脑子里乱哄哄的，但还是强颜欢笑。女人又问："你家小孩上一年级？今年刚入学吗？"

"啊，是的。其实从春天开始，我就一直想做志愿者之类的，但是工作一直太忙了。不过，如果是阅读，我觉得自己好像也能贡献点力量。"

"是吗？你现在也在工作吗？"

"嗯，算是吧……"

"你家小孩是男孩还是女孩？叫什么名字？"

"——是男孩。"

梨津没有回答名字。自己为什么坐到这里了呢？明明有这么多人，为什么偏偏坐到这个人身边呢？她正在后悔，突然听到女人开口："是吗？我呀——也正在考虑要不要找个工作呢。我家老大变成了家里蹲，现在连学校都去不了啦，我正发愁呢。不过老二倒是挺活泼的。"

梨津怀疑自己的耳朵，惊讶地眨了一下眼睛。还以为对方会像刚刚那样压低声音交代自己保密呢，可她没有，而是继续说："真的挺让人发愁的。"

"……是喔。"

"是啊。老大是高中生，一个男孩突然间变成了女孩，我现在都不知道该怎么办了。真是的，我的生活到底是怎么了？"

梨津倒吸一口凉气，从绷紧的喉咙里发出"咻"的声音。她发出轻微的尖叫似的声音，因为她很震惊，与其说是对事实本身，不如说是对这种大大咧咧的说话方式感到震惊。

"变成了女孩？"

这件事太荒唐了，她不由得反问了一句。女人点点头："是啊。"这么坦率的说话方式，令她彻底无言以对。

与性别相关的问题非常敏感。梨津在工作中会遇到各类人，在广播节目中也聊过好几次这方面的话题。

关于孩子自身的敏感问题，或许没有必要特别隐瞒，但是也不应该在这种人声嘈杂的场合，跟一个第一次见面的人说吧？"家里蹲"和"不登校①"的事也一样。

此时再联想到她刚刚问奏人是"男孩还是女孩"，梨津突然间感觉出一些别的内涵。

必须逃跑，梨津认真地想。与此同时，她的手臂上起了一层鸡皮疙瘩。对方笑吟吟地跟她说话，那张白得过分的脸和画着格外浓艳口红的嘴唇，也愈发令她觉得毛骨悚然。

毕竟才刚刚认识，现在应该还可以跟这个人保持距离，不必成为"熟人"。

就在这时，女人突然将自己的记事本打开了，说："对了，把你的联系方式写一下。"

"咦？"

听到她丝毫不见外的口吻，梨津犹豫极了。女人又说："只写电话号码就行。还有名字。"

会议赶紧开始吧，梨津在心底默默祈祷。她一直关注着前方的情形，但是其他家长还在聊天，完全没有开会的意思。来个人救救我吧，她由衷地想。

虽然已经尽量在减少曝光的工作，但是梨津的职业需要表明身份，她希望尽量保护自己的个人信息。在互联网如此普及的时代，要是信

---

① 日本的一个独特概念。根据日本文科省的定义，处于义务教育阶段的学生每年缺勤达 30 天，就被记为"不登校"。不同于家庭贫困或伤病等被动缺席，"不登校"是学生主动地长期逃学。

## 第二章　邻居

息泄露出去，不知道会发生什么样的事。最重要的是，这里是奏人的小学。梨津自己倒是无所谓，可是只要一想到孩子的信息遭到曝光，奏人可能会遭遇危险，她就会感到脊背发凉。

女人正死死地盯着她，她无法转开目光。钢笔和记事本被硬塞进了她手里。她不想写，可又不能直接拒绝。她要是拒绝的话，估计会被骂装腔作态。用不了多久，绝对会流言蜚语满天飞，说她耍大牌——在养育奏人的过程中，梨津对这件事一直都很小心翼翼。

会议还没有开始。快点开始吧！她都想喊出来了。

三木岛梨津。

她姑且写下了这个名字，没有用她做播音员时的旧姓，而是用了婚后的夫姓。刚写完，那个女人就双手合掌，一跃而起："哎呀，这个名字我好像见过！不得了。莫非你很有名吗？"

"……没有。"

梨津都有点想哭了。这是她的本名，对方不可能在电视上见过这个名字。她的话让梨津觉得自己好像被当成了白痴。把名字写下来之后，一股后悔之情涌上心头。平时在学校接触到的奏人的同学的家长，哪怕知道了梨津的工作，也不会表现得过于激动，跟她相处的时候都很有分寸。

可是，怎么今天偏偏遇到了这种人？就在她产生这个念头时——

"香织小姐，要开始了哦。"

在一片嘈杂中，响起一个沉稳的声音。听见那个声音，面前的女人扭过头去。梨津也好奇地看向声音的主人。

这是一个身材苗条的漂亮女人，个头不高，但是她的脸庞十分小巧，身材也很好；一身素色套装，搭配柔软的长外套，简约而又时尚，令人无从挑剔。梨津觉得她的穿衣品位非常好。

只见她嫣然一笑,梨津身边被称为"香织小姐"的女人立刻不说话了,面无表情地默默将记事本收了起来。

这个突然出现的女人笑着对梨津说:"你好。你是第一次参加阅读委员会吧?很高兴你能来。"

得救了。梨津怀揣着这种心情,也向她点头致意:"你好。"她第一次产生能够在这个场合和人正常交流的安心感。梨津一边点头,一边再一次感慨,她可真是位漂亮的母亲——与其说是漂亮,不如说是完美。

比起在与奏人相关的聚会上遇到的人,她更像梨津平时在工作中遇到的名媛。那些总是妆容精致、服装讲究、每次见到都像是从杂志里走出来的人们——她的身上散发着这样的气质。无论是衣服的配色,还是外套的质地和长度,都非常讲究。

她向梨津介绍自己:"我叫泽渡,是名六年级男孩的母亲。"

听到她的介绍,梨津吃了一惊,立刻想起那对负责改建泽渡小区——梨津居住的小区的年轻设计师夫妇。话说回来,自己好像见过她。

"请多关照。"

她的脸上露出美丽的笑容,跟梨津寒暄。

"泽渡太太,难不成你是泽渡小区的设计师?"

梨津不禁问了出来。面前这位端庄、时髦的女性也看向梨津。她的长发一丝不苟地束起来,更加显得脸庞小巧,耳朵上那对大大的耳坠也非常别致。

怕自己的问题让她尴尬,梨津慌忙补充道:"不好意思,我就住在泽渡小区。"

"哎呀!是吗?原来你住在我们小区啊。"

## 第二章　邻居

她莞尔一笑："是啊，负责改造的主要是我先生，不过，我也受邀为门厅的室内装潢和中庭的材料提供了方案。"

"啊啊，我果然猜对了！"

梨津的语气兴奋起来。泽渡脸上露出优雅美丽的微笑，报上自己的姓名："我是泽渡博美。你家小孩上几年级？"

"一年级，是个男孩。"

"是吗？请多多关照哦。"

她简短地说完，走向前面的座席。不知道是不是博美的出现扰了香织的兴致，她没有继续跟梨津说话的意思。

得救了。梨津由衷地在心里吁了一口气。

既然博美走过来跟自己打招呼，估计她是这个阅读委员会的领导吧。梨津这样以为，但是好像并非如此。只见另一位女性走到前面，扬声开口："接下来我们开始举行秋季碰头会！"

博美只是坐在一旁，笑眯眯地注视着会议的进行。

"秋天有读书月，下面由我来为大家介绍一下活动内容。不过，估计有很多内容之前已经做过的人听了会说：'早就知道喽。'我这个人不是很擅长讲话，但是谁让我资历高呢？所以这次也由我来给大家介绍哦！我是六年级学生和田美美的母亲叶子。虽然不是定了我当领导，但是身边的人都让我干，那我就恭敬不如从命啦！"

在自称和田叶子的女性说话的时候，周围那些好像跟她很熟的母亲们都面带笑意。"加油！"有人小声为她加油打气，还有人轻轻地朝她挥手。

梨津有些尴尬地看着她们。对方像是自嘲一样使用了很多诸如"早就知道喽""资历高"这一类的大白话，但是她总觉得这种说话方式有些幼稚。虽说这是家长之间的聚会，可是这种说话方式并不适合正式场合，看来这个人果然"不是很擅长讲话"。再看看那些向她挥手的母亲们的样子，梨津进一步认识到，这只是一部分熟人间的聚会。

站在前面的叶子开始介绍活动内容。

主要内容是关于读书月期间、每天放学后举办的面向孩子们的阅读活动，还有学校读书会上的家长节目。在她介绍的过程中，那些估计长期一起参加活动、彼此熟悉的母亲们动不动就插嘴"啊，那个我做过，感觉特别棒！""叶子，你太客气了"，还会频繁夹带着一些外人听不懂的笑话。

在此期间，泽渡博美脸上始终挂着恬静的笑容，并没有积极发言。只有她一个人有一种俯瞰全场的气质。

"今天的剩余时间，也留给大家增进感情吧！"

在会议的最后，叶子示意了一下房间的后方。那里不知何时已经准备好了瓶装汽水、独立包装的小点心等。听到叶子的话，大家都轻车熟路地站起来，去取自己的饮品和食物了。

每次都会有这种茶话会时间吗？

学校的志愿者活动，估计比梨津想象中的还要像时间充裕的母亲们的聚会吧。梨津按捺住心中的失望，也学着大家那样站了起来。现在回家也行，但是难得来一次，今天就跟几个人聊几句再回去吧。结果——

"哎哎，这个是你吗？"

会议开始后暂时放弃跟梨津搭讪的香织突然喊住她。梨津略带惊讶地转过头，看见她拿着手机，把不是智能手机的翻盖手机的屏幕转向自己。

"我一搜就出来了。"

只看了一眼，梨津就感到一阵强烈的眩晕，险些当场晕厥过去。

## 第二章　邻居

屏幕上显示的是梨津录制电视节目时的照片，还有事务所的宣传照、形象照，只见上面写着"'三木岛梨津'的检索结果"。

她在网上搜索了自己。此时此刻，当着本人的面，她还把检索结果给本人看。

对于她如此粗线条的行为，梨津不知道该作何反应。网络的世界不会只写好事，反而充斥着来自多数人的恶意。所以梨津无论如何都不会检索自己的名字，结婚后姓氏变了，她还为工作名和本名变得不同了而庆幸过。

自己的本名好像从某种渠道泄露到了网上，这件事她已经从事务所的经纪人那里知道了。当时她心里不太舒服，可是为了不让自己焦虑，一直忍着没看。然而——

"哎呀，这张照片超漂亮，眼神非常好。难道是专业人士拍的吗？"

事务所拍摄的宣传照，展现本人形象很重要，又要长期使用，当然会委托专业的摄影师拍摄。她自己也是专业的，表情、气质肯定都会拿捏好。这张和日常抓拍具有明显不同风格的照片，居然会在这么私密的场合，被人光明正大地观看，再也没有比这更尴尬的状况了。

"嗯，算是吧……"

她想继续露出假笑，但是脸颊太僵了，实在笑不出来。与此同时，香织一边望着屏幕，一边自言自语一般问她："是吗？啊，这张照片也很漂亮，这是礼服吗？你真的穿过这个？"

就在这时——

"梨津小姐！"

她抬头朝声音传来的方向望去，只见刚刚的博美正在房间后的饮品处朝她招手。梨津再次怀着"得救了"的心情向她点头回礼，对香织说了声"失陪一下"，就离开了座位。为了不用回这个座位，她把包和外套也一并带走了。

博美向走来的梨津示意了一下:"要喝点什么吗?果汁和茶,你喜欢哪种?"

"啊,那就茶吧……"

"好嘞。"

虽然刚刚认识,对方的语气却熟稔得像多年的好友。但是和面对香织的时候不同,这次她完全没有产生不适感。她感觉对方很习惯社交,并且熟练地掌握着由自己这边迅速、得体地拉近距离的方法。

接过博美倒的茶,梨津有些在意地悄悄看了眼香织的方向,发现她在自己走后也依然坐在刚刚的座位上,一个人摆弄着手机,任何人都没有跟她说话的意思。说不定她融入不进这个场合吧,梨津想。

博美打量着梨津,问:"梨津小姐,你家并不是在刚改造的时候就入住的吧?你们是什么时候搬到小区的?"

"刚刚半年左右,正好是在孩子上小学的时候搬来的。"

"是吗?遇见你真开心。今后请多多关照哦。你家是在南侧还是北侧?"

"南侧。"

"哦,那距离学校更近呢。我家在北侧。"

哪怕她不说,梨津也已经知道了。刚入住不久,她就从其他邻居那里听说,负责小区改造的泽渡夫妇好像住在北侧的顶层,那间房子的户型比其他房子更宽敞。

梨津还是习惯性地用了敬辞,博美却用开朗而亲昵的语气轻快地与她聊天。她不像香织那样莽撞地接近,而是有技巧地运用了充满亲切感的语气。这种游刃有余的感觉,和梨津所在的电视或广播行业更像。虽然她们的行业不同,却都带着一种耀眼的光环,感觉她很擅长

## 第二章　邻居

跟人打交道。

"因为泽渡小区的事，你和你先生经常上杂志或电视吧？"

梨津客气地问。刊登在杂志上的泽渡夫妇的房间美丽、亮堂，在品位出众的家具周围摆放着许多观叶植物，阳光满屋，壁纸和地板的颜色也很讲究，能看出他们为这个家倾注了很多心血。

"哎呀，你有看到吗？"

"泽渡太太的小孩也在这个学校啊，我完全不知道。"

"我的孩子已经上六年级了。在学校和亲子关系方面，我都是过来人，有问题尽管问我哦。梨津小姐，你们家会参加小区的庙会或者活动吗？"

"嗯，经常参加。"

"是吗？刚刚改造完成的时候，我们家也干劲十足，总是全家一起准备。可是自从孩子升入高年级，就要上各种私塾，实在是忙得脱不开身。"

"庙会确实是以低年级的小孩为中心呢，还有学龄前的小朋友。"

"是啊。所以在小学也一样，就算和其他年级的家长住在同一个小区，如果没有这样的场合，就很难有机会认识。"

这时，一直看着梨津的博美微微眺向远方，她的目光越过梨津的后背，落在了某个人的身上。"下次再聊哦。"她对梨津笑了一下，站起身来。

"最近要是有空的话，来家里玩吧，到时候我邀请你。"

"谢谢。"

博美单手拿着饮品走向其他家长："你好，上次辛苦啦。一定很累吧？"她跟一位好像很熟的母亲攀谈，对方也笑着回应道："哇，博美小姐才是呢，辛苦啦！一直都麻烦你了。"

她本人说自己是过来人,看来不愧如此,她好像跟这里的每一个人都很熟。

这时,梨津的身后突然响起一个客气的声音:"请问——"她转过头,看见两个打扮素净的母亲站在那里。二人的黑发好像都没有染过,分别穿着一件配色雅致的衬衫和一条连衣裙,看起来都是很正经的人。

"有什么事吗?"

"你是森本梨津小姐吧?"

穿衬衫的母亲像是终于鼓起勇气找她攀谈一样,这样问道。梨津刚想回答,旁边的女性就又补充:"其实从春天开始,我们在各种家长活动中看到你时,都会说'梨津小姐也在呀'。"

"我们一直在远远地围观,你本人果然很漂亮!你这个专业人士,难道也加入了阅读委员会吗?"

从她们询问自己的声音里,梨津能够感受到亲切与紧张。虽然她有时也会为在学校的相关活动中,被人单方面认出脸和职业而心情复杂,但是今天听到二人友好的声音,她心里非常感激。香织那不见外的说话方式让她疲惫不堪,所以梨津愈发地感激她们。

"谢谢。"她微笑着回答。

"很高兴你们觉得我是专业人士,不过,我只是想为孩子们的学校做点什么。今后还有很多事情要请你们指教呢。"

"欸,不敢当不敢当!梨津小姐能加入,我们别提多受鼓舞了。"

"是啊,我们哪里敢指教你呀,反而想跟你讨教呢!"

哪怕她们像追星族那样扯着嗓子说话,她也没有觉得不开心。

"我是四年级学生的母亲,叫作城崎。"

"我也是四年级女孩的母亲,我叫高桥。"

二人分别做了自我介绍。梨津很感激她们郑重其事地跟自己寒暄,

## 第二章　邻居

也报上自己的名字："我是三木岛。森本是我的旧姓。"

"啊，抱歉，我们只知道那个名字。"

"一边工作一边带小孩，真的好厉害。"

听她们的口吻，或许都是全职主妇吧。正这么想着，梨津听到城崎说："要是有什么需要帮忙的，记得跟我们说哦。"

"我们很有时间。如果三木岛太太因为孩子的事抽不开身，委员会的活动需要请人代班的话，可以跟我们说一声，我们可以帮忙调整。"

"是的，反正我们很闲。"

"哪里的话，大家肯定也都很忙。"

全职妈妈们偶尔会向她提出这样的建议，每次梨津听到时都会有种克制不住的焦虑。全职妈妈们会不会因为没有工作而有某种负罪感呢？她们既要做家务，又要带孩子，肯定不可能闲着啊。

就在她斟酌措辞的时候，高桥说："不过这所学校真是不得了啊！博美小姐和三木岛太太居然也在。"

"啊，叫我梨津就好。"

听到梨津的话，二人开心地对视一眼，重新说："梨津小姐居然也在。"

她们注视着在稍远处跟另一帮母亲说话的泽渡博美。

"博美小姐真的好厉害、好了不起。她和谁都能打成一片，总是笑呵呵的，而且工作又那么棒，还教子有方。"

"大家都是人，她是怎么做到又开朗又温柔的？好崇拜她。"

"泽渡太太很优秀呢。"

"是啊，非常优秀。"

梨津说完，二人纷纷点头。

"你知道吗？博美小姐是附近的泽渡小区的设计师哦。"

"啊，刚刚我们还聊到了呢。我也住在泽渡小区。"

"咦？！是吗？我们也是。"

城崎在下颌前轻轻合掌，二人都神采奕奕。

"我都不知道！在学校遇见的时候倒是注意过你，但是真没想到，你也住在同一个小区！"

"小区很大嘛，之前一直没有见过呢。而且，我们家春天才刚刚入住。"

梨津跟她们寒暄："今后请多多关照。"二人也微笑回应："你也是。"

和二人说着话，梨津的目光不经意地追逐博美的身影。刚刚在和几位家长聊天的博美又移动了个位置，和别的家长说起话来。她的着装并非格外惹眼，但是时尚品位好的人总是更引人注目。

博美向对方点头致意，随即又移动起来。梨津在心里微微惊讶，她这么勤快地移动位置，难道是打算和在场的所有人都聊几句吗？无论对方是谁，她的嗓音都开朗洪亮，并且维持着恰到好处的友好。

大概是注意到梨津正在看博美，高桥又说了一句："很了不起吧？"

"博美小姐又体贴又豁达，气质也很温柔，跟她说话感觉特别治愈。"

"是啊。"

看到梨津点头，城崎也接话："对吧！博美小姐真的很棒。我心情低落的时候，立刻会收到她的邮件或 LINE 消息，每次的时机都刚刚

## 第二章　邻居

好。我很疑惑她是怎么发现的，她告诉我是因为我的INS[①]没有按时更新，所以她很担心。"

"她先生人品也超好。当时我老公有可能单身赴任[②]，她先生给我老公发消息'我可以陪聊哦'，约我老公出去喝酒。我老公也特别高兴，说他们之前的关系并没有那么好，没想到他这么真心地替自己考虑。"

"他们夫妇在人品方面真的很完美。"

"是吗……"

听到"完美"这个词，梨津自愧不如，因为这也是自己刚刚对她的气质产生的感想。

尽管还不太了解博美，梨津却被她从香织怪异的纠缠中救了两次。不过，高桥口中的"了不起"这个词却令她感觉很别扭。

能够和所有人友好地聊天，就"了不起"吗？

说她为人"豁达"，梨津也有轻微的抗拒。或许她确实是体贴入微的人，但是感觉这种友好跟时尚品位一样过于无懈可击了。更准确地说，好像有种似曾相识之感——

想到这里，梨津忽然灵光一闪。对了——

她勤快地移动座位，和所有人聊天，就跟之前在工作中和梨津同席的某位国会女议员一样。记得当时是某场招待会，对方绕着桌子转了一圈，不像是在寻找认识的人聊天，倒像是为了获得和在场的所有人都"说一次话"的证明。对于刚见面的梨津，她也特意过来打招呼："我经常在电视上看你的节目哦。"当时梨津很开心，但也知道她的行

---

[①] 即Instagram（照片墙，简称：INS或IG），是Facebook公司的一款免费提供在线图片及视频分享的社群应用软件。

[②] 因工作需要，不少日本已婚男性需要到海外或外地工作，其中一些人选择不带家属，这类人被统称为"单身赴任"。

为并不意味着她认可自己的价值。在某种意义上，一个人如果没有可以熟络地打开对方心扉的自信，就做不到这么友好。

博美自己或她丈夫今后真的参加选举也不足为奇。梨津一半玩笑一半认真地想。既然她是曾经负责小区改造的设计师，那以她在本地的知名度，应该很适合参加选举吧。想到她可能是出于这种考虑，才会跟在家长群里无所适从、情绪低落的人说话，梨津就觉得合情合理起来。

否则，就有些看不透她的目的了，梨津觉得她有些过度热情了，简直像是在主动寻找有困难的人，然后向其伸出援手一般。

"香织小姐。"

听到博美喊这个名字，梨津吃了一惊。她循声望去，只见博美正朝独自坐在那里玩手机的香织走去。周围没有任何人搭理香织，只有她一个人走过去，像是在问"你在做什么"一样，和香织一起看向屏幕。

不知道屏幕上显示的是不是还是梨津的检索结果。不过，只见博美脸上浮现出轻微的错愕，然后指着屏幕笑了。香织脸上仍然没有笑意，却对博美的话点了点头。两个人聊了起来。

"真了不起啊——连那种人都照顾。"

耳畔传来城崎嘟囔的声音。或许她没打算让梨津听到，梨津却不小心听到了。这句自言自语更加印证了香织在这里遭到排挤的事实。

听着她的声音，梨津突然想起另一件事。

博美并没问梨津的职业，或许是觉得不应该在这种场合聊这么复杂的话题吧。不过，她不是叫了梨津的名字吗？

——梨津小姐。

记得她是这样叫自己的。可是，在之前简短的对话中，梨津有对

## 第二章　邻居

她说过自己的名字吗？

如果自己没有报过名字，那么说明她认识自己。就像城崎和高桥一样，知道她是播音员森本梨津。可是，博美却完全没有提到这件事，这又意味着什么呢？

"回见哦，香织小姐，跟你聊天很开心。"

博美对香织笑了笑，从她的身边离开。梨津立刻从二人身上移开目光。

结束阅读委员会的会议，走出校门时，梨津莫名觉得非常疲惫。

虽然也遇到了或许能成为朋友的人，但是她抬脚往外走的时候，才意识到自己和谁都没有交换联系方式。不过，没有冒失地问联系方式，肯定是一件好事，尤其是香织，幸好不用告诉她自己的联系方式。话说回来，香织是不是住在别的小区？

虽然有些在意，但她可不想再被对方莫名其妙地缠上了。跟同小区的母亲们一起回去也很麻烦，今天不如直接去买东西吧。她打定主意，往小区的相反方向走去。

她姑且在阅读轮值表上写下了自己的名字。不过，今后或许不参加活动比较好，她想。

"给你。"阅读委员会聚会的第二天，奏人带回来一个浅褐色的信封。

"什么？"

奏人将双肩包脱到客厅的沙发上，对转过头来的梨津说："有人给我的，说是让我转交给妈妈。"

梨津正在做晚餐的汉堡包，在厨房洗过手后，拿起奏人放在餐桌上的信封。收信人栏写着"梨津小姐启"，下面是一张"茶话会邀请函"。反过来一看，只见粘贴仔细的信封下方有一串"From Hiromi

Sawatari[①]"的文字。那一排拉丁字母非常漂亮，令人啧啧称叹，娟秀的艺术字似乎是原创字体。这简直像是知名品牌寄来的宣传广告。

信封上隐约散发着佛手柑的清香。

"这是……"

"是六年级的泽渡朝阳交给我的，他说'欢迎奏人一起来玩'。"

"泽渡朝阳——"

估计是博美的儿子。在此之前，奏人的口中从来没有出现过其他年级的孩子的名字。

"你之前就认识他吗？和他关系很好吗？"

她不由问道，结果奏人歪着脑袋回答："不能说关系好，我也是第一次跟他说话，不过因为他是儿童会会长嘛，我一直都知道他。"

博美的儿子是儿童会会长啊。她佩服地说："是吗？"奏人满脸期待地问："妈妈——我能去朝阳家玩吗？可以带小八一起去吗？"

"这个呀，小八估计不行。有的家庭喜欢狗，但是也有家庭怕狗嘛。不知道朝阳家是哪一种，所以这次不可以哦。"

今天才第一次跟对方说话，他已经亲切地喊上了"朝阳"，看来奏人已经兴致勃勃地想要去他们家了。梨津打开信封。取出信纸后，佛手柑的香气更加浓烈。

> 梨津小姐：
> 　　昨天跟你聊天特别开心。
> 　　星期三下午，住在小区的楠道小学的妈妈们准备开茶话会。方便的话，请务必赏光。

---

① 泽渡博美的罗马音。

## 第二章 邻居

随信附上了我的联络方式哦。

末尾附有博美的名字、LINE 账号、手机号码以及泽渡小区 701 的门牌号。

在往泽渡夫妇家所在的北侧去的路上，梨津看见走廊上铺着浅蓝色的薄膜。

那是搬家时用的保护膜。

"啊，是狗狗标志的搬家中心！"

走在梨津旁边的奏人说。因为自己家搬到这里时也是请的这家搬家公司，所以他才记得这么清楚吧。"是喔。"梨津也点头应和。

"有人要搬过来吗？"

泽渡小区是很受欢迎的房产，所以很少有闲置房。在梨津他们决定入住时就有所耳闻，但是与春天的搬家旺季相比，情况或许正在慢慢变化吧。无论是南侧还是北侧，在走廊上或电梯里看到搬家公司的保护膜的情况，最近也慢慢地多了起来。

梨津找房子的时候，房产公司那么卖力地推销说"要是错过就太可惜了"的小区，说不定这半年可以用稍微好一些的条件买下来。她觉得有些吃亏，又发自内心地觉得，买房也要看缘分。

"希望是有小孩的家庭。那样的话，奏人班里或许就要来转学生了。"

"不要，人数还是少一点好！"

变成小学生之后，奏人说话确实越来越乖僻了。不过，梨津感觉

# 暗被

这或许也是长大的标志。她轻轻地叹了口气,摸了摸儿子的脑袋。身穿搬家公司制服的工人从母子身边经过,两个人抬着一台大冰箱,搬往电梯的方向。

为了不挡路,梨津将儿子拉到墙边。奏人突然问她:"妈妈,今天你们要聚到几点?"

"这个嘛,大家也都要准备晚饭,最迟估计五点吧。"

"那么早!到六点啦!"

"为什么?"

"人家想在中庭公园多玩一会儿嘛!"

他估计很期待和高年级的朝阳玩吧。

收到泽渡博美的茶话会邀请后,她向信中的LINE账号发送了添加好友的申请,博美立刻回复了一条消息:"请务必赏光!"她还附上了具体的时间和地点,并说:"欢迎带奏人一起来玩。茶话会期间,可以跟我家朝阳去中庭公园玩哦。每次开茶话会,孩子们都会去那里。"

举办茶话会的星期三是奏人上钢琴课的日子。尽管对方特地邀请,她还是打算拒绝,可是博美又发来一条消息:"刚刚跟朝阳聊天,他超级期待可以跟奏人玩。奏人踢足球很厉害吧?朝阳说他在课间看到过奏人跟朋友们一起踢球哦。"

后面还附带一个微笑的表情包。话都说到这个份儿上了,再拒绝就有些不礼貌。奏人也兴致勃勃地盼着跟朝阳一起玩,最重要的是,这是博美第一次邀请梨津到家中做客。人家特地邀请,她也不想让人家觉得自己不近人情。

应该可以拜托奏人的钢琴教师,帮忙把请假那天的课程调到其他日期。梨津考虑了片刻,回复道:"我们一定过去。能跟朝阳一起玩,奏人好像也非常期待。"

## 第二章 邻居

给钢琴教师打个电话吧。她一边想，一边回复对方。

"是不是很期待？"

她回忆着奏人出门前一边嘟囔着想跟朝阳一起打游戏、看漫画，一边往帆布背包里塞游戏机和漫画书的样子，问奏人。奏人点了点头："嗯！人家还是第一次跟六年级的一起玩嘛！"

虽然心疼奏人，她今天还是没有让他带掌上游戏机和漫画。因为让不让孩子玩游戏机或看漫画，不同的家长有不同的看法。

就梨津的经验而言，越是"好妈妈"，越容易担心这些东西的成瘾性或坏影响，不愿意让孩子接触。梨津和丈夫雄基都认为，适度地让孩子玩一下不成问题，控制好时间即可，但是有的家庭完全不让孩子接触，尤其是游戏——另外，这也只是经验之谈，梨津觉得，越是平时不玩的孩子，一旦接触朋友的游戏机，就越容易离不开它。不知道是不是平时越不让接触，叛逆心就越强，在其他孩子都已经厌倦了打游戏，有了别的兴趣时，只有那样的孩子会直勾勾地盯着小小的屏幕，不眠不休地玩下去。在奏人的同级生中，她就见过好几次这样的情况。

博美估计是"好妈妈"型的。她看起来热衷教育，除了育儿和家务以外别无杂念。梨津的直觉告诉她，朝阳应该是不玩游戏的孩子。

"不要！我想跟朝阳打游戏！"奏人很不情愿，但是小区里的中庭公园有游戏道具，她今天也想先看看情况。除了朝阳以外，估计还有几个孩子，如果他们带了游戏机，下次让奏人也带上就是了。至于今天，她递给奏人一大袋能够跟大家分享的零食，跟他交换游戏机，这征得了他的同意。

来到泽渡小区北侧701室，梨津立刻看见挂在门前的巨大花环，琥珀色的藤蔓间点缀着黄蓝相间的花，一股压迫性的气势扑面而来。

叮咚——她按响门铃。门铃声自然跟他们家的一样。

"来啦！欢迎光临！"

门后传来博美沉稳的声音，片刻后，门开了。

"你好，今天承蒙邀请——"

正准备道谢，梨津把话吞了回去，因为出现在门口的并不是博美，而是一个初次见面的男性。四目相对，她虽然惊讶，却认出了对方。

泽渡恭平——泽渡小区的主设计师，博美的丈夫，梨津以前在媒体上见过他。大而圆的眼睛颇具亲和力，留着短胡子，体格健壮；肩膀比在杂志和电视上看起来宽阔，个子也比想象中高。

"啊，初次见面。我是……"

梨津慌忙重新问好，泽渡恭平点点头，笑着说："啊啊——是梨津小姐吧。我从博美那里听说了。不好意思，百忙之中还硬要你过来。"

"哪里，没有的事。"

"喂——博美！"

恭平将脸转向身后，呼唤妻子。

泽渡恭平身穿一件质感高级的针织衫和一条褪色得恰到好处的牛仔裤，估计是妻子帮他搭配的吧。在杂志和电视上看到他时，他给人一种年纪轻轻却很有威严的感觉，没想到本人这么平易近人，没有一点架子。

从屋子里传来孩子们跑过来的脚步声。

"奏人来了吗？"

"那我们去中庭公园吧！"

三个比奏人大很多的男生一起跑到玄关。

梨津身后的奏人忐忑地看着他们，只见其中一人举起手，跟他打招呼："嗨，奏人！"奏人笑了。其他两个男孩剃着寸头，唯独那个男

## 第二章　邻居

孩留着长发，皮肤白皙。他看上去很机灵，眉眼酷似博美，梨津一眼就认出他是泽渡朝阳。

"爸爸，我们去玩了。"

他穿上鞋子，跟父亲打过招呼后，又礼貌地跟梨津问好："您好。"不愧是高年级的学生。不过，另外两个孩子却连声招呼都没打，就急匆匆地跑掉了，看来并不是所有高年级的学生都像他那样懂事。

"奏人，去吧。"

"嗯！"

"等会儿我去接你！有什么事记得回这里！"她冲活蹦乱跳的儿子的背影喊道。

奏人头都没有回，敷衍地答应了一声："知道啦！"一共四个男孩，让他带的实惠装零食好像太多了。这个念头一闪而过。

"抱歉，还得让朝阳陪着奏人玩儿。"

"客气什么。我家客人一直很多，朝阳也习惯了。快请进吧。"

她是按时到的，不过，里面好像已经有几个客人到了。梨津在恭平的催促下脱鞋时，博美出来了。

"梨津小姐，快请进。不好意思，刚刚是孩子爸爸开的门。没吓到你吧？"

博美今天也打扮得很完美。哪怕是在自己家举行的聚会，她也一丝不苟地化了妆。外面天气有些凉，但是室内开着暖气，她穿了一件露肩装，别在右侧胸前的银色胸针低调地闪烁着光泽，从无袖上衣里伸出来的两条手臂纤长美丽。

不愧是她。梨津痴痴地望着她的身姿，向她摇头："哪里。作为住在泽渡先生设计的小区里的居民，承蒙关照，没想到还能见到本人。"

"叫我恭平就好啦。"

泽渡恭平拿出拖鞋给她,在去客厅的路上对她说。

"——好的,恭平先生。"

梨津换了个称呼,接着说:"很荣幸见到你。泽渡小区真的改造得非常棒,能够入住这里的时候,我们别提多开心了。"

梨津说完,泽渡夫妇对视一眼,博美轻轻地摇了摇头:"经常听小区的大家这么说,不过完全不是我们的功劳啦。我们只是凑巧认识一家装修公司,全靠他们完美的施工,才能完全实现我们的构想。所以,千万不要客气。"

"是啊是啊。大家都是邻居嘛。"

"嗯——谢谢。"

她索性学他们那样,放弃说敬语。博美看了眼身边的丈夫,露出为难的神情,微笑着解释:"今天他碰巧有个工作会议要在家里开。我不小心忘记了,安排了茶话会。妈妈们的聚会上多了个爸爸,抱歉啦。"

"不,没关系……恭平先生经常要在家里办公吗?"

"倒是有一间事务所,不过,也有很多客户想到我实际设计的房子里参观一下,当作一种参考嘛。"

"直到现在还会有杂志或者电视台来采访呢。"博美微笑着说道。

走廊的墙壁中央贴着一排阿拉伯风格的彩色瓷砖,瓷砖上有一排很有厚重感、古色古香的挂衣钩,上面已经挂上了到访客人的外套或上衣,但是色彩依然非常夺眼。真是一个精致时尚的家。来采访的人肯定也会觉得能到这里拍摄是赚到了吧。她一边想,一边转向他们:"采访很累吧?我现在虽然少了很多,但是以前经常被问到能不能在家里装摄像机啦、可不可以曝光私生活的照片啦之类的问题。"

这二位对梨津的职业有多大程度的了解呢——至今还一次都没聊到过职业的事,所以她不知道答案,不过,从恭平刚刚突然喊初次见

## 第二章　邻居

面的她"梨津小姐",还有博美迄今为止的言行等各种细节来推测,他们估计已经知道了吧。所以她决定以此为前提跟他们聊天。

"那种时候连家人都要受到连累,好几天都得陪我一起收拾房间,每次都特别折腾。"

所以她非常理解他们。她是抱着这种心情说的——可是,面前的二人周围的气温却骤降。她还来不及忖思原因,恭平就说:"嘻,因为我们的工作性质,平时真的经常遇到那种事。"

他的脸上没有笑意。梨津有些慌乱。她是不是说错话了?

因为他们的工作性质,要将自己的家作为素材向别人展示——这种事梨津也能想象,但是这个家里有一个念小学的男孩,每天都和孩子生活在一起,无论如何都会出现生活气息,在采访的时候要消除这种气息,应该很不容易。她是抱着这种想法说的,绝对没有恶意。

她看向博美,博美却甩下她,快步往前走去,像是没有听到刚刚的那番话一样。

"各位,梨津小姐来啦!"

伴随着爽朗的声音,博美打开通往客厅的门,已经到了的几名女性齐刷刷地望过来。里面一共有三人。在突然抬起头的人里,也有前几天在阅读委员会后半程跟她搭讪的两位母亲——城崎和高桥的身影。二人都微笑着跟她打招呼:"你好。"

除她们以外,还有一位在阅读委员会上不曾谋面的女性,看上去比梨津还年轻,留着染了亮色的齐颈短发,看起来很爽朗。其他二人今天的穿着依旧素雅,她则穿了一条剪裁宽松的翠绿色连衣裙。

"哇,真的是梨津小姐!初次见面。我是住在601室的弓月。"

她一笑就露出了略大的门牙。她大约是下巴比较短的缘故,衬托得牙齿更大了,令人想到松鼠等啮齿类动物。梨津觉得她很可爱。

111

"正好是我们家楼下。"旁边的博美悠然一笑,说,"上衣给我吧,我帮你挂起来。"

她从梨津手中接过外套,继续说:"入住的时候我去跟她打招呼,后来就一直保持来往了。她家小孩也上同一所学校,我经常喊他们到家里玩。她儿子是五年级的弓月未知矢。刚刚一起出去的男孩里,有一个就是未知矢。"

"我家小孩刚念一年级,叫三木岛奏人。"

彼此说过"请多关照"后,梨津再次环顾房间,终于缓了口气。

首先映入眼帘的是放在房间角落里的大花瓶。在那个巨大的、透明水槽一样的矮花瓶中,插着好几根树叶已经变红的枫枝,有一种将树的一部分囫囵搬过来的气势。她不由得惊叹出声:"好壮观……"

"是博美小姐自己插的哦。"

"插这个很简单啦,树枝是开花店的朋友便宜转让给我的。"

"玄关的花环也用了鲜花呢,好漂亮。"

"哎呀,你注意到了吗?好开心。不愧是梨津小姐。"

长期装饰的花环一般会使用假花或干花。鲜花会枯萎,所以必须经常更换或者重新制作。估计也可以直接制成干花,但是总觉得博美应该每次都会制作新的,这一点梨津肯定学不来。新鲜的枫树枝如果没有空间的话,估计也无法这样装饰。这里简直——

"好像一家店铺呀!"

梨津对城崎直抒胸臆。旁边的高桥和弓月也点头附和:"跟餐厅或者酒店一样周到,真的很厉害。我们几个绝对学不来。"

"还好啦,经常有经营餐厅或者搞艺术的客人来我们家,他们常常说'比我们店里还厉害'哦。"

恭平的口吻毫不谦虚。梨津暗暗吃惊。刚刚他会不会自吹自擂得太明显了？不过其他女客人都点头附和："是很厉害啊。"她的心里突然感到一股寒意，往花瓶后面看去，发现那里挂着一幅她非常熟悉的画。

"那幅画……"

"嗯？你喜欢吗？"恭平盯着梨津的脸问，"你喜欢吗？那个画家。"

"啊——是的。"

梨津吞下来到嘴边的话，点了点头。恭平开心地点头："你喜欢啊。像梨津小姐和我家博美这个年龄段的女人，好像都很喜欢呢。这就是一种同代人的感觉吧？花的主题确实也挺女性化的。这幅画是限量款，不过博美闹着一定要把它挂上。"

不行，她想。

说人家自吹自擂什么的，目光这么尖刻的自己或许才更恶劣。或许是因为人家太厉害了，自己羡慕吧。梨津按捺住想说的话，又看向博美："对了，如果你们不嫌弃的话，请在今天的茶话会上尝尝这个吧。"

她递出带过来的纸袋，里面装着手工制作的司康饼和草莓酱。

主妇的茶话会，大家肯定都会带自己做的东西来。博美看起来品位很好，所以带的东西不能太寒碜，为此烦恼的时候，她想到之前朋友来家里做客时送的手工司康饼味道还不错，搭配的草莓酱也是自己做的，保留着果实的口感。她当时赞不绝口，朋友告诉她"这个意外地简单哦"，把做法分享给了她。

"我不太擅长做点心，这些点心就当是给大家的见面礼，是我们家自己做的司康饼和草莓酱。"

她递出去之后，感觉博美有一瞬间——只是一瞬间，仿佛时间停止一般变得面无表情。可是下一个瞬间，她就又露出微笑，说："谢谢。大家一起吃吧。"

"对了，里面还有凝脂奶油，不嫌弃的话可以加一点哦。"

"好的。"

要是能借餐盘的话，梨津自己去弄也可以，不过博美已经拿着袋子去了厨房。在从客厅可以看见的开放式厨房里，也随处可以看到博美的小巧思。

厨房简直像电影布景一样完美。然后，她意识到了这是为什么，因为没有任何标签或标识。在每天的生活中，如果去超市或便利店购买食材，在调味料的瓶子或食材的盒子上肯定有标签或商标——饮料瓶、面粉袋、酱油瓶、电饭锅的显示屏……

博美的厨房里没有这些。甚至到了令人吃惊的程度。冰冷而考究的瓶瓶罐罐摆放在那里，里面装的好像是做饭用的面粉或调味料。也能看见一些市售的瓶子，但是上面都贴着设计性很强的标签或者外语商标。应该没有可以在附近的超市买到的东西。

厨房里连电饭锅也没有。梨津也有几个热衷做饭的朋友，所以她知道这是为什么。这个家估计是用陶锅烧米饭的。

梨津不由得有些惊讶。梨津认识的爱用陶锅的朋友，要么是喜欢做饭的单身人士，要么是擅长家务的全职主妇，要么是料理研究家或者料理造型师等。她实在无法想象，有个正在成长发育期的儿子、自己也是职业女性的人家里居然会没有电饭锅。

或许她错了吧。这一强烈的情绪在心里激荡。

博美肯定是热衷教育和家务的"好妈妈"，泽渡家肯定是个"好家庭"，她一直有这样的心理准备，但她没有想到他们讲究到这种程度，或许她不应该带手工司康饼之类的过来。

## 第二章　邻居

她左右看看，其他女客人好像都没有带东西。刚刚被介绍认识的弓月向梨津道谢："谢谢你的司康饼。居然是手工做的，实在是太厉害了！"

"今天不是大家各自带东西过来呀？我好像多此一举了。"

"啊啊，我们都是交给博美小姐准备的，一点儿都不跟她客气。"

"不用客气！我只是喜欢为大家服务啦。"博美一边在厨房备茶，一边笑着回应。

置身于这个搭配得过分完美的家中，梨津莫名有些不舒服。这样下去，她好像必须要不断地夸奖博美"好厉害""好厉害"才行。她不知该说什么好，于是问博美："今天就我们几个人吗？还有别人吗？"

"还有两位要来。一位是阅读委员会的领导叶子小姐，还有一位是朝阳同班女生的妈妈真已子小姐。"

就在这时，叮咚的门铃声在房间里响了起来。

"来啦！"大声回应着起身的仍旧是恭平。

"是叶子还是真已子呢？"

他自言自语般嘟囔着走向玄关。听到他像叫自己孩子名字一样直呼"妈妈友[①]"的名字，这一点又让她吃了一惊。梨津望着他的背影想，他等会儿是不是该离席了？

——妈妈们的聚会上多了个爸爸，抱歉啦。

博美这样对她说，可是她还以为那只是说说而已，恭平应该会立刻外出或者躲进自己房间不出来吧。谁知他从刚刚开始就继续待在女人堆里，完全没有离开的意思。

---

[①] 年幼孩子（多为幼儿园、小学）的母亲间的交友形式。妈妈们常常在公园、保育园、幼儿园等地认识，成为朋友。在妈妈友间也存在着小社会，有明显的上下级关系。

尽管她觉得能融入女人堆的男性非常珍贵，但是仍然有种强烈的别扭感。

"久等了。"

博美朝桌子走来，在她端过来的托盘中，放着按照人数分别装盘的司康饼。闻着香气四溢的黄油的味道，梨津意识到，她刚刚贴心地用烤箱重新加热了一遍，草莓酱上还多了一些梨津不记得有带来的薄荷叶。

难道她是那种，无论什么都得按照自己的风格进行加工、非常讲究生活情调的人吗？

从玄关的方向传来喧哗声。

"哇！你家还是这么漂亮！"

和在阅读委员会当众说话时一样，是特别自己人的语气。叶子的声音越来越近了。

"我都怀疑你是不是真的跟我家在同一栋楼里呢。博美小姐，你把我们甩开了一大截呢。恭平先生也是，设计我家的时候肯定偷工减料了吧？"

听到她不客气的声音，梨津心里有些窘迫，可是泽渡夫妇没有显出任何不开心的样子。"哪有。"恭平摇着头，和叶子一起走进来。

"我可是一视同仁地设计的。如果感觉房间小、有哪里不协调的话，估计是叶子和悟朗的责任啦。"

"果然是我们两口子没有品位吗？好受打击啊！"

悟朗好像是她丈夫的名字。仅仅因为孩子同年级，就能用这么亲昵的称呼吗？梨津大吃一惊。简直像是认识很久的老朋友一样。

"大家难得来一趟，今天就贡献出我珍藏的歌单吧！"

"啊，恭平先生对音乐很讲究呢！"

## 第二章　邻居

恭平用手机操作起放在厨房和客厅交界处的吧台上的小型音乐播放机，很快就响起梨津没听过的外语歌。

跟博美一样，恭平也是相当善于交际的人。他和心直口快的叶子说话时口吻亲昵，但是面对稳重的城崎和高桥却始终彬彬有礼，从刚刚开始就一直亲切地向她们问这问那。他对弓月的态度好像有点不一般，不过，她也笑眯眯地听着恭平说话。

博美望着丈夫和朋友聊天，一直笑吟吟地为他们准备茶水。她给梨津也倒了一杯格雷伯爵红茶。这杯茶和前几天博美送的邀请函一样，散发着佛手柑的香气。

"哇，司康饼！好厉害，是博美小姐烤的吗？"

"不是哦，是梨津小姐烤的，果酱也是，都是手工的，味道很好哦。"

博美微笑着回答叶子的问题，梨津的心里却有些不舒服。

司康饼应该不至于不够分，但是博美面前却不像其他人那样放着小盘子，也就是说，她自己并不打算吃。她的丈夫恭平面前倒是放了司康饼和果酱，但他也只是敷衍地拿起一块放进嘴里，连客套地说声"好吃"的意思都没有。

其他人都对梨津说："哇，好好吃！""果酱也是自己做的吗？"梨津的脸上却露出生硬的微笑。哪怕是很好吃的配方，在家做的时候次次都能收获奏人和雄基的称赞，可是自己到底是个业余人士。

博美一会儿殷勤地帮忙续杯，一会儿又提出"再来点儿咸饼干之类的吧"，端着别的点心回来，扎在厨房里的时间比在客厅的茶几旁停留的时间还多。

这时，厨房里突然传来一声极具穿透力的尖叫："啊！！居然是这款凝脂奶油！"

这是博美的声音。梨津还是第一次听见说话一直优雅沉稳的她发出这种激动的尖叫。梨津看向博美，发现她正拿着梨津带来的纸袋。

"不好意思。我忘记拿出来了。这款凝脂奶油是莱拉公司的有机奶油吧？！抱歉，我马上端过去。哇！谢谢你！我特别开心！"

"咦？哦……"

那是梨津拿过来配司康饼的奶油，是国外专营有机食物的品牌的产品，只能通过邮购渠道购买。她本来连奶油也想亲自做，但是想起以前朋友送的奶油还剩下一些没有开封，便决定今天带过来。

恭平的笑声传来："我太太对有机食品毫无抵抗力啦，说是其他的市售产品中不知道添加了什么。"

听到这句话，梨津本来想笑，但是笑容在中途扭曲、消失了。

"很让人头疼吧？"恭平盯着梨津。在他的注视中，她生硬地回了个微笑，但是他估计没有察觉到梨津的真正想法吧。

不知道添加了什么。

听到这句话，她立刻就懂了。

问题不是好不好吃、做得好不好，而是她不知道梨津在里面添加了什么。

"这款有机奶油很好吃吧？我也涂在咸饼干上尝尝吧。"

博美用唱歌一般的语调说着，将奶油涂到褐色的咸饼干上，那估计是用从她信任的厂家那购买的全麦粉做的吧。在奶油旁边，不知不觉间又多了一些梨津不知道名字的香辛叶。

"对了，那件事要怎么办？"

## 第二章　邻居

在茶话会快进行到尾声时，叶子大声问道。那件事？梨津的心里冒出了个问号。大概她们几个都知道吧，只听城崎和高桥发出一声克制的叹息："唉唉……"

"是说榆井老师的事吧。"

"对啊。他居然又是班主任，我们可真是不走运。"

"榆井老弟啊。"恭平笑了，神色有些难以捉摸。

听到名字，梨津也知道他们说的是谁了——六年级一班的班主任，刚刚二十五六岁的年轻男老师。

"今年中考的孩子那么多，碰到这么不靠谱的老师绝对不好吧？前两个学期或许没办法了，第三学期①说什么都得要求换班主任。搞联名活动吧！联名！"

咦？梨津不由得轻轻惊呼出声。恭平不理会惊讶的梨津，微笑着劝叶子："好啦好啦。我想榆井老弟他肯定也在拼命努力啦，虽然他确实不太靠谱。"

"可是，二班倒是抽了个好签，分到了新川老师。只有咱们是榆井老师，怎么想都觉得不走运吧？你们不觉得很不公平吗？你说呢，博美小姐？"

听到叶子的话，博美一脸为难地歪了下头："这个嘛……"然后像是专门挑在这个时机一样，有人的手机振动了起来。感受到振动，博美含糊地对大家笑了笑，一边说着"抱歉，我去接个电话"，一边单手握着手机去了走廊。

"我也去看一下信箱吧。"恭平也漫不经心地说了一句，起身离席，

---

① 日本的中小学实行三学期制，4~7月为第一学期，8~12月为第二学期，1~3月为第三学期。

简直像是为了逃避话题一样。

看见泽渡夫妇不在了，叶子抱着胳膊重重地叹了口气："博美小姐和恭平先生也太老好人了！总之，我绝对要搞联名活动，还要直接向校长投诉。对了，你们知道吗？从明年开始，阅读委员会或许也要由榆井老师负责了。"

"咦？是吗？"

听到自己参加的活动的名字，高桥的神色严肃起来。旁边的城崎也遗憾地开口："也就是说他要取代多田老师吗？"

"是啊。所以，大家也不能事不关己哦！弓月，你也会帮忙的吧？"

"嗯。真够倒霉的。我会呼吁一下五年级的其他爸爸妈妈的，不知道他们会不会帮忙签名。"

听到她慢吞吞的语气，梨津心里再次吃了一惊。她还以为不同年级、没参加志愿者活动的弓月会阻止呢——至少也会被现场的气氛吓到吧。可是，看到对方无比冷静地赞同叶子的样子，她非常错愕。

"不好意思……请等一下。"她不由得开口，然后才意识到自己或许不应该随便开腔——这个念头掠过脑海，可她还是无法保持沉默。

"榆井老师的事，我家小孩才刚刚上一年级，不在同一个年级，所以不太清楚。不过既然你们这么为难，是发生过什么事吗？"

"咦？倒也没有发生什么大事啦，不过他真的太年轻了。搞不好我们的年纪是他的两倍。六年级的最后阶段，由更老练、威严的老师来负责不是更好吗？"

"他挺年轻的吧？"

"嗯。多少岁来着？二十五左右？"

"那就——"

说着说着，她略微有些头晕。这几个人会不会太不懂人情世故

## 第二章 邻居

了?极力忍住这种想法,她耐心地劝道:"要求更换班主任,搞联名运动之类的,再等等看怎么样?抱歉,因为我……从事的是播音行业,还有自己的广播节目,所以经常有机会跟教育工作者聊天。"

她常常会参考他们的话,思考自己的育儿方法、教育以及奏人上的小学。

"现在很多学校的老师好像也都缺乏自信。据说有很多年轻老师因为害怕家长或者老教师而心生退意,失去干劲,就此辞职的也有。"

这位榆井老师究竟是位什么样的老师、人品如何,她不清楚。但是"不靠谱"终归只是家长的意见,还不知道孩子们是什么想法。通过这种联名活动,在第三学期突然换掉已经一起度过两个学期的老师,难道不会造成恶劣影响吗?

"单独和校长谈一谈或许是一种方式,但是这么大张旗鼓地搞联名,会不会对他太残忍了?"

"啊?是吗……"

刚刚一直自信满满的叶子的声音稍微失去了气势。或许她只是越说越来劲,其实态度并没有多强硬吧。

梨津继续说:"如果他真的不行的话,到时候大家再一起想办法吧。能够顺利完成六年级班主任的工作,对于那位老师而言,也绝对会成为很好的经验。叶子小姐们不妨换一种心情,就当是在培养那位年轻老师怎么样?"

"咦?培养老师什么的,我们哪敢那么狂妄啦。"

"可是,你们的年龄不是接近他的两倍吗?榆井老师确实是老师,但是叶子小姐你们绝对是更成熟的大人呀。"

她也能感觉到,自己的说话方式越来越像工作模式了。在私生活中她一般不太会开启这个模式,但是现在也没别的办法了。

听到梨津的话,叶子和其他人面面相觑。"是吗?""哎呀,我完全不成熟……"尽管嘴上这么说着,但是看大家的表情,好像并不是完全不认可。

"梨津小姐,你说的那位教育工作者,难不成是教育评论家小岛老师?"

有些克制地问出这个问题的人是弓月。她莫名有些紧张,身子往梨津这边倾了倾:"其实,我经常听梨津小姐的广播。"

"啊,我也是。"旁边的高桥低低地举起手,"因为正好是在我去学校送完小孩,可以喘口气的时间播出,所以非常适合一边听一边打扫房间,进行早餐后的善后工作。"

"很好的节目呢。"

弓月和高桥彼此点了点头,房间里的气氛陡然轻松起来。来到泽渡家后,梨津第一次聊到工作的话题。大家都一副兴致勃勃的样子,用目光将梨津包围。

"对了,挂在那里的那幅画的作者,有去过你的节目吗?"

高桥指着挂在泽渡家客厅墙上的画,画上抽象的花朵和写实的风景融合在一起,非常有特色——其实从进入这个房间的那刻起,梨津的目光就被这幅画吸引了。

"嗯。"她点了点头。

大家立刻尖叫道:"果然!""好厉害!"

还在电视台的时候,她就跟创作这幅画的画家永石有密切联系,私交也非常好。奏人出生时,他曾来家里做客,自己家里也挂着他帮奏人画的画。

因为恭平说他们家经常有艺术家来访,所以看到客厅里的这幅画的一瞬间,她还以为他们跟永石也有交情呢。要是那样的话,挂在这里的画估计跟自己家的一样,是原画吧。"那幅画是真迹吗?"她本来想这样问,但是因为恭平用了"限量"这个词,她便把话吞了回去。她仔细一看,画的边缘有"2098/10000"的标记。那是有限量版号的复制版画——石版画。

"好厉害!我完全不了解,你别见怪哦。想问下,你也会遇到艺人之类的吗?"

叶子问得这么直白,弓月和其他人忙笑着制止:"好啦!"她们都朝梨津露出苦笑:"不好意思。叶子姐她有点喜欢追星。叶子姐,别这么问啦!"

"干吗?大家明明都很想听!比方说,你有见过志月凉太吗?"

"有哦。"

梨津点点头。或许叶子确实是个追星族,但是比起客客气气地不敢直接问她,对她敬而远之,还是现在这样更令她开心。听到她的回答,大家又发出尖叫:"好厉害!"

"大概是什么时候?虽然他是靠这一季的电视剧爆红的,不过,应该是更早之前吧?"

"是的。他出道后不久,还在校园电视剧里扮演学生角色的时候,曾经来我们节目做过嘉宾。"

"哇,那不就是《再见校园》的时候吗?!我最喜欢那个时候的他了。"

就连一直在制止叶子的弓月也在梨津面前双手合十,一脸欣喜地大声问她:"那么梨津小姐,那孩子呢?就是这一季的晨间剧里出场的——"

就在她准备说出某个人名时,客厅的门开了。

"抱歉。正聊要紧事的时候,我却走开了。"

博美回来了。她的手里握着手机，好像已经打完电话了。那一刻，所有人都闭上了嘴巴，像是要把一直聊的话题咽回去似的，大家齐刷刷地看向博美。

"没关系。你好像挺忙的。是工作电话吗？"

弓月不慌不忙地问完，博美有些为难地轻轻皱起眉头。她的每一个表情都像画一样。

"不，是香织小姐打来的。"

听到这个名字，梨津感觉大家都屏住了呼吸。

莫名其妙地有了这种感觉。博美轻轻地耸了耸肩，若无其事地继续说："她问我：'今天你们不会在开茶话会吧？'今天碰巧没有叫她，不知道她是怎么知道的。香织小姐耳朵很尖，有点儿爱凑热闹呢。"

虽然一脸为难，博美还是维持着微笑。她歪起头看向叶子，问："对了，榆井老师的事，大家聊到哪里了？打算怎么办？"

"啊……哦，我们觉得可以先看看情况。"因为话题已经彻底转移到别的事情上面了，叶子有些怯生生地回答。

"咦？"博美有些费解地歪了歪头，随即又换上笑脸，"是吗？那太好了。我也觉得这样比较好。啊，话说回来，今天还有个人要来，就是真巳子小姐。不过她好慢。我去打个电话问问吧。"

博美说着又去了走廊。

在被留下的大家之间笼罩着一股难以名状的紧张感，也没有人再提刚刚被博美打断的、与梨津工作相关的话题了。

此时她总算明白，为什么这个家会让她这么不舒服了。

是因为那股缠绕在博美身上的、奇怪的紧张感。谁都不可以提起比她更引人注目的话题，在这个场合，只允许大家恭维泽渡夫妇。

并不是强制要求，她也并没有说过什么露骨的话，但是感觉在有

## 第二章　邻居

她在的地方，大家都不能问梨津任何问题。最重要的是，梨津自己也变得束手束脚。在博美面前，她完全不敢聊关于自己工作的话题。直觉告诉她，最好不要聊。

"香织小姐是怎么知道今天的事的呢？"高桥换了个话题，生硬地咕哝道。

城崎不自然地点了点头："是啊。而且还打电话来问，有点儿那什么……"

"香织小姐，是也在阅读委员会的香织小姐吗？"梨津下定决心，问道。

香织在阅读委员会也被众人敬而远之，从高桥和城崎那天的话中，梨津也有所察觉。二人说过"博美小姐真了不起，连那种人都照顾"这样的话。

香织打电话来问她们是不是在开茶话会，这件事还是有些不正常。梨津觉得心里毛毛的，但她更在意的是博美。与其说是博美，不如说是包括恭平在内的泽渡夫妇。

无论是刚刚榆井老师的话题，还是香织的话题，夫妇俩都彻底避免直接说大家讨厌的人的坏话。刚刚二人都离席的情况也是如此。

耳朵很尖，爱凑热闹——这些措辞也被谨慎地斟酌过，避免了公开说对方的坏话。"今天碰巧没有叫她"的茶话会，过去真的叫过她吗？肯定没有吧。

可是，无论是直接叫老师的名字，还是没有叫她来茶话会，都证明他们肯定是在挑人。表面上在平等亲切、"和蔼可亲"地对待大家，其实他们早已明确地决定了，要把谁邀请到家里来，与谁来往。

在泽渡夫妇离开的客厅里，大家隔着那张摆放着成套高档茶具的桌子，大眼瞪小眼。

"是的。香织小姐跟我住在同一个楼层,所以我们经常碰面,她确实挺爱凑热闹的。"

"应该说是自来熟好嘛。她特别喜欢跟人搭讪。"

博美委婉的说话方式好像传染给了其他人,大家好像都不想把话说得那么直白。

"……无论聊到什么,她马上就会说'我也是'。"

说这句话的是弓月。梨津吃了一惊,因为这句话她好像也听过。弓月像博美那样露出一副"我可不想说她坏话"的表情,继续说:"比如毕业的高中啦、工作的事啦——就连绝对不可能的事,她也会回答'我也是'。总觉得好像有一本教她只要附和对方,就能跟对方变亲近的手册,她一直在那本手册的指导下聊天。不光是我,其他人也都听过这句话。"

"是啊。"高桥同样露出为难的神色,点头应和,"我也听过。我说我是仙台人,她说'我也是'。可是聊着聊着,我发现她对那边完全不熟悉,根本是驴唇不对马嘴。"

"是……吗?"梨津也听过。告诉她自己是播音员后,她说"我也是"。梨津很犹豫该不该在这个场合说出来。

"有点儿没眼色呢,那个人。"弓月说。终于有人明确地说出香织的坏话了,现场凝结的空气好像终于找到了出口。

叶子也追随着弓月的话,迫不及待地说:"这样想也没错吧?"

她心直口快地说完,城崎虽然有些顾虑,但也同样表示赞同:"可是,她那人不是挺难缠的吗?拒绝她也挺可怕的,所以也不能太直接地摆脱她,只好说些不痛不痒的话,然后逃走……"

"没错!也不好随便说不嘛。要是一本正经地说出来,感觉会被她纠缠……"

## 第二章　邻居

弓月和城崎望着对方，点了点头，就在这时——

"嗡嗡"的手机振动声响了起来。

大家都惊讶地抬起头，发现博美不知何时回到了厨房。音乐一直在播放，所以她们没能立刻察觉到她的气息，她好像是从厨房那一侧的门回来的。

叶子、弓月、在场的其他所有人都瞬间屏住了呼吸。她们并不是在聊什么尴尬的话题，为什么在博美面前会这么害怕说某个人的坏话呢？她是从什么时候开始听的呢？自己绝对不会说别人的坏话，刚刚却一脸平静、一言不发地听其他人说吗？

握着手机站在那里的博美，脸上依然挂着优雅动人的微笑。

"抱歉。这次好像是真巳子小姐打来的。"她轻启薄唇，这样说，"刚刚她没接电话，现在又给我拨回来了。"

她柔声说完，又离开了客厅。众人都用仿佛冻结的目光望着她，说着"啊，哦""你去吧"，随后目送她离开。

在尴尬的沉默中，走廊上传来她接电话的声音："喂？"

大家正神色难辨地互相对视，走廊上突然传来很大的叫声："什么？！"

"天哪，怎么会……好的，好的，嗯。没关系。请不要在意我们。"

大家都嗅到了出事的气息。电话好像挂断了，然后，博美回来了。

"出大事了。"博美说。可是，她嘴上说着"出大事了"，表情却完全没有着急的样子。那张美丽的脸仿佛正在表演"露出惊慌失措的表情"。

"真巳子小姐出车祸了。"

无声的惊愕充斥在客厅里。

"好像是准备过人行横道的时候，被车给撞了。刚刚一臣老弟看到我的来电记录，用真巳子小姐的手机给我回了个电话。"

"什么？！"这次，所有人不约而同地叫了出来，就连还没有见过真巳子的梨津也是。

博美皱着眉头喃喃道："好担心……"

"是在准备过人行横道的时候……被车给撞了吗？"

"据说是真巳子小姐闯红灯。红灯已经亮了，她却突然狂奔起来。好像不是司机一个人的责任，旁边的人也都这么说。"

"闯红灯，她为什么要……"

"是在哪里的人行横道？"

"车站前不是有个面包店吗？就是在那里和银行之间。"

"那里……"

那是生活在这一带的所有人都会经过的地方。梨津的内心也大为震动。

"真巳子小姐没事吧？"

"现在正在做手术。"

"手术……"

沉默笼罩了这里。

恭平"珍藏"的歌单好像都是由他自己的兴趣构成的，从西方摇滚到梨津这代人怀念的日本流行乐、爵士乐、古典乐，曲子在不断地切换。现在正在播放一首钢琴协奏曲，铙钹的声音格外激昂。

它的声音让梨津回想起前几天听到的那个声音。她一直在想，要是今天有人聊到的话，可以问问大家。

那个什么人砸到地面上的声音。

上周好像有人跳楼自杀呢，梨津觉得自己错失了聊这个话题的时机。

## 第二章　邻居

她不好意思把剩下的司康饼和草莓酱留在只能吃放心有机食物的泽渡家。这并不是一种自虐式的情绪，只是单纯地觉得对博美而言估计挺难处理的。如果有可能，她想带回去。

可是——

"给。"

离开的时候，博美递给她一个空盒子。这是梨津装司康饼和草莓酱的便当盒，在今天慌里慌张的茶话会中，不知道什么时候已经被她洗干净了。

博美笑眯眯地说："我洗过了。非常好吃哦，谢谢。"

"——不客气。"

她肯定一口也没吃。剩下的草莓酱估计已经被扔掉了吧。要是能还给自己的话，就能和奏人一起吃了啊。梨津这般腹诽，面上还是拼命地露出微笑。

猜不透，她想。

因为职业性质，梨津认为自己看人很敏锐。

可是，她猜不透泽渡博美的举止有什么目的。对方完全不露马脚，对任何人都不会敞开心扉。

挑选客人，居高临下地注视别人，直呼自家小孩同学家长的名字，满不在乎地和丈夫一起用露骨的傲慢腔调蔑视别人，却不说别人的坏话，不明目张胆地散发恶意。

她还是第一次遇到这种人。

他们像今天这样，将大家邀请到家里，自己充当倾听者的角色，热情地对待周围的人，究竟想要满足自己什么样的心理呢？

当梨津告诉她自己住在泽渡小区的时候，她说："哎呀！是吗？原来你住在我们小区啊。"

泽渡夫妇只是负责改造，并不是小区的主人，她却说"我们小区"，今天也说了类似的话。在梨津告诉他们自己很开心能搬过来的时候，他们说：

——完全不是我们的功劳哦。

——所以，千万不要客气。

——是啊是啊。大家都是邻居嘛。

那难道不是以"你客气也是应该的"为前提才会用的措辞吗？

他们或许是想当这个小区的"国王"和"王后"吧。

梨津从博美手中接过空便当盒，跟她道别："再见。"这时，博美突然说："啊，对了。"她露出微笑，然后问，"你怎么不聊广播节目的话题了？"

梨津还以为自己听错了。

梨津连眼睛都忘了眨，直勾勾地望着她。博美缓缓眯起小脸上那双形状优美的眼睛——这个表情非常适合用"优雅"一词来形容。

"碰到明星的事，下次再详细地跟我说说吧。"

——当时她应该不在。

梨津聊自己工作的时候，博美不在，所以她才能毫无顾忌地跟大家聊起来。大家好像也是觉得博美不在，才更方便跟梨津问东问西。

可是，她听到了吗？

"明星"这个说法仿佛用针刺了她一下，有股无法排解的愤怒贯穿了她的胸膛。

不知道博美是抱着什么目的跟自己说这个的，她沉默地盯回去，对方却再次露出那一贯的优雅完美的微笑："梨津小姐的故事，好像挺有趣的。"

她意识到，这个人还一次都没有正式问过自己的职业——无论是

## 第二章 邻居

博美,还是恭平。

好人。

体贴,了不起。

泽渡博美或许确实是这样的人,但她并不像周围的人认为的那样"豁达"吧。或许是梨津想太多了,但是就目前为止的经验而言,知道梨津是播音员,却回避提到她职业的人有两类:一种是客气、体贴的人,还有一种是视梨津的头衔为炫耀的本钱的人。

比如她在茶话会的邀请函上,准确地写出了梨津名字的汉字。

梨津小姐启

会这样写,不正是因为她已经知道梨津的身份和职业了吗?

或许她只是比较贴心,不想在第一次见面的时候就提这个。可是,梨津的经验告诉她,如果那不仅仅是出于体贴,会非常麻烦。

不想过度提及梨津工作的人大多争强好胜。迄今为止,她已经遇到过很多次那种对名人敬而远之、不认为对方有多厉害的人。他们会为了显示自己更厉害而通过语言或态度宣示自己,这种行为叫作"秀优越感"。梨津非常清楚,告知自己的职业或许会被某些人认为是一种秀优越感的行为。

她觉得自己之所以被冠上"知性的梨津"这一讽刺性质的绰号,就是因为她对这种微小的恶意都无比敏感,不由自主地就会想太多。与其他的播音员同事相比,自己从前就欠缺努力表现得满不在乎的坚强。

泽渡夫妇完全不会展露一目了然的恶意,反而表现得非常热情,甚至看似非常讨厌说别人的坏话。可是他们家表面热情,其实是一个非常有优越感的家庭吧。

难道是梨津把人想得太坏了吗？

可她很不舒服。在那个家里，梨津本身没有那样的打算，却会被他们认为是在秀优越感。

虽然他们一句直接的话都没说过，却像是在跟她较劲。

她的状态非常失常。

梨津离开泽渡家，来到走廊上的时候，天色已经有些暗了。从小区顶层眺望出现晚霞的天空，是一片昏暗而萧瑟的景象。

"好担心真巳子小姐。"

"她还好吗？由香里今天要怎么办呢？"

由香里。

估计是真巳子小姐女儿的名字吧。虽然一次也没见过这对母女，但梨津听到名字还是忍不住一阵心痛。

茶话会刚开始时的祥和气氛已经不见了。在她们的邀请下，梨津加入了经常参加茶话会的人的 LINE 群组，与她们道别。

梨津要去中庭公园接奏人。恰好位于小区楼栋"中庭"的公园，从小区的任何一个房间俯瞰都一览无余。无论是对孩子们而言，还是对看管他们的父母而言，这里都是一个理想的游乐场所。

"奏人。"

在夜幕降临的公园里，奏人和其他男孩还在不知疲倦地玩耍着。地上躺着一个足球，他们好像在玩球和玩具。没有人带游戏机或漫画，

## 第二章　邻居

不让奏人带这些果然是正确的决定。

"啊，妈妈。"

听到她的呼唤，奏人回过头来。其他孩子都大了，估计能自己回家，只有梨津来接儿子。

正准备叮嘱其他孩子也赶紧回家，她突然发现在沙坑附近玩耍的奏人身边，没有看到泽渡夫妇的儿子朝阳。其他男孩都在旁边，朝阳却独自坐在远一些的长凳上。

"朝阳，茶话会结束了，你也回家——"

她走向他坐的长凳，经过沙坑的时候，脚突然间踩到了什么东西。在窸窸窣窣的响动中，梨津垂目一看，发现脚下是零食的包装袋。这是出门的时候，为了说服闹着带游戏机的奏人，自己递给他的黄金巧克力棒。因为不知道有几个孩子，就给了他在量贩店买的经济实惠装，她还反省过自己让他带太多了。

"喂，垃圾要丢进垃圾桶里——"

梨津蹲下去，将踩在脚下的那个包装袋捡起来，她的心口突然扑通一跳。眼前的沙坑中扔着许多包装袋，一部分已经被掩埋进了沙子里。

她有些吃惊。

经济实惠装里应该有三十根左右，他们四个人全部吃掉了吗？

"奏人，妈妈给你巧克力棒的时候，是按照一人两根给的哦，你们怎么全部吃掉了？"

毕竟是孩子，有多少吃多少也是无可奈何的事，亏他们能够吃掉这么多味道浓郁的巧克力点心呢。不过想是这么想，错的是她自己，怪她不该让他带这么多过来。她半带着无奈提醒了一句，奏人脸上却浮现出茫然的神情。

"没有啊。"

"咦?"

旁边的其他男孩也都跟奏人对视一眼,抬头看向梨津:"我们都只吃了两根哦。"

"嗯,我只吃了一根,因为我不怎么喜欢巧克力。"

"剩下的都是朝阳吃的。"

"这……"

听到朝阳的名字,她吃了一惊。与此同时,她感觉自己变得面如土色。

那个家只欢迎有机食物。博美自不必说,孩子应该也严格遵守吧。她肯定不会让孩子带满是添加剂的零食,那估计比梨津带到茶话会的手工司康饼更不可能。

"对不起!朝阳,让你吃了那种东西——"

说到中途,她的声音哑了下去。

弯腰坐在公园长凳上的朝阳口中隐约传来吧唧吧唧的声音。在薄暮中,公园的路灯像是眨眼一样,啪啪地闪烁了两次后,亮起黄色的光,照亮了朝阳坐着的长凳。

在肤色白皙、相貌文雅的泽渡朝阳的嘴角、脸颊上,全都沾满了巧克力,就连他的手指上都沾着化掉了的巧克力。难道巧克力还没有吃完吗?她疑惑地往他手上看去,一个褐色的塑料袋映入眼帘——他正在舔融化后沾在包装袋上的巧克力。

"朝阳……"

她目瞪口呆,勉强叫了他一声。已经将巧克力的包装袋舔干净的朝阳那没有焦点的眼睛,终于聚焦到梨津身上。可他没有放下巧克力的包装袋,还在不停地舔啊舔,边舔边说:"啊,奏人妈妈。我知道了,

## 第二章　邻居

马上就回去。"

他冲她露出微笑，但是手和嘴仍然没离开巧克力的包装袋——他的行为、表情、语言完全不匹配。那张酷似博美的脸上浮现出优雅的微笑："啊，不过不好意思。我吃了巧克力的事，能不能不要告诉我爸爸妈妈？"

他望着梨津，措辞非常礼貌，但是他仍旧没有停止舔巧克力的动作，包装袋里分明已经空空如也了。

饥饿感。

她浑身战栗着想到这个词。幸亏今天没让儿子带游戏机，平时不玩游戏的孩子一旦打开这道门，就会在饥饿感的驱使下，连与朋友玩都忘了，独自沉迷于其中。

其他孩子只吃一两根就满足了的巧克力，他直到吃光了还不舍得扔。

公园对面，其他路灯也相继亮了起来。泽渡小区的全景浮现在夜色中，家家户户的窗户一齐闯入梨津眼帘。此时此刻，有个颜色在视野中占据了很大比例。

抬起头，梨津的目光凝固了。

浅蓝色。

走廊上到处是浅蓝色，是搬家时用的保护膜的颜色。公司虽然各不相同，颜色却不可思议地统一。

工人正在将摆放在走廊上的家具往电梯的方向搬。并不是单独一家，各个楼层都有搬家工作在同时进行。

泽渡小区是高人气、很少有闲置房的房产，所以，直到最近，大家才终于可以搬进来了。她曾经很羡慕他们。

可是，她搞反了。

搬家并不是为了入住，那些家具不是要搬进屋里，而是要往电梯的方向——小区外面搬。浮现在路灯灯光里的窗户很多都没有挂窗帘，只有一扇黑漆漆、光秃秃的窗。

她意识到——他们是要离开这里。意识到这件事的同时，她瞪大了眼睛。人们要离开这个小区，家家户户的灯光到处在减少。

她听到朝阳舔塑料袋上的巧克力的声音，吧唧吧唧。那个声音久久不绝于耳。

第二天，她听说遇到车祸的"真巳子小姐"没能恢复意识，就那样在医院去世了。

※

　　好想看她最后一眼呢——

看到这句话的那一刻，梨津以为自己看错了。

大概是因为她握着手机不由得惊叫出声了吧，丈夫雄基问她："怎么了？"

哄奏人睡着后，在厨房看手机的梨津有些犹豫，不知道该怎么跟他说。她转向丈夫，喃喃地回答："没事，就是……"

原本要去泽渡博美的茶话会的"真巳子小姐"，在车祸中去世了。

这一讣告在以那天的成员为中心的群里发布后，群里立刻沸腾了。成员们纷纷抒发对"妈妈友"真巳子之死的震惊与难过："怎么会发生这种事？""感觉最近这种悲惨的事好多！"还有人唉声叹气地表示，一想到她丈夫和由香里，自己的心都要碎了。

梨津也明白那种心情。自己也是小学生的母亲，只是想象一下自

## 第二章　邻居

己抛下孩子撒手人寰的情形，就心酸得无以复加。

可是，她也有种"怎么偏偏在这个时候加入这个群"的感觉。梨津和大家纷纷悼念的朋友"真巳子小姐"完全不认识，或许她们曾经在学校活动中擦肩而过吧，但是毕竟连面都没有见过。她很犹豫要不要和其他成员一样表达悲痛，用尽全力才写下一句话："世事无常，实在找不到合适的语言，愿她安息。"在此期间，其他成员的 LINE 消息一条接一条地跳出来，瞬间将梨津的这句话淹没。

必须通知一下同班的某某妈妈——
某某跟她关系那么好，肯定也很震惊——

群聊中不断出现刚加入的梨津不认识的名字，她不好意思窥探其他小团体之间的亲密交流，所以看到半途决定以后只粗略地浏览一下。

接到讣告的第二天，她问去过学校的奏人："你们老师有跟你们说谁家妈妈的事吗？"奏人茫然地反问："什么事啊？"

她还以为老师会通知孩子们车祸的事呢，不过好像没有。估计是觉得个别家庭内部的事，没必要搞得尽人皆知吧。

想到这里，她不禁感慨地想，现在就算发生了什么事件或事故，也只有少数的当事人知情呢。换成梨津小时候，由于地区的联系比较密切，说不定转瞬就传开了。不过，这一带从各地搬过来的小家庭比较多，信息便只会在一部分群体中共享。她再一次意识到，迄今为止发生在小区内的事情，或许也有很多自己不知情的吧。

比如，最近雄基亲眼看见的自杀案。

当时去世的人或许也有孩子。从这个小区搬出去的家家户户的事情，梨津也都不清楚。

前几天的茶话会后，她对雄基说起最近从泽渡小区搬出去的家庭好像很多。他却只是满不在乎地说了句："是吗？不过有人搬出去，就意味着会有别的家庭搬进来吧？"

可是从那天起，她就一直很留意。据她观察，几乎没有人搬进来。虽然见到的搬家工人越来越多，但好像都是"离开"的家庭。

"发生什么事了吗？"雄基坐在客厅的沙发上，望着厨房的方向又问了一遍。

"嗯……"梨津点点头，走向丈夫。

"我不是跟你说过，这个小区有个妈妈出车祸去世了吗？她本来也要去博美小姐家的茶话会。"

"哦哦，就是那个六年级小孩的妈妈……"

"是的。那个人的葬礼好像要在她丈夫老家那边办，仅限近亲参加。"

"哦？仅限近亲吗？"

"嗯。估计还是遇到车祸的缘故吧。"

"哦哦……"

丈夫体谅地点了点头。

葬礼的详情被发在了那个 LINE 群组里。葬礼在距离这里挺远的，她丈夫的老家举行，无论是守夜还是告别仪式，出席人员都仅限近亲。

得知这件事后，梨津想，估计家人不想让太多人见到遭遇车祸的遗体吧。自己本来就不是"真巳子小姐"的朋友，也没有亲密到能够出席葬礼的地步，所以她并没有多介意。

可是——

"群里的人……从今天早上就在说，这样道别太凄凉了，希望起码能去家里上炷香。家人都已经表示过仅限近亲出席了，她们还说这些话，就不怕给人家添麻烦吗？"

"这个嘛，天降横祸，家里人肯定也没有调整好情绪嘛。"

"是啊。我感觉等人家的心情平复下来再说也可以。在葬礼前非要提这种要求，不觉得很不明事理吗？想表达哀悼之情，可以打吊唁电话，也可以献花，办法多得是。"

"那些人都是全职主妇吗？如果梨津不跟她们说，她们估计不知道吧？"

梨津知道雄基想表达什么。他估计是想说她们没有社会经验，所以在面对不幸时也不习惯吧。可是，全职主妇也有各种各样的人，有的人即便有社会经验，依然缺乏婚丧嫁娶方面的常识，所以不能一概而论。不过，她确实感觉她们的聊天内容太情绪化了。

> 就这样道别也太过分了。
> 我至今不敢相信，真巳子小姐。
> 好想见她一面。
> 至少让我们去上炷香吧！
> 是啊，有没有人知道她丈夫的联系方式？
> ……

说得最带劲的人，是在茶话会上露骨地批判儿子班主任的叶子。大家也被她的情绪煽动，热烈地讨论着想要一起去"上炷香"。

"她们确实大部分是全职主妇，可是我觉得用不着我提醒。因为这个群的核心人物，是我之前跟你提过的泽渡太太。"

打听到葬礼的详情后，把消息发在群里的人是博美，不过她后续还没有主动发表过任何言论。所以梨津一边看着大家热烈地讨论，一边隐隐期待着博美能够提醒大家，觉得她肯定能够把话说得圆融得体。

可是——

"刚刚那位博美小姐说话了。我还以为她肯定会阻止大家呢，谁知她说'好想看她最后一眼呢'。"

仍旧坐在沙发上的雄基微微皱起眉头。梨津也完全是相同的心情。雄基说："想看她最后一眼是指……"

"我觉得就是字面意思。想和大家一起去上炷香，瞻仰一下她的遗容吧。"

"目的何在呢？"

这很像理性的雄基会问的问题。梨津困惑地摇了摇头："估计是想当面跟她道别吧。"

对方死于一场意外事故。正因为连家人都没有整理好心情，才只允许"近亲参加"吧。为什么连这么简单的道理都想不通呢？她们这样就好像重要的不是对方，而是她们自己能否最大限度地哀悼真巳子一样。表面上仿佛是对对方的善意，实际上只是想借她的死聚一下吧？

博美没有阻止，反而说"想看她一眼"。

感觉这句话在一连串消息中也透出一种低级的趣味。所以，刚看见的时候她还以为看错了。难道其他人什么想法都没有吗？

过了一会儿，博美发了下面一段话：

> 我家朝阳和由香里玩得很好，听说由香里妈妈去世了，朝阳也说想跟她道别。如果不可以的话，至少也要让我们送真巳子小姐一程。

## 第二章 邻居

看到博美的话,其他人也纷纷秒回:

是啊,好想见她最后一面。现在或许还来得及。
嗯。我家小孩也跟由香里玩得很好。
赶紧跟她丈夫联系一下呢。
……

新消息的提示音响个不停。

她不想继续看了,暂时关闭了 LINE 的消息提醒,将手机放到桌子上,按住胸口深深地吸了口气。雄基问:"你没事吧?你要是没那个心思的话,可以不用去。"

"谢谢。我跟去世的人没见过面,本来就没必要去。所以,我没事。"

因为这件事,她由衷地松了口气。"真巳子小姐"遇到了车祸,她们连她的脸是否完好无损都不知道。

群里的她们跟"真巳子小姐"的关系,真的友好到需要为她这么难过的程度吗?她们真的喜欢死者吗?

"我去洗澡了。"她站起身来,对雄基说。

她洗过澡回到客厅,打开手机,群里已经统一了意见。博美说:

我跟一臣老弟取得联系了。
明天中午到傍晚,真巳子小姐会在泽渡小区的家里。
据说老家的葬礼上谢绝一切贡品,不过明天倒是可以收枕花①。信件应该也可以吧？

各位，说不定还有其他人也想见真巳子小姐，能拜托大家尽量把这件事转达给更多人吗？

梨津的鸡皮疙瘩"唰"的一下起来了。

她屏住呼吸，无法从正在看的屏幕上移开目光。"信件应该也可以吧？""真巳子小姐会在泽渡小区的家里。""能拜托大家尽量把这件事转达给更多人吗？"——每一个字好像都很温柔，带着独属于博美的体贴，梨津却感到彻骨的寒意。其中最令人难以置信的是最后的呼吁：尽量转达给更多人。她不明白，既然如此，葬礼又是为什么只允许近亲参加呢？

她估计是靠那优雅的措辞和夫妇俩古道热肠的人品，跟死者的丈夫取得联系的吧。通过那种让对方产生"置之不理的自己才更薄情"的错觉的亲切感，获得了"上炷香"的权利。梨津只能作此猜想。

就在这时，群聊里突然跳出一个鲜艳的颜色。

是一个兔子竖起大拇指说"干得漂亮！"的表情包——是叶子发的。

梨津正觉得博美的言行举止令人难以置信，叶子便发来了搞笑表情包。这个人到底是怎么想的啊？梨津实在无法理解。在谈论不幸的内容中，她们的聊天里频繁地夹杂着表情符号。这么不严肃，是不是脑子有什么问题啊？难道会这么想是因为梨津太较真了吗？

"梨津，怎么了？"在梨津之后洗过澡的雄基，穿着睡衣走进客厅。

"你看这个。"梨津无语地递出手机。丈夫接过去，确认了他的目

---

① 指在葬礼之前放在死者枕边的花，通常由亲朋好友在收到讣告后赠送。

## 第二章　邻居

光正在屏幕上移动之后，她问："一般情况下，会在聊这种事的时候发表情包吗？"

"不知道。不过这帮人肯定觉得很正常吧。梨津或许无法想象，我也觉得有点不妥，但是举个极端的例子，假如这是她们自己的葬礼，她们估计觉得在好友内部聊这些没什么吧？"

"是吗？"梨津代入了一下自己，立刻寒毛直竖。死亡是属于自己的，悲伤是属于梨津和她的家人的。在这种用表情包和表情符号聊天的轻浮氛围中供他人热烈讨论，她肯定会觉得不舒服。

"不过，好意外啊。"雄基一边把手机还给梨津，一边苦笑。

"意外什么？"听到梨津问，他回答："泽渡博美。我还以为她是更加理智的人，说不定会跟知性的梨津很合拍呢。"

"不许——"

不许把我跟她相提并论。这句话冲到嘴边。可是，这样说显得自己很重视她似的，令梨津有些窝火。

"……她工作方面好像挺出色的，我觉得她应该是个有智慧的人。不过怎么说呢，智慧和品行未必一致，这次的事让我觉得她为人过于没品了。"

博美应该也能意识到梨津会看群消息。但她丝毫没有想过梨津看到聊天内容的时候会这么无语。

——就像雄基说的那样，这对她而言是一件"正常"的事。

"泽渡博美，是这个人吧？"丈夫突然开口。她看过去，发现他的手机不知何时打开了某个页面。

"咦？"

"我刚搬到这个小区的时候，关注了她丈夫的 INS 账号，偶尔也会看一眼跟他关联的太太的账号。"

"你看。"雄基将手机给她看。上面显示的是疑似博美的 INS 账号的页面，照片上是一块南瓜挞，被装在充满秋日气息的盘子里，放在布置得很有品位的桌子上，拍摄的构图非常讲究。

"今天用每年都会收到的软软糯糯的南瓜，亲手制作了南瓜挞，收获了家人的一致好评。我家老大说'有田间泥土的清香'哦！我们家好像有一位甜点鉴赏师呢！（或者说诗人？）"

望着那张仿佛从杂志的一页里裁下来的漂亮照片，她叹了口气。估计这份南瓜挞里用的也都是有机食材吧。

她的目光不由得停留在投稿中的"老大"一词上。长子——朝阳，那天在夜幕逼近的中庭公园里微笑着往口中塞巧克力点心的男孩。

"更新也挺勤快的，很厉害吧？"丈夫说。

她附和着"是啊"，打算将手机还给他。可是看见 INS 界面的发布日期，梨津的后背骤然一凉。

——是今天的日期。

博美是今天做的南瓜挞。她做好后美美地装盘，拍照发布在了 INS 上。用在 LINE 上和"妈妈友"们说"真巳子小姐，为什么""好难过""好想看她最后一眼"的那台手机，发布在她们也可能关注的 INS 账号上。

发布日期跟她说"朝阳也说想跟她道别"是同一天。"我家老大说'有田间泥土的清香'哦！我们家好像有一位甜点鉴赏师呢！（或者说诗人？）"——这篇诙谐的配文，愈发令梨津感到寒心。

她明明说想要好好送真巳子一程的。

不过，"让我们送真巳子小姐一程"这句话，原本就隐约散发出一股伪善的傲慢气息吧，为什么没有任何人注意到呢？

"老公。"

"嗯？"

她不由得伸手接手机的丈夫："你有想过搬家吗？"

"啊？"

雄基很吃惊。听到他的声音，她才恍然回神。梨津慌忙笑了笑，掩饰道："我就是说说。抱歉，总觉得最近这种事太多了，前阵子的跳楼自杀和这次的车祸，有些影响心情——而且，最近从小区搬走的家庭好像也很多。"

"以后倒是可以考虑搬家。不过你是怎么了？咱们不是刚搬过来吗？立刻搬家有点困难啦，附近也没有跟这里差不多宽敞的公寓。"

"也是。"

现实地考虑一下，确实很困难。可是，她还是在冲动之下说了出来。"抱歉抱歉。"她一边道歉，一边将手机还给他。

第二天，在"真巳子小姐"家所在的小区北侧，她看到博美和叶子等人的身影。

下午，准备去买晚餐食材的梨津看见她们，慌忙转了个方向。估计她们要去"真巳子小姐"家上香吧，刚刚匆匆一瞥，博美、城崎、高桥和弓月好像都穿着黑衣服，只有叶子身上是和平时一样的运动套装，不过叶子手上也拿着用来献花的插花。

其实没必要躲，但是总觉得有点愧疚，为了不让她们发现，她往走廊的角落里走了走。

她屏住呼吸等待她们的气息远去。

每个人她都见过，不打招呼就跟无视她们一样，有些尴尬——不

暗被

过跟我没关系,毕竟我跟她们要去吊唁的"真巳子小姐"一面都没有见过。

她像是说给自己听一样,绕到小区的另一侧,从南侧入口出去买东西了。

直到在附近的超市挑选商品的时候,梨津的心情都还有些沉重。她不停地告诉自己"跟我没关系",但是总感觉自己好像要被拽进她们那个充满歪理的团体中去了。

"——听说身后有人在追她啦。"

冷不防听到这句话,她不由得抬起头。

在收银台结过账,正在往袋子里装商品的时候,她突然听到了这句话,忍不住望向声音传来的方向。两名比梨津年纪大些、估计住在这附近的主妇提着购物袋,在出入口附近聊天。

"有人在追她?谁啊?"

"不知道。不过据说当时她大叫了一声'别过来',突然狂奔起来。"

"哦哟,好吓人。是变态之类的吗?"

"这个也不清楚。不过,听说附近的人都听到了。"

——狂奔。

她的心脏狂跳了一下。"狂奔"这个词令她忍不住联想到"真巳子小姐"的车祸。有人在后面追她,她大叫着"别过来"。

——不就是那场事故吗?

她还想继续听,但是貌似已经买完东西的二人离开了超市。往袋子里装了一半商品的梨津也慌里慌张地试图追上她们。不过等她跑到外面的时候,二人的身影已经不见了,也不知道去了哪个方向。

直到这时,她才惊讶地意识到——

自己有点不对劲。

## 第二章　邻居

她们说的可能并不是"真巳子小姐"的事，为什么自己会这么着急地追赶她们呢？就算是"真巳子小姐"的事，也跟自己没关系。

或许是太累了吧。今天赶紧回去，在奏人回家之前好好地休息一下吧。后天还要去录广播节目，在此之前必须熟悉一下嘉宾的资料。她一边想，一边往小区的方向走去。就在这时——

"梨津妹妹①。"

听到自己的名字，她拎着购物袋停下脚步。为了寻找声音的主人，她东张西望，环顾四周，却一个人影都没看见。这时——

"嗨，梨津妹妹。抱歉，吓到你了吗？"

她瞪大双眼，停在超市路边的红色奥迪车缓缓地降下车窗。在方向盘设置在左边的驾驶席上，露出一张戴墨镜的男人的脸。因为对方戴着墨镜，她没有立刻认出来。过了一会儿，梨津才意识到他是泽渡恭平——博美的丈夫。

"——泽渡先生。"

"叫我恭平就好啦。梨津妹妹，来买东西吗？我太太她们好像在聚会，你们没有在一起吗？"

恭平的说话方式令她有些别扭，但她一时没明白别扭在哪里。她带着茫然，含糊地回答了一句："嗯。"恭平在车里再次问她："梨津妹妹不去也可以吗？我太太她们不是说，要去跟真巳子做最后的道别吗？"

"……真巳子小姐生前跟我没有来往。"

"是吗？这么说她们邀请过你，但是被你拒绝了？"

---

① 原文为"ちゃん"，谐音为"酱"，是关系最为亲密的称呼，一般用在关系较好、彼此比较熟悉的朋友或夫妻、家人之间。

梨津什么也没有回答，只是含糊地回了个微笑。她想起今天早上确实收到过一条消息，不是群聊，而是博美单独发给她的：

> 今天我们要去向真巳子小姐道别，梨津小姐呢？那天大家聚在一起也是一种缘分，梨津小姐要是能来的话，真巳子小姐和一臣老弟也会很开心的。

她在说什么啊，当时梨津想。

"真巳子小姐和一臣老弟也会很开心的"，是因为梨津的职业吗？还是因为她是"名人"？

不过，或许博美是想通过"带梨津过去"为自己邀功吧。她不会是想让梨津成为自己的人脉吧？

梨津觉得她来问自己，是因为从昨晚持续到现在的一系列事件带来的激动情绪还没有消散。梨津只回了博美一句："我就不去了。"她不知道想要过度参与某个人的死亡是种什么心态，说得再重些，她觉得心里毛毛的。回复完之后，博美再也没有联系过她。

"哦。"恭平点点头，再次看向梨津。

"梨津妹妹。"

"嗯。"

"你没事吧？"

恭平突然摘下墨镜。

"真巳子的事也让梨津妹妹很郁闷吧？总觉得你非常勉强自己。你没事吧？"

她起了一身鸡皮疙瘩。

"我送送你吧。"恭平提议，"你的东西好像挺重的，要不要坐我

## 第二章　邻居

的车到小区？"

她明白别扭在哪里了。

因为他喊自己"梨津妹妹"。自从上次博美的茶话会后，他们还是第一次遇到，自己跟他的关系并没有这么亲密，他却在明显地跟自己套近乎——就跟叫其他妈妈友叶子、真巳子一样。

就连如今已经成为死者的"真巳子小姐"，他依然亲密地直呼其名，这也让她有种无法忍受的厌恶感。

"——不用了，东西不是很重。"

梨津努力露出开朗的微笑。小区和超市近在咫尺，没必要让他送，更何况在距离生活圈这么近的地方，搭丈夫以外的男性的车，倘若被别人看到了，不知道会产生什么样的误会。

梨津的脑海中响起警铃。她不认为这是自作多情，从单身的时候起，她就多次被精于此道的男人算计，因此只凭气氛就能做出判断。因为他对自己有自信，觉得自己游刃有余，所以完全不会设想被对方拒绝的可能性，露骨、单方面地将好感和欲望——

她的鸡皮疙瘩快要控制不住了。梨津努力克制住，微笑着对他说："请代我向博美小姐问好。"

她故意提到博美的名字，抬脚往前走。梨津能感觉到恭平有话要说的目光，但她还是快步离开了。她边走边想，希望对方可以从这样的态度中感觉到自己明确的拒绝。

头也不回地来到小区门口，她总算喘出一大口气。直到这时她才意识到，自己刚刚几乎忘了呼吸，身心都非常紧张。为什么自己会陷入这种情绪呢？她觉得非常荒谬。就在这时——

在南侧入口前，她看到一个晃晃悠悠的人影。

咦——她瞪大眼睛，发现有个本来倚在门边的女人的身影越来越近。看到那个身影,梨津再次屏住呼吸。

是香织。

她的眼睛在看梨津。

"你……好。"

梨津露出一个僵硬的微笑。自从阅读志愿者会议那天以来,这还是她第一次和香织说话。在博美的茶话会上听说,香织也是这个小区的住户。看来之前一直没有碰见,只是运气比较好,今后是不是要小心一点呢?

"呃……香织小姐也住在这个小区呢。我——"

为了寒暄,她差点无意识地把自己住几楼说出来了,于是她赶紧闭上了嘴。最近她不是刚想过吗?绝对不能把任何个人信息透露给这个人。

"我?"

香织动作迟缓地盯着梨津。她是没有听到梨津的话吗?每次和这个人说话,节奏都会被打乱。梨津生硬地点点头:"你也住在泽渡小区呢。"

"哦哦——你说住在这里啊……唔,最近是啦。"

"哦。"

是刚搬过来的意思吗?她们的关系并没有近到可以直呼她"香织小姐"的程度,可是自己只知道她的名字,所以只能这么叫她。

"不是商量过今天要去真巳子家吗?几楼?"

"这……"

猝不及防的问题,令她有些不知所措。香织的身体往说不出话来的梨津跟前探了探:"说啊,几楼?"

"……我跟那位女士并没有见过面。"

## 第二章　邻居

这句话自己被迫说过多少次了呢？她对博美说过，对恭平说过，对香织也说过。为什么仅仅因为对方"不幸"，自己就要被他们逼着可怜她、悼念她呢？

香织夸张地瞪大眼睛。"欸，不会吧？"她的声音宛若孩童，"不过，你不是有接到那个茶话会的邀请吗？我没有接到邀请啦，所以不知道地点，必须打听一下才能过去。你不是正式接到邀请函了吗？我家小孩说他看到了哦。"

胸口好像被人重重地锤了一下，梨津有些窒息。

她到底在说什么啊？梨津完全摸不着头脑，极其无语。不过，听到"小孩"这个词，她的后背立刻激起一阵战栗。记得茶话会的邀请函是奏人从博美的儿子朝阳那里拿到的。

这个人让她儿子监视奏人的行动吗？

"哎——"

香织的眼睛不客气地盯着梨津。她看起来仍然比其他妈妈显老，不像小学生的妈妈，剪裁宽松的白色连衣裙也有一种老旧、过时的感觉。连衣裙因为是白色的，领口的花边已经开始泛黄了，上面还有陈年的褐色污痕。

香织慢条斯理地问道："哎，你难不成在跟泽渡交往吗？你们是那种关系？"

惊讶的声音卡在喉咙里。这人冷不丁说什么呢？但是她的思绪很快就更乱了。"泽渡"是指博美吗？可是梨津才刚刚被搭讪，被她的丈夫泽渡先生搭讪。

交往？那种关系？

梨津的皮肤上寒毛直竖。被她看到了吗？可是，是什么时候？来的路上她不记得有见到香织。

"什么意思?"她迷茫地反问。

香织死死地盯了她片刻,突然咧开嘴笑了。

皮笑肉不笑。

"没事啦,没事啦。"

什么没事啊,要是造成奇怪的误会——梨津正想辩解,突然听到一句令人难以置信的话:"我也是。所以,没事啦没事啦,没事啦没事啦。很多人都是啦,所以别担心。比方说弓月小姐就是哦。"

"咦?"

这一次口中终于溢出惊讶的声音。香织却面不改色地点了点头,继续按照自己的步调说下去:"我也劝过弓月小姐哦。所以,她应该也快了。别担心哦。"

"不,可是……"

"啊——我还一直想让她代替我呢。到底选谁好呢,好迷茫……不过,必须赶紧决定才行,马上就要结束了。"

"请问……什么快要结束了?"

"别担心,没事啦,因为我也是啦。"

她从大家那里听说过,这是一个无论聊到什么,都会立刻回答"我也是"的人。

就连奇怪的事、不合常理的事也一样,比如她说自己和梨津一样是播音员,跟别人是老乡之类的。她好像相信只要附和别人,就可以跟对方拉近关系,像是有一本这样的指导手册似的。

梨津的脸有些僵:"是吗?"

梨津喃喃地说完,微笑道:"不好意思,我先告辞了。"从她旁边通过时,梨津好像从脚尖到头顶都无比紧张。自己好像被一股神秘的恐怖力量袭击了,她觉得自己跟这人是鸡同鸭讲。

## 第二章　邻居

一本用附和的方式打开对方心房的指导手册。如果她是按照那玩意儿行动的，那她还是人吗？

这种嘲讽的想法令她再次不寒而栗。就在马上经过她身边时，梨津注意到她手里拎着什么东西。那是一个白色的袋子。

里面装的是要献给真巳子的花吗？她想。可是，她猜错了。白色的袋子里露出零食的包装袋，而且非常大。在那个经济实惠装的零食袋上感觉不到厚度，里面好像已经空了。

为什么要带这种垃圾啊，她不是去吊唁的吗？

"哎呀。"

她注意到了梨津的目光。香织望着梨津，问："你要吃吗？"

有股冷气贯穿鼻腔。

"我先告辞了。"

梨津拒绝理睬对方，抬脚往前走。感觉香织还在看自己的背影，所以她不能回自己的家。

她抱着购物袋，有点想薅自己的头发——今天到底是什么情况？她不想回家，不想让香织知道自己家的门牌号。

于是她穿过过道，特意从南侧穿过，往泽渡家和"真巳子小姐"家所在的北侧走去，途中路过了铺有保护膜的家。她满腔厌烦，在想要移开视线的情绪中不停地往前走。

就在这时，她感受到了手机的振动，振动声是从她拎着的小挎包里传出来的。

她感觉到自己的呼吸急促起来。

零零散散地聚在一起、有的穿丧服、有的穿便服、带着花去吊唁的妈妈友们，在超市嚼车祸事件的舌根的主妇，用黏黏糊糊的目光目送梨津的泽渡恭平，守在南侧入口、缓缓地朝她走来的香织——"我也是""马上就要结束了""你要吃吗?"

她不能回家。她想回,却不能回。

一切宛若一场噩梦。她突然掏出振动的手机,那振动声听起来仿佛是结束噩梦的闹铃。

可是,她错了。

屏幕上显示的是"泽渡博美"。

她瞬间屏住呼吸,之所以接通电话,是因为她再也无法忍耐了。究竟找我有什么事啊?

"——喂?"

"喂?梨津小姐,你现在方便吗?有件事想问问你。"

心跳声越来越大,她后悔接这通电话了。

恭平刚刚在奥迪车里跟自己搭讪,要是那件事被谁看到了呢?梨津没有任何过错,就连他要送自己一程的提议也拒绝了。可是……

——我也是。

我也是什么呢?我和恭平没有任何关系。"没事啦没事啦,很多人都是啦,所以别担心。比方说弓月小姐就是哦。"为什么她当时会提到弓月小姐?住在北栋的那位比博美年轻的妈妈友,在茶话会上确实最年轻可爱。话说回来,亲昵地直呼叶子、真巳子等妈妈友的名字,跟城崎和高桥也经常攀谈的恭平,好像确实不怎么跟她说话。现在想想,或许真有可能有那回事。但是——

他居然喊我梨津妹妹,我可不记得我们什么时候这么亲密了。有朝一日,他肯定也会直呼我的名字。

我最讨厌那种男的了。

要是博美问起的话,她准备这样回答,明确地表明自己很困扰。梨津这样想,可是——

## 第二章　邻居

"你给了朝阳巧克力点心吗？"对方却问出一个她未曾设想到的问题。

她瞬间屏住呼吸。她回忆起那吧唧吧唧的声音，还有散落在沙坑的塑料包装袋，以及问她"能不能不要告诉我爸爸妈妈"的那张明朗的笑脸。

博美的声音无比嘶哑低沉："拜托你回答我。你给了朝阳'樵夫圆舞曲'吗？"

听到具体的名称，梨津的肩头蓦地一松。"樵夫圆舞曲"是一种在树木形状的饼干中注入巧克力的零食，深受孩子们的欢迎。那天她让奏人带的是巧克力棒，不是"樵夫圆舞曲"。她问的好像不是茶话会那天的事。

博美的声音非常迫切："我正在打电话问大家。朝阳今天把它们带回家了，我问他是从哪里来的，他说是别人给的。"

她的声音有些惊慌无措，但更多的是焦虑不安。

"这种事以前也有过。听说市面上卖的巧克力味道很浓郁，只要吃过一次，就再也无法接受天然的甜味。所以我家一直都很小心，担心万一他已经吃过了怎么办。朝阳坚持说他只是收到了，还一次都没有吃过。可如果他已经吃过了呢？"

眼底骤然闪过昨天看到的博美的 INS 投稿。

用每年都会收到的南瓜做的南瓜挞，很有品位的布置，老大说"有田间泥土的清香"，我们家有位甜点鉴赏师——

她是不是白痴啊？梨津想。

你的朋友可是死掉了！嘴上说着自己很难过，想见她最后一面，却为儿子是不是吃了市售的巧克力惊慌、焦虑。你儿子又不会因为这么小的事就死掉！

明明早就吧唧吧唧地不知道吃了多少根了。在此之前，你儿子肯定也早就吃过了。那份饥饿感明明是你自己培养出来的。

梨津有股告诉她的冲动，却因为过于荒谬而发不出声音。我这么想回家，却不能回去。因为香织可能在，于是就只能拎着重重的超市购物袋，在这种地方，像白痴一样打电话。

她想，你丈夫出轨了哦。

"你在听吗？梨津小姐。"

"哦。"她附和了一声。不过她的心不在焉好像暴露了，电话里能够感觉到博美忍怒的气息。

"你怎么回事？是不是瞧不起我？"

语气非常刺耳，博美生气了。

"你这人有点自作多情哦！"

她的声音在颤抖："你觉得只要自己存在，对方就会嫉妒你吧？大家都会在意你、羡慕你，仅仅因为你的存在和头衔，就会觉得你在秀优越感吧？'我明明表现得很正常，大家却都在关注我，好烦哦'——你一直是这么想的吧？可是，那只是你自己的心愿啦！你又没有漂亮到那个地步，也没有多了不起！"

博美滔滔不绝地说下去。那真的是她的声音吗？梨津连这件事都无法分辨了。有风的声音，呼——呼——她不记得自己有上电梯，明明走在小区的一楼，却像是站在楼上的走廊中一样，有呼啸的风声。

"那只是你自己的心愿啦！"博美重复了一遍，"是你的臆想啦！你觉得自己比别人厉害，比别人特别——希望别人看到你，关注你，跟你竞争，找你秀优越感。可是，那只是你自作多情的心愿啦！我们大家根本不在乎你，也不关注你。你对我表现出的优越感，我甚至觉得很搞笑，很离谱！你只是渴望我的关注啦！"

我根本没那样想。

我不懂。

她想。但是风声太大，她无法回答。呼呼呼，呼呼呼呼，身上的衣服和头发在风中猎猎作响。再这么下去，自己可能会不小心松开手里的购物袋了。

呼呼呼呼，呼呼，呼呼呼呼。

风在不停地呼啸。

购物袋好像要从手里掉下去了。

等等，我知道，樵夫圆舞曲。

拎着那个袋子的人是——

"什么人啊，这么瞧不起人！"

耳边传来博美不甘的声音。

听得人如痴如醉。

甚至一片平静。

这个人，她对我。

超级关注。

不关注、很离谱、是你自己的心愿、自作多情——虽然措辞很难听，但是越是强调，就越是凸显了博美的言不由衷，其实，她对梨津的存在在意得不得了。这些话听起来宛如赞美——输给你好不甘心、好嫉妒。

再多说一些，梨津想。

睁开眼睛时，她独自躺在昏暗的房间里。

有一瞬间，她不知道自己身在何方，坐起来后有些头疼。二十岁左右的时候，工作压力导致她患上了失眠症，长期依赖安眠药，那时睡醒后就总是头疼。这一次醒来，她有种和那时一样的感觉——仿佛刚刚从强力的药物酩酊状态中抽离出来。

这里是小区里自己家的卧室。

她是什么时候回来的？衣服还是出门时穿的那一套。枕旁奏人的火箭形闹钟指向了七点。

七点——看到这个时间，她大吃一惊。周围已经彻底黑了，窗帘紧闭。她究竟睡了多久？奏人应该已经回来了。她在会不会把儿子关在门外的焦虑中陡然清醒过来。

"奏人——"

"汪！"

有个声音近在咫尺，梨津循声望去，发现小八正在舔自己垂在床边的手。它伸着舌头，一脸兴奋地仰视着梨津。

"小八……"

小八湿润的鼻子在微微抽动。梨津仔细端详着它，在昏暗中小八的模样依然非常可爱。现实感从被它舔过的手指开始回归，她感觉到了它对自己的担心。

就在这时，门缓缓打开了，走廊的灯光透了进来。

雄基探头进来："你醒了？没事吧？"

"老公……"

头好疼。从走廊照进来的光很刺眼。

"咦，小八。你跑哪儿去了？"

从丈夫背后传来奏人的声音。像是为了回应他似的，小八从卧室里跑了出去。耳边立刻传来奏人开心地呼唤"小八"的声音，她松了

## 第二章 邻居

口气。太好了，奏人平安回来了。

"抱歉。我也不知道自己怎么睡着了。"

"没关系。如果还是难受的话，就接着睡吧，晚饭我会看着办的。话说回来，你还能吃饭吗？要是身体还不舒服的话……"

"你回来得好早。抱歉，其实我不知道自己是什么时候回来的。"

"啊？"

雄基担心地望着梨津，脸上浮现出诧异的表情。和梨津对视片刻，他问："你不记得了吗？"

"记得什么？"

"你给我打电话，声音跟尖叫一样。"

"什么？"

"你真的不记得了？"

丈夫的表情越来越担心了。梨津目瞪口呆地反问："电话？"

雄基诧异地望着她，然而，梨津却觉得自己才是受到丈夫欺骗的那一个。因为她真的不记得了，记忆中断了。下午她去买东西，在小区前看到了博美她们，然后去了超市，回来后遇到了香织——从那个时候开始，时间感就很模糊。

她好像被泽渡恭平搭讪了，还接到了博美那通宛如噩梦般的电话。

雄基走到床前，在梨津的注视当中坐下。沉默地犹豫了一阵儿后，他问："这么说，那件事你也不记得了吗？"

"究竟是什么事……"

"泽渡博美小姐，从自己家的阳台上坠楼身亡了。"

她倒抽一口凉气，目瞪口呆。

雄基到底在说什么？怎么可能？她的嘴角抽搐，脸颊僵硬。

"坠楼身亡？"

"……情况还不是很清楚,不过小区里的人议论纷纷,说是她儿子朝阳把她推下去的。有人在下面看见博美小姐在阳台上面目狰狞地追孩子,母子俩你推我搡,最后母亲从楼上掉了下去。"

"你在开玩笑吧?"

她感觉自己的声音非常遥远。雄基的眼睛里浮现出一抹痛心的光,对梨津说:"你就是为了告诉我这件事给我打电话的,你说博美小姐坠楼死了。我回来的时候小区被警车和记者们围得水泄不通,这件事闹得非常大。"

与自杀不同,可能有谋杀性质。朝阳——那孩子怎么样了呢?在阳台上被面目狰狞的博美追赶。尽管只见过她沉稳优雅的表情,梨津的眼前却轻而易举地浮现出她的那种表情。她追赶孩子的理由梨津也知道。

因为儿子吃了巧克力点心。

"朝阳呢——"

"不知道,应该在警方那里吧,估计在被问话。"

"他爸爸也跟他在一起吗?"

"那个啊……听小区里的人说,他被救护车拉走了。"

"什么?!"

雄基的表情变得有些古怪。梨津问:"泽渡先生也受伤了?是一起坠楼了吗?"

"不,他好像被捅成重伤了。听说他有事在楼下邻居家,有人说是那家的太太做的……梨津,你认识吗?那家人姓弓月。"

她吸进去的气,顿时呼不出来了。有事在楼下邻居家——这样的事之前应该也是家常便饭吧,在弓月丈夫出去工作的时候。

她不知道自己该用什么情绪来面对。在妻子面临危险的时候,那个男人到底在干什么啊？弓月也是，为什么偏偏今天让别人的丈夫进家门呢？而且那位妻子刚刚和自己一起吊唁完共同好友回来。

想到这里，立刻有股浊气从梨津的胸腔深处涌上来。

比起泽渡恭平，更令人担心的是他们的儿子朝阳。现在能够为他着想的父母都已经不在他身边了。

"——手机。"

"什么？"

"看到手机了吗？我的……"

"枕边的那台不是你的吗？"

她打开通话记录。

梨津确实给雄基打过电话，虽然她完全不记得了，但自己好像确实那么做了。上一通电话是雄基打给梨津的，然后是梨津打给丈夫的好几条通话记录。再往前翻，她翻到了泽渡博美的来电记录。

那并不是做梦吗？

可是，到哪里为止是真实的呢？

博美说过"我正在打电话问大家"，问朝阳到底有没有吃巧克力点心。所以，她或许并不是只给梨津一个人打了电话。

坠楼身亡。

并不仅仅是坠楼，而是坠楼身亡，人已经死了。

梨津想起之前听到的那声"砰"——什么东西爆裂似的声音，她无法相信。

虽然交情绝对不够长，也不够深，但是死掉的是她认识的人，而且是刚刚和她说过话的人。这样的冲击太剧烈了，刚刚暂时远去的头疼再次卷土重来。

握着的手机振了一下，屏幕上亮起微光。看到 LINE 这个词的瞬间，她想，啊啊——

雄基昨天晚上才对她说过的话又在耳畔响起。

——举个极端的例子，假如这是她们自己的葬礼，她们估计觉得在好友内部聊这些没什么吧？

某个人的表情包。

伤心流泪的兔子的搞笑表情包在屏幕上滑过。

配有"博美小姐，难以置信"的文字。

"你没事吧？"

听到丈夫的问题，她连勉强回答一句"没事"的力气都没有了。梨津呼吸急促，胸口堵得慌。这时，她在小八"汪汪"的叫声中察觉到奏人走过来的气息。透过窄窄的门缝，她看见儿子站在门外。

"妈妈，你没事吧？我饿了。"

"奏人。"

"外面还有警车吗？发生什么事了？有人受伤了吗？"

她察觉到站在旁边的雄基的肩膀绷紧了。她这才意识到，这孩子恐怕还被蒙在鼓里，对泽渡家的案件还一无所知。

奏人很喜欢将博美推下去的朝阳。哪怕家长发生了不幸，学校好像也不会告诉孩子们。可是朝阳是现任儿童会会长，还是在校生，奏人迟早会知道的吧。到那个时候，这孩子会受到多大的打击啊——

一想到这里，她就有种撕心裂肺的感觉。梨津强迫自己说："要不你们两个去外面吃饭吧？我还没有食欲。"

"你可以吗？"雄基担心地垂头看着梨津。

梨津点点头："嗯。能让我安静一下吗？"

哪怕只是片刻也好，她想让奏人离开这个小区。今天晚上等他们两个吃完饭回来，哄奏人睡着之后，她再好好跟雄基谈一谈搬家的事吧。在此之前，梨津也想先整理一下情绪。

"好吧——不过，你千万不要钻牛角尖哦。"

"嗯。"

"我想吃 TREELAND 的汉堡包！"

"……好嘞，那我们走吧！"

听见奏人说出附近的家庭餐厅的名字，雄基对他露出仍然有些僵硬的笑脸。二人走出卧室，开始做出门的准备。梨津听着他们弄出来的动静，都这个时候了，依然忍不住在想——啊啊，那个家庭餐厅的汉堡包，估计博美也会禁止儿子食用吧，因为不知道里面放了什么。

她一想到这里，便有眼泪从眼眶里渗了出来。好奇怪，她也不知道这是什么眼泪。

她闭上眼睛，再次躺下。她的意识格外清醒，大脑因为刚刚听到的博美的讣告处于兴奋状态，怎么都睡不着。


手机轻轻地振了一下。

像是挥动球棒一样轻轻地振了一下。

然后，又振了一下。

收到新消息的感觉传递过来。

梨津抬起沉重的手臂，拿起手机。不知道时间过去了多久，她必须确认一下现在几点。但是在此之前，她却不由自主地打开了 LINE 的群聊。

身为女王的博美不在了的那个 LINE 的群聊。

"好想看她一眼呢。"

这句话跳出来的时候，她以为自己看错了。

或者说时间倒流了。

可是，不对，头像上的人不是博美，不是精心拍摄的、戴着大大耳饰的博美的高冷侧脸，而是一个做得很丑的手缝玩偶——一个扎着麻花辫、身穿白色连衣裙的玩偶。

是一个陌生头像。看到下面的名字，她立刻浑身战栗。

Kaorikanbara-WhiteQUEEN

香织神原，白王后。

她无比错愕。在她睡觉的时候，自从叶子发过表情包之后，时间线已经过去了很久。香织是什么时候加入这个群聊的？她想了一下，感觉脸上唰地失去了血色。

说不定她很久以前就在了。

或许她进群后没有发过言，一直在默默地看大家聊天，就像梨津只在刚入群时说了句话，此后便一直潜水一样。

她不是只有一个翻盖手机吗？

想到这件事，梨津脑子里更乱了。这位"Kaorikanbara-WhiteQUEEN"，难道不是她知道的那位香织吗？

可是，叶子、弓月、剩下的每个人都跟在她后面发言，仿佛这是一件理所当然的事。


是啊。毕竟闹得这么大，肯定不能像普通葬礼那样告别，要见的话只能趁现在了。

我可受不了就这样道别。

弓月小姐，你跟她老公联系上了吗？你们关系不是很好吗？

关系好什么啊，笑死。

## 第二章　邻居

后面跟着一个哈哈大笑的表情包。

　　什么嘛，大家都知道啦！（笑）
　　早就知道啦。都那么明显了嘛。（笑笑）对了，听说她老公今天的伤是弓月小姐干的？是真的吗？
　　这就任由你们想象喽！开玩笑啦。（笑）
　　表情包。
　　表情包。
　　表情包。
　　表情包。
　　表情包。
　　表情包。

　　梨津小姐，你在的吧？

就在这时，眼前突然跳出一条消息。

　　回复一下呀。梨津小姐。禁止已阅不回哦！（笑）
　　一起去跟博美小姐道别吧。要是梨津小姐来的话，大家肯定都会很开心哦。
　　梨津小姐。
　　这次你见过的吧？梨津小姐——

叮咚——玄关传来门铃声。
伴随着这个声音，梨津的尖叫破口而出。她的肩膀夸张地抽搐了一下,连她自己都吓了一跳。

"雄基、奏人……"

她猜不到什么客人会这么晚来访。

是他们两个回来了吗?可是,他们为什么不用钥匙开门?虽然泽渡小区是时髦漂亮的建筑物,但这里的安保措施却很敷衍。大门没有安装通用的自动锁,任何人都能来到家门口。

啊啊!

她差点就要尖叫了。在考虑内部装修时不时髦、外部装饰讲不讲究之前,不是应该先考虑安保吗!那对只考虑外观的笨蛋夫妇!

她走出卧室,战战兢兢地想要通过安装在客厅的对讲监控瞧一眼,却先听到一个声音:"三木岛梨津小姐。"

那个声音听起来非常遥远。

她捂住耳朵,祈祷这是幻听。

对讲监控的屏幕上映出一个白衣女人。她身穿土气过时的纯白色连衣裙,脸上敷粉,抹着鲜红的口红。

香织的脸映在屏幕上。并没有那么亲近、仅仅是在志愿者会议上见过的——那个人。

叮咚——

悠长的门铃声响了起来。唯一和泽渡家有共同之处的、自己家的门铃声。

"梨——津——小——姐。去看她一眼吧——"

砰砰砰,砰砰砰,砰砰砰,砰砰砰,叮咚,砰砰砰,砰砰砰,叮咚,砰砰。"梨——津——小——姐——"砰砰砰砰。"这次你见过的吧——"

叮——咚——

"汪!"

## 第二章 邻居

小八冲着门叫了一声，敲门声戛然而止。

可是仅仅停了一瞬，很快就再次响起敲门声。叮咚声响个不停。

"汪！汪！"

小八拼命地咆哮。好可怕，太可怕了，梨津紧紧抱住它小小的身体。

"——梨——津——小——姐——"

听着门外呼唤自己的声音，她想，或许大家都经历过这种事吧。

不明白，她不明白。可是，或许每个人都曾经这样被逼到绝路吧。被她在身后追赶，被她接近家人，明明觉得奇怪，却被迫与她亲近。

博美一定不是什么女王。成为女王只是她的期望。很容易理解嘛。尽管一开始猜不透她想在大家中成为什么样的人，她希望大家怎么看待自己，现在却再清楚不过了。那对夫妇只是在扮演小区的王罢了。

可是，门外的这个人却让人摸不着头脑。估计她并不在自己能理解的常识的范畴中。

"梨——津——小——姐——"

"闭嘴！"她吼道。

吼出来之后，她又直呼糟糕。这样一来不就跟告诉她自己在家一样吗？但是，事情已经不受控制了。嘈杂的敲门声不断往耳朵深处钻，令她头痛欲裂。

"我要报警了！"

她已经被逼得快走投无路了。可是，现在还来得及，邻居家或许会察觉到我家的情况不对劲。

在梨津吼出来之后，敲门声戛然而止，叫她名字的声音也停了。

对方这么轻易地放弃了，令她有些吃惊。她带着惊讶望向对讲监控的屏幕，映在屏幕上的是头顶的发旋，那是香织夹杂着白发的头顶。

原本低着头的香织突然抬头。

"啪！"

她怪模怪样地大喊一声，随即笑了。她整张脸都皮笑肉不笑，鲜红的口红依然突兀地浮在那张脸上。

"梨津小姐，走呀。"

她的声音传来。笑嘻嘻的声音。

"去见博美小姐啦。这次不是你认识的人吗？你有去见她一面的资格啦。博美还在的哦，她会很开心的，所以去见见她啦。还要给她写信哦，要尽量告诉更多人。"

梨津按住自己的头。空气稀薄，她感觉自己喘不上气来。

香织阴恻恻地笑了。她的脸陡然凑近对讲监控的摄像头。

"还得告诉奏人哦。朝阳的妈妈死掉了嘛，他肯定很难过，很想跟她道别。要不我去告诉他吧。走吧，梨津小姐，我也去吧。"

"不要——"

听到自家孩子的名字，她发出一声凄厉的尖叫。在吼出声音的胸腔里感受到绵长的痛楚，她才意识到那是自己发出来的声音。她不由得打开门，飞奔出去，冲到过道上——

然后，她屏住呼吸。

香织不在。下一刻，她惊愕地望向旁边。

身体倾斜得很严重。

腿上失去了力气。

砰——听见了什么东西爆裂似的声音。

坠落的声音。

丈夫雄基形容为"咚"的声音。听到那个声音的瞬间，梨津的听

力开始模糊,她感觉到声音渐渐远去。

——啊啊,掉下去了。

啪嗒啪嗒,啪嗒啪嗒,耳畔传来风拍打东西的声音。在逐渐模糊的意识中,梨津明白那是什么声音了。周围有蓝色的塑料膜。

覆盖整个泽渡小区、搬家用的保护膜,此时正一齐迎风招展,像某种巨型生物在呼吸。

"——汪!"在坠入黑暗的最后一秒,她听见了小八的叫声。

第三章

同事

# 暗被

"我是在问你为什么没有跟我解释一句,不是想要你道歉!"

铃井俊哉望着电脑屏幕,从刚才起就在忍受走廊上传来的声音。

桌面上打开的,是要发送给明天预约的客户的提醒邮件的正文。毕竟这是例行公事,内容基本上是固定的,他闭着眼睛都能写。可是听着那个声音,他总觉得自己可能会犯一些多余的错误,有些写不下去。

"这都是第几次了?每次都是老一套说辞,对不起,下次注意。但是,不改正又有什么意义?我再好的脾气也受不了哦。你到底是怎么想的?"

"对不起。"

门外传来有气无力的声音。铃木听不下去了,努力装出一副全神贯注地看屏幕的样子,告诉自己别听、别关注。

"唉——"外面传来一声比话语本身更能表达态度的叹息,好像比刚刚道歉的声音还大一些。

"所以,你在之前的公司也经常这么干吗?你到底是怎么干活的?"

"对不起。"

"我不是说过了吗?不要再道歉了!"

心脏疼。

估计有这种想法的不止铃井一个人。科里几乎所有在工位的员工,

## 第三章　同事

哪怕听到了那个声音，也都在默默地继续工作，让他有种自己是欺凌弱者的人的帮凶的错觉。

铃井忍不住抬头，看见前辈丸山睦美站了起来。她没有从传来训斥声的工位附近的门出去，而是绕到反方向的门，从那里离开了楼层。

"上周我交代你预约绿森超市的时候，不也发生过这种事吗？当时因为刚刚提醒过你，所以我实在不想再讲一遍，可是从路线上来考虑，首先约的不是赤屋吗？正常情况下，应该按照同一个街道的宫田酒店、邻街的绿森这个顺序来约。那样就能大幅度地减少移动时间了。为什么你就不能在大脑里模拟想象一下呢？不，不仅仅是大脑的问题。你给我发邮件的时候，不是会写下来吗？要是写的时候你都没有画面感的话，说明你缺乏想象力，不，是不体贴。你让别人从一个车站走到另一个车站，再走回去——会让别人浪费很多时间。想象力是一种体贴，我是这样认为的。我说得不对吗？"

这种事现在有必要再重复一遍吗？他差点说出这句话。何况，跑业务的顺序，要是负责人或店长不在的话，单纯靠距离是无论如何都无法安排的。只是多走一站路而已，他不认为这是多大的事。

铃井抬头瞥了一眼，这次跟坐在自己前面工位的同事滨田对视了。滨田面部表情有些扭曲，他知道，对方跟自己在想同样的事。

"对不起。"刚刚那个有气无力的声音又重复了一句。训斥的声音更激昂了："我不是想让你道歉，只是纯粹地感到疑惑！请你告诉我，你是怎么活到今天的？"

已经忍到极限了。铃井站起来，跟之前离席的前辈一样，从距离自己工位较远的门离开了楼层。

跟他料想的一样，睦美姐已经在自动贩卖机前了。她握着一罐奶茶，朝身后走来的铃井露出微笑："啊，辛苦了。"

"你也辛苦了。"

铃井回应后，她直接指着饮料问："喝哪个？"

"啊，不用了，我自己来——"

"不用客气啦。我也只有这个时候才能摆摆前辈的谱嘛。"

睦美姐今年四十三岁。大概因为有个正在念小学的小孩，她平时很少参加科里的聚餐，铃井确实没什么机会让她请自己喝东西。

跟刚进公司三年的铃井不同，她是有多年工作经验的资深销售，担任铃井他们销售二科的主任，职位仅次于科长，是科里的二把手。但是她的长相很显年轻，听说她的实际年龄时，他曾吃了一惊，因为她对年轻人也不摆架子，很会照顾别人，后辈员工都亲切地称呼她为"睦美姐"。

他绝对不是只有这种时候才会夸她，大家都很依赖、仰慕她。铃井之前也在各种各样的场合得到过她的帮助，所以很尊重她。

"啊，那就苏打水吧——不好意思，我就不跟你客气了。"

"OK，是这个吧？"

睦美姐塞进硬币，按下自动贩卖机右上角的按钮，弯腰从取货口将饮料取出来。"真的不好意思。"他边道歉边接到手上。

"——你也挺受不了佐藤科长的吧。"

睦美姐将塑料瓶递给铃井的时候，终于开口了。听到她的话，他想，就等这句话呢。铃井其实也很想这么说。

"是啊。"

"我也跟他说过好多次了，在大家面前那样骂人，不用说阿仁了，就连旁听的我们和其他人也都很不舒服。"

"我知道。"

## 第三章　同事

睦美姐看向铃井。铃井一边打开接过来的苏打水的瓶盖，一边继续说："我从滨田他们那里听说了，睦美姐帮忙去跟科长说了，结果科长不在办公室，换成在走廊骂阿仁了。不过，声音还是听得一清二楚。"

"他估计觉得自己已经很注意了，很搞笑吧？"

睦美姐有些无奈地笑了笑。这句话里估计是带了点嘲讽吧，不过经她之口说出来，他强烈地感觉到比起怨恨，更多的是痛心。

如果现在就回办公楼层，骂声估计还没停吧。一想到这里，他就不想马上回去。他不由自主地和睦美姐走到大厅一侧尽头的会客区，这个时间恰好没人，他们在座位上坐下。

有点郁闷。

他后悔地想，要是提前知道科长会训人，今天他一大早就出去跑外勤了。

"有时候我也会想他为什么不反驳，但又觉得这也怪不得他。要是辩解的话，估计科长的怒火会烧得更旺吧。"

"毕竟地位摆在那里，阿仁挺难反驳的吧。他应该挺不好受的，真想帮他做点儿什么，回头我也找机会跟科长说说吧。实在不行，就去把部长搬出来。"

铃井他们所在的"四宫食品"是业内的中型食品公司，铃井属于销售二科，主要负责冷冻产品。

到去年为止，铃井都在策划部。原本他在大学念的是自然科学系，之所以应聘食品公司，就是想要从事策划或研究工作。所以，今年突然接到调到销售部的命令时，他深受打击。策划部的前辈对他说"趁年轻见识一下各种各样的部门，也算积累经验了"，他的心情却很沉重，更何况在调到销售二科之后，等着他的是佐藤科长。

和铃井不同，佐藤进公司以来基本上一直在销售科，今年才四十一岁。在这家老员工众多的公司里，他绝对属于最年轻的管理人员。他肩膀宽阔，声音洪亮，散发出一种体育领域的气场，令人望而却步。而且，感觉他作为从销售一线熬出头的科长，可能会觉得策划部出身的自己是个小菜鸟，所以铃井从一开始就觉得自己不擅长应付他。

可是，完全确信自己"不擅长"应付他，还是在亲眼看到他严厉训斥那位下属的时候。

今天阿仁也在走廊上挨骂，佐藤科长对他格外苛刻。

阿仁在铃井被分配到销售二科之前就在这个部门了，是去年年末从社会上招聘的员工，大概五十来岁，也就是说，他是比科长"年纪大的下属"。如今在任何公司，跟完全论资排辈的时代相比，"年纪大的下属"或许都没有那么罕见了。其实铃井公司的其他部门也有很多这样的例子，但是，其他科倒是很少有像阿仁这样，外表和气质都老得很明显的人。

铃井刚来二科的时候，踏进楼层后，看见他坐在自己的隔壁工位——那里紧挨着大门，好像是留给新人的——尽管不礼貌，铃井还是忍不住多看了一眼。对方头发斑白，戴着黑框眼镜，坐姿笔挺，很像自己小学时在晨礼上看到的校长。知道他不是管理人员，只是"普通同事"后，铃井非常震惊。

阿仁这个称呼好像是佐藤科长带头叫的。在听说科长为了让年纪比大家大许多的他顺利融入部门，命令所有人这么叫他之后，铃井的内心非常抗拒。科长居然相信只靠一个称呼就能拉近距离或者消除隔阂，这种想法也太老套了。

铃井曾经问过阿仁一次。因为大家都这么叫他，铃井自然也不得不这么做，但总觉得有些过意不去。于是，他趁着只有他们两个加班的机会问了一下:"你会不会不舒服?抱歉,我们比你都小,却这么不客气地叫你。"

听到铃井的问题,阿仁好像很惊讶。他瞪圆眼睛,然后温和地笑了:"你一直在担心这个吗?铃井真善良啊。"

"不,可是……"

"大家这么亲切地叫我,我很高兴哦。"

"是科长吧?最早这么叫你的人。"

"嗯。"

阿仁头顶的白发在荧光灯下闪烁着银光。他记得这个颜色,跟前阵子回老家探亲时,自家老爸头顶的颜色一样。是喔,这个人和老爸的年纪差不多呢。然后,他突然冒出一个念头——如果在公司里被年轻的上司骂得狗血淋头的人是自家老爸呢?佐藤科长在骂他的时候,脑子里就从来没有闪过自己父母的样子吗?

"科长人很好哦,我很感谢他。"阿仁的回答很干脆,甚至有些过于干脆了。

"咦?"铃井不禁诧异道。

阿仁露出微笑。

"很意外吗?"他注视着铃井。

在近处看,阿仁的五官非常深邃——厚眼皮,鹰钩鼻,加上高高瘦瘦的气质,有一种独特的威严。就是因为这个,自己才会觉得现在"下属"的位置跟他不匹配吧。

铃井僵硬地点了点头。阿仁说:"我是社会招聘进来的,年纪又大了,所以很多事情对于我来说都很难。称呼的事,他在跟大家说之前也正式问过我——如果在同事内部叫我'阿仁',我会不会不舒服。"

"科长吗?"

那个人有细心到会留意这种细节吗？他半信半疑地问，看见阿仁点了点头，说："嗯。"虽然他说科长是"好人"，可是铃井心想，啊啊，这个人才是比科长善良好几倍的"好人"吧。

"我觉得他是在为我考虑，希望我能够顺利融入大家。"

关于阿仁的上一份工作，他不是很清楚。因为本人说得不多，所以铃井觉得这可能是隐私，有些不好意思问。但是，铃井有一种说不定他曾经担任过政府职员的感觉，要么就担任过管理人员。说不定他本人挺有实力的，却被卷入了公司裁员或其他事件当中。

听说阿仁现在虽然隶属销售部，薪金体系和健康组合保险之类的却并不是正式员工的待遇。他的工作也不是跑业务，而是接听电话和简单的预约、日程管理等等，类似于销售助理的职务。如果他在前公司做的是需要承担责任的工作，估计自尊心会很强吧。可是他一直在默默地工作，仅此一点就值得敬佩。

然而佐藤科长在骂阿仁的时候，总会发出这样的抱怨。

——所以，你在之前的公司也经常这么干吗？你到底是怎么干活的？

——请你告诉我，你是怎么活到今天的？

"我实在受不了科长的说话方式。那难道不是在否定人格吗？而且，那种思想非常落伍。"

他觉得那都算职权骚扰[①]了，而且是那种典型的、令人不齿的、露骨的职权骚扰。公司居然会放任这种事发生，体制的陈旧程度令他想哭，而且一想到这是自己的公司，他就由衷地感到丢脸。

---

①指凭借自身地位、专业知识以及人际关系等职场优势，超出正常业务范围，给人造成精神和肉体痛苦、恶化职场环境的行为。

第三章　同事

"我懂。"

睦美姐一边掀起罐装奶茶的拉环，一边点了点头。铃井开始小幅度地抖腿。从小被提醒过无数次，他却一直没能改掉这个烦躁时的坏习惯。

"最重要的是，他今天为什么被骂成那样啊？阿仁有犯那么严重的错误吗？"

"我觉得科长一开始只是在提醒他小错误，但是不知道为什么情绪越来越激动，一翻起旧账来就刹不住车了，后半段已经完全在讲别的事了。"

"挺难堪的，换我可受不了。"

所幸铃井不曾被科长那样喋喋不休地训斥过。可也正因为如此，他才会不舒服。因为那样显得好像只有阿仁是他的靶子一样，感觉科长不过是仗着阿仁地位低，不能说不，才会可劲儿地欺负他。

"我感觉阿仁工作做得很正常啊，他并没有那么没用吧？"

"嗯。我反而觉得他很能干哦。上个月科长制作的客户名单，不是分享给大家了吗？就是部长让科长制作的那个。"

"我记得。"

他记得那份名单细致地更新了客户信息，做得非常好，当时还挺意外的。佐藤科长年轻归年轻，却是个电脑白痴。他很擅长与客户交际，却不擅长事务性工作。他群发给所有人的邮件也基本上不会换行，难读到令人怀疑他是不是只会用一根手指，一个字一个字地敲键盘。

"因为制作那份名单的人其实是阿仁。"

"咦？"

"别看科长一副自己制作的样子，其实是阿仁加班制作的。大家交口称赞的时候，我一直盯着他，还想着他会不会提到这件事，可是科长最终还是没有说出来。"

"他那人器量很小嘛。"

听到铃井忍不住流露出来的心声,睦美姐尴尬地点点头:"不过,以前他还不是这样的。印象里的他曾经为了保护自己的同事,跟上司针锋相对,是个不喜欢卑躬屈膝、特别可靠的人。"

"这么说,他在自己当下属时,也是个可以向上司提意见的人,看来他完全不适合自己当领导呢。"

"真是辛辣啊,铃井。"

睦美姐"噗"的一声笑了出来,喃喃道:"不过,或许是吧。在我跟他还是同事的时候,他曾经为我发过火哦。"

"咦?"

"他说我要是因为休产假的事,没能晋升管理层,那就太荒谬了。"

"啊……"

听她这么一说,他想起来了。不光是阿仁有一个年纪比自己小的上司,面前的这个人也一样。睦美姐的资历和实际年龄都比佐藤科长多两年。

睦美姐取下束起清爽长发的发圈,把奶茶放到桌上,一边用双手重新绑起头发,一边喃喃道:"不过——最近有个机会,我们两个稍微聊了聊,他却对我说:'女人必须生育,挺辛苦的,你真的太可惜了。'又说,'不过,这就是女人的社会性工作,所以也没办法。'"

"那不是……"

不是性骚扰吗?他想,或许也有母职霸凌[①]的一面。睦美姐垂下

---

[①]Maternity harassment,母职霸凌、孕妇骚扰。职场中因为女性行使母职,而被上司或同事"嫌弃",在职场中处于不利环境。比如因为生育育儿,而丧失升职加薪的机会,甚至被减薪劝退等。

眼帘，脸上又覆上一层悲伤的阴影："他说：'让外部看到管理层里起码有一名女性，在男女平等方面会显得比较体面，所以财务部门的长田科长要是能辞职就好了。那样一来，你就能去财务部当科长了。要不，你趁现在提交调动申请怎么样？'听他说的话，好像是不希望我留在销售部。"

"他器量那么小，眼里肯定容不下比自己能干的睦美姐啦。"

虽然在公司内这么说不太好，但这是他的真心话。真是让人火大。

"佐藤科长虽然深受客户信任，可那只不过说明他比较擅长维护旧人脉，比如那些从前就跟他关系好、合得来的客户，仅此而已吧？他完全不能跟新负责人搞好关系，而且也没有那样的意愿。虽然这么说不太好，可是跟那种人勾肩搭背的人，估计都是一些思想守旧、年纪大的大叔。以他的能耐，也就只能讨好一些比自己年纪大的同性了。睦美姐在一线工作中绝对比他看得更细致。"

"抱歉抱歉，不聊这个话题了，铃井。都怪我，让你这么生气。"

睦美姐一脸歉意地低下头。看她的表情并不只是做做样子，而是真的很为难。

"我只是觉得稍微有点伤感。以前和我一样有温度、可以跟上司发火的人，为什么上了年纪、出人头地之后，却变成了这样呢？或许这是无可奈何的事吧，时光的流逝真残酷啊。"

"我是结婚生子后想自己申请育儿假那一派别的，不过如果到时候上司是那个人的话，他可能不会批准吧。"

"咦？！铃井，你有那种计划吗？"

"还没有，就是现在的一种愿望。"

铃井大声感慨："啊啊——大学课本和研讨会上教我们，在当今时代每个人都理所当然地拥有这项权利，并且受到法律的保障，我在上班前一直都傻乎乎地信了。"

　　他厌倦地说完，看到睦美姐柔柔地笑了笑，说："我们公司很落伍呢。在年轻的孩子们到来之前，没能好好地转换思想的我们也有责任。抱歉啦。"

　　无论是这个人，还是现在估计也在销售部楼层挨骂的阿仁，都太善良了。居然有人利用这份善良耀武扬威，这也太没道理了，铃井无法接受。

　　"我先走了。"

　　睦美姐拿起奶茶，像是扯闲天时一样跟他打了声招呼，甩了甩扎起来的头发走开了。她的步伐非常轻快，仿佛不掌握这项技能就不能走到今天一样。

　　事情发生在这一天的回家路上。

　　跑完下午的业务，跟最后拜访的公司负责的主任吃过饭后，铃井乘上晃晃悠悠的电车。他手握吊环，眺望着窗外。毕竟快十点了，车内不是很拥挤。晚上的私营铁路，九点的班次和十点的班次的拥挤程度截然不同。因为今天一起吃饭的主任不喝酒，他才能在这个时间结束。

　　铃井本来不擅长饮酒，甚至可以说酒量很差。他体内好像几乎没有乙醇脱氢酶，从以前开始，就连打预防针时的消毒，都会令他的皮肤红得像发炎一样。学生时代，他在"喝酒的经验多了，酒量就会变大"的谣言下，多次不顾后果地大喝特喝，结果是不光他自己不舒服，还会给身边的人带来麻烦，所以在进入社会之前，他就已经明白了自

## 第三章　同事

己的底线在哪里。

他以前不得而知，听说现在的公司不会逼员工喝酒；实际上在刚进公司时被分配到的策划部里，就算酒量很差，也不会被任何人说三道四。

可是进入现在的销售部后，他认识到自己未必还能像以前那样随心所欲。

——不能喝？你学生时代是怎么过来的？

这样问他的人还是佐藤科长。他用无语的、瞧不起人的眼神看着铃井。

——你没进运动部吧？一猜就是，所以你才会这么不通人情世故。

——第一口我陪你喝。不喝的话，聚餐你就别来了！

不来就不来，铃井带着这种情绪腹诽道，如果有可能，我也不想参加聚餐。可是他明白，说不让去就不去的话，自己在科长心目中的印象就会越来越差，所以直到现在他都得无可奈何地参加聚餐。而且，做销售工作的话，像今天这样一个人跑外勤的情况还好，但是跟科长一起接待客户的情况也很多。那种时候，佐藤会在客户面前满不在乎地贬损铃井。

——这小子不能喝酒哦。我也想去找公司的人事抗议，为什么要把这种家伙调来做销售。所以实在不好意思。这小子不能陪您，实在是无趣得很。

他相信通过贬低自己人可以令气氛更加融洽——这种观念令人作呕，但是更让人厌烦的是，聚餐结束的时候，这位科长会带着一副施恩的笑脸过来跟他打招呼。

——如果我一开始不那么说，等到对方说你没喝的时候，你估计会很尴尬。所以我就先帮你说了哦。

不能喝也有不能喝的应对方法，铃井有经验，可以应付过去。如果他不多管闲事，自己有无数种可以不让对方注意到自己没喝酒的方法。他的指责令铃井很不爽。可是，跟佐藤有密切来往的客户方的负责人，都是"与佐藤脾气相投"的人。像他那样把铃井当成笑料，已经令他们形成了一定的刻板印象。

铃井觉得他们都是老古董，可是他也知道，在他们的常识中错的是自己。明明是个男人却喝不了酒，真是个不像话的无聊小子。他们经常问铃井学生时代是怎么过来的，难道是觉得铃井从来没有被这般嘲笑过吗？大学时代他也有一把辛酸泪，为什么都进入社会了，自己还不得不经历这种事呢？

目前铃井直接负责的客户，都是在聚餐上饮酒节制的人。他是后来才知道，是科主任睦美姐考虑到他的情况，帮忙协调的工作。睦美姐当然不会拿这件事向铃井卖人情。

在车窗外飞驰而过的车站，慢慢地接近他独居的家所在的地区了。

谁知，电车却在他一次都没有下过的车站停了很长时间。车内播放起这样的广播："前方电车发出停车信号，请稍等片刻。本车将临时停车两分钟。"

并不着急回家的铃井取出手机，准备看看LINE、上上网打发时间。可是就在这时，他不知为何突然注意到了手机对面——仍旧敞着的电车门外。刚抬头，目光就被什么东西吸引住了，随即他就吃了一惊。

在从未下过车的车站的站台上，他看到了一张熟悉的脸。是阿仁。他弯着原本高大挺拔的身体，抱着一个巨大的公文包，将手机贴在耳朵上。

在打电话吗？

铃井有些奇怪。由于电车的进出站声和发车铃声，站台上非常嘈杂，绝对不适合打电话。

就连声音都听不到。可是，一只手握住手机、另一只手抱紧公文包站在那里的阿仁却把腰压得更低，脖子往前探。明明不可能看到电话对象，他却像是在反复道歉一样。

"紧急停车，非常抱歉，请再稍等一分钟左右。"

车内广播又详细地重复了一遍。停车两分钟左右，铃井并不介意，不过，或许也有很多人介意吧。但是，他感到莫名其妙。虽说现在无所谓，但是如果他很赶时间的话，或许会很介意这两分钟并且会很焦虑吧。他想到这里，莫名有些不耐烦，条件反射地下了电车。和自己父亲差不多同龄、其实工作能力很强的人，正在向电话那头的某个人道歉。一想到这里，他的身体就自然地行动了。

"阿仁！"

下车后，铃井喊了他一声。仍然握着手机的阿仁清瘦的身体抖了抖，像是受到了惊吓。他维持着手机贴在耳边的姿势，目光捕捉到铃井后，比了个"啊啊"的口型，嘴上却依然在跟电话那一头的人说着话。

"啊啊，不，没什么。好的，没问题。是啊，是啊，那可真够受的。我明白了。好的，我也觉得科长说得对。"

科长。

听到这个词的瞬间，铃井的脑子里立刻一激灵。阿仁的声音非常为难，他的眼睛周围刻满了疲惫的皱纹。他面向铃井，一字眉向下拉，做了个抱歉的表情，看起来哭笑不得。

"挂了吧。"铃井说。

"咦？"阿仁口中发出轻微的惊诧声。

铃井也不知道自己为什么能够提出这么大胆的建议，或许是因为离开了公司，脾气也大起来了吧。可是，一股直白的愤怒在他的胸膛里激荡。或许是因为刚刚回忆起了自己在科长那里受到的"酒精骚扰"，这加剧了他的烦躁吧。

"听我的，挂了吧。"

铃井从犹豫不决的阿仁手中强行夺走手机，不经意看到了手机屏幕，上面显示着通话对象科长的名字。然而下一刻，铃井的眼睛便凝在屏幕上。

3小时12分14秒。

屏幕依然在实时计时，15秒、16秒。以计时器为背景，手机里传来科长的声音："所以，我觉得睦美的意见很可笑。虽然部长也说了一些为她撑腰的话，可在我看来，那种态度就是在逃避嘛。要是认为女人的话就是真理，那么以后任何人都不要再讲话了。我觉得很可笑。这不是反向的性别歧视吗？"

19、20、21……计时仍在继续。跟今天在公司走廊上听到的声音相比，电话里的科长的声音更大，仿佛一下子剜进了铃井的耳朵深处。他的整颗心仿佛都被一把粗齿锉刀锉了一遍。

居然打了三个多小时——

他打了个寒战。由于过于惊悚，他无法立刻按下挂断键。他明明知道该按哪里，可是那一刻真的突然就忘记了。他胡乱按了一下，科长的名字从屏幕上消失了。

说到一半的科长的声音也戛然而止。

从铃井搭乘的电车上传来"嘟嘟嘟"的发车铃声，声音非常大。三个小时。他再次咬住牙根。三个多小时，在这么嘈杂的声音里，阿仁居然一直在跟他通电话。

## 第三章 同事

"那个——铃井，抱歉。"

阿仁终于对因为冲击太大而失声的铃井说。

"刚刚的电话是科长打来的吗？"

铃井也终于问出口。虽然明知故问显得自己在装傻，但是，他的身体像是被从电话中听到的，科长那宛如黏合剂一样的声音缠住了，大脑的运转速度和身体的动作都变得无比迟缓。

电车门闭合了。

电车伴随着强风的呼啸从眼前驶离站台。等电车彻底开走后，阿仁才笨拙地点点头："嗯。"

"这里不吵吗？为什么要在这种地方——"

"电话是在我上车后打来的。不接的话会一直响，所以我打算简单说两句，再重新拨回去，谁知科长却说个没完。"

铃井不知道阿仁家在哪里。可是听他说的话，估计这里并不是离他家最近的车站。抱着简单说两句的想法接电话，然后持续了三个多小时——

真的假的啊？他觉得自己的脚都冻住了。就在这时，还在铃井手中的阿仁的手机突然振动起来。"嗡——嗡——"的振动声传递到手上，铃井瞬间倒吸了一口凉气。

"啊，我来接。"

屏幕上显示的还是科长的名字。铃井突然出声："别接了，用不着接！"

他的声音之所以这么大，是因为害怕。阿仁瞪大眼睛，为难地盯着仍在铃井手中的手机。铃井摇了摇头："用不着接。你们不是已经聊很久了吗？而且，他好像并没有什么要紧的事。"

他很后悔听到他们的对话，却不假思索地说出这样的话。

刚刚令铃井战栗的并不仅仅是通话时间，还有通话内容。睦美姐的名字、可笑、女人的话就是真理、逃避、反向性别歧视——

他不想听，这些内容令他觉得"饶了我吧"。他也不觉得有必要因为这种事，特意打电话给不在工作时间的下属，发表长篇大论。

"嗡——嗡——"的声音还在响。他心想差不多得了，赶紧挂断吧，对方却没有挂断。

"好吧。"

和铃井对视的阿仁终于点了点头。很久之后，他才说："我不接了。我不接了，所以可以还给我了吗？"

"……好的。"

把手机还给他之后，铃井的身体陡然一轻。二人直接走向站台的长椅坐了下来。疲惫不堪的阿仁有种无精打采的感觉。这也难怪，他刚刚应该一直站着吧。

"这种事难道经常发生吗？"铃井问。

"嗯。"

阿仁点点头。问题是自己问的，但他在听到答案后却再一次大为震惊。这个人又不是正式员工，应该也没理由顺从科长到这种地步吧？

被反扣在阿仁腿上的手机还在振动。听着这个声音聊天，简直像是一出拙劣的滑稽短剧，他产生了一种正在看某种不该看的东西的感觉。

去告他吧——这句话差点脱口而出。

虽然不知道应该去哪里告，但他很想这么说。去找公司的人事部啦、部长啦、劳动基准监督局之类的告他吧。

可是，听着在阿仁腿上持续不断的振动声，他却不敢在这个声音响着的时候直接说科长的坏话。

"——他是不是很闲啊。"

振动声终于停了。铃井望着总算安静下来的阿仁的手机，嘟囔了一句。

"记得佐藤科长已经结婚了吧？应该也有小孩吧？可是他为什么这么闲啊，是家人都不搭理他吗？"

虽然用玩笑的口吻说了出来，铃井却不像在公司跟睦美姐说话时那样有气势。科长在电话里连阿仁都不骂了，一直在大讲特讲睦美姐的坏话。搞不懂他怎么有脸让只是自己下属的人，听他说那些像牢骚一样的屁话的。

突然间，刚刚暂时挂断的电话又振动起来。"嗡——嗡——嗡——嗡——"听着这个声音，这次跟刚刚不同，铃井的心里猛然有股愤怒跟恐惧一起涌上来。

"阿仁，把手机关掉吧，这种事太奇怪了。"

阿仁的眼睛没有看铃井。

他只是呆呆地看着在自己腿上不停振动的手机。看到他的这副样子，铃井有点担心。如果那种电话并不是罕见情况的话，这个人的精神岂不是已经崩溃了吗？

阿仁嘟囔了一句什么。他的声音与站台另一侧的电车进站的广播声重叠在一起，他没有听清。"什么？"铃井反问。阿仁抬起头望着铃井。

"……我想，可能要怪我不小心听了吧。"

"什么？"

"所以科长才会变成现在这样。"

阿仁的脸上又浮现出平时那种懦弱的笑容。感觉那并不是自嘲的笑，而是一种连他自己都不知道该如何控制这份情绪、干脆看开了的笑。

"铃井，谢谢你替我担心。"

"不，我……"

面对差不多都能给自己当儿子的他，阿仁也维持着礼貌，这令铃井的心里有些堵得慌。

"回去吧，"阿仁说，"我家里人还在等我呢。"

他说着，从长椅上站了起来。

"嗡——嗡——嗡——嗡——"在此期间，阿仁手里的手机也在不停地振动。铃井望着他的手，心想，和自己分开之后，这个人不会又接电话吧？

心里明明想着必须跟他说些什么，铃井却什么话都说不出来。

"铃井，你说的是什么事啊？"

在约好碰面的荞麦面馆，睦美姐刚在铃井面前坐下，就这样问道。她拿着菜单自言自语了一句"就吃萝卜泥荞麦面吧"，随即看向他："是工作上遇到什么问题了吗？"

"不，虽然确实跟工作有关，但是今天想聊的不是我的事……"

昨天晚上在车站的站台和阿仁分开后，他立刻给睦美姐发了LINE消息。他真的想一鼓作气地把自己看到的一切都告诉她，但还是忍住了。他觉得面对面更容易表达，而且，怎么说好呢——他对把经历的事情写成文字，留下记录这件事有些抗拒。他并不是担心被科长或阿仁知道，纯粹是讨厌在自己的手机里留下文字记录。

## 第三章　同事

　　这家荞麦面馆在公司附近，可是跟周围的饭馆比起来价位略高，所以平时不用担心遇到同事。铃井之所以选择在午餐时间约她，是考虑到睦美姐有家庭，需要按时回家。

　　服务员端来了茶水。点过单，用毛巾擦过手后，铃井开口："昨天晚上，我在回家路上的车站站台上看到了阿仁，他好像在跟谁打电话。可是站台上不是挺吵的吗？他却一直在说话，所以我有点好奇，不由得上前跟他打了声招呼。"

　　"嗯。"听到阿仁的名字，睦美姐换上认真倾听的表情。

　　铃井继续说："结果，我听见阿仁对着电话叫'科长'，所以就忍不住劝他把电话给挂断了。又不是工作时间，而且，看阿仁的样子好像又在道歉。"

　　今天早上在公司遇到阿仁时，他看上去跟平时没什么两样。铃井到了之后，他脸上浮现出一贯的懦弱笑容，说："铃井，昨天谢谢你，让你担心了。"铃井含糊地回答了一句："哪里……"科长不在，他今天好像跟其他部门有会议，从早上起就不见人影，所以铃井稍微松了口气。像那样在工作时间以外蛮横地让下属听自己发牢骚，他究竟哪来的脸若无其事地来上班啊？这样的怒火涌上铃井的心头。

　　铃井感觉有些窒息，短促地吸了口气，说："挂断电话的时候，我不小心看到了，科长和阿仁的通话时间超过了三个小时。"

　　睦美姐沉默地瞪圆了眼睛。是吧？很惊讶吧？他在这种情绪中继续说："我吓了一跳。挂断电话之前，我还不小心听到了一些对话。"

　　——所以，我觉得睦美的意见很可笑哦。

　　那个声音又一次在耳边响起。要不要说自己听到了睦美姐的名字呢？他只犹豫了片刻，就立刻得出不能说的结论。

　　"——感觉他好像一直在对阿仁发泄对某个人的不满和牢骚。"

# 暗被

知道自己被人在背地里说三道四，哪怕对方是那位用职权骚扰下属的科长，睦美姐的心情也绝对不会好吧。

"我一开始还以为阿仁像在公司一样，只是在挨骂呢。但是，与其说科长是在骂他，更像是在强迫他听自己发牢骚。"

"那是几点左右的事？"

"应该是快十点的时候。我猜科长刚下班就打电话给他了，然后就一直聊到了那个时间。而且，这好像不是第一次了。"

铃井挂断电话之后，电话铃也一直在响。后来阿仁能做到不接电话吗？

"阿仁说，'可能要怪我不小心听了吧。所以科长才会变成现在这样。'你听听这话，说明他的精神已经相当崩溃了吧？这种事合理吗？"

"阿仁说了那样的话吗？"

睦美姐的眼神里流露出担心之色。铃井点点头："是啊。"

"要是那样的话——感觉确实挺危险的，总觉得像一种依附关系。"

"依附关系？"

"嗯。"

服务员说着"久等了"，端上了二人份的荞麦面。

铃井点的是鸭蒸笼荞麦面①，睦美姐点了萝卜泥荞麦面。望着冒着热气的蘸汁，铃井双手合十，说："我开动了。"睦美姐也学着他的样子双手合十："我也开动了。"睦美姐掰开一次性筷子，沉默了片刻之后，终于开口："科长确实有问题，但是我感觉阿仁也习惯了科长不讲道理的说话方式，已经麻木了。明明没必要忍到那种地步，阿仁却因

---

① 放在笼屉上蒸制而成的荞麦面，蘸热鸭汁吃。

为过于逆来顺受，慢慢地把挨骂当成了理所当然的事。我感觉他们之间已经形成了一种互相依附的关系……"

"是哦。"

"其实部长好像也挺担心最近的佐藤老弟的，他现在对上面的态度好像也非常恶劣。关于薪资的事，还有加强跟进一线工作的事，他的提议确实都很正确，但是措辞过分强硬，总是在用一种抬杠的方式提意见。部长也找我问过，最近部门内的气氛是怎么回事。"

或许是勾起了同事时代的回忆吧，睦美姐的称呼从"科长"变成了"佐藤老弟"。虽然他觉得没必要担心那种人，但是站在认识对方这么久的她的立场上，或许真的会为他担心吧。

"我去找佐藤老弟谈谈吧。说不定他因为科里的业绩不好，一直在焦虑和苦恼呢。"

"不……我不这么认为。"

铃井含混地说了一句。睦美姐打量着他的神色，问："为什么？"被她的眼睛这样盯着，他有些语塞。

佐藤科长明显敌视睦美姐。所以，如果睦美姐提醒他的话，他的情绪肯定会很激动。这绝对是因为睦美姐是女人。明明是个女人，却比他更能干，也比他更受人爱戴。

怎么会有这么荒谬的事？

铃井连出声解释都觉得不舒服，摇了摇头，说："要是睦美姐提醒他的话，我担心睦美姐会变成他的下一个目标。我明白你担心他，不过，还是请上级去跟他说比较好吧？他那个人肯定不会听下级的意见啦。"

"下级的意见吗？"睦美姐喃喃自语。

他暗道糟糕，那个人是越过年纪更大的睦美姐成为科长的。他为自己说话不过脑子焦虑了一下，睦美姐却叹口气，说："或许你说得没错。以前他是个不拘泥于上下级关系、很好说话的人。总觉得他最近越来越过分了。他以前是那种会露骨地发表刻板印象的人吗？"

"或许他曾经对睦美姐有好感，你却对他不屑一顾，所以他才会故意跟你针锋相对，性情大变啦。"

"喂。"听到铃井的玩笑，睦美姐的表情终于缓和下来。二人面对面吸溜着荞麦面，她点了点头，说："好吧。我去找部长谈谈。铃井，抱歉让你担心了。"

"不，我倒是无所谓。"

睦美姐才是，没必要因为是主任，便要出于对科内的责任感对铃井说"抱歉"。不过，这种时候的睦美姐果然很靠得住。

午休时间很短，他们必须赶紧吃完，立刻返回公司。望着埋着头大口吸溜着荞麦面的睦美姐的头顶，他用力咬住嘴唇。

他想，虽然我这种人无法想象，但是她身为女人，又要带孩子，又要兼顾销售的工作，肯定非常辛苦吧。和他们不同，她的自由时间就只有这短短的午休，在这样的环境里，还要倾听后辈的问题，这些年她一直都是这么过来的。她明明比科长的工作能力更强，却得不到回报，社会的不公真让人绝望。铃井边这样想，边吸溜着荞麦面。

"睦美姐。"

"嗯？"

"要是有什么我能帮忙的，一定要说哦。"

睦美姐抬起头。大概是见铃井的表情不像在开玩笑，她应了句"嗯"，向他露出微笑："我一直挺信赖你的。谢谢你，铃井。"

明明是自己约她的，那天还是睦美姐抢着付了午餐费。

"就只有这种时候我才能摆摆前辈的谱嘛。"她又说了和之前同样的话。就是因为她是这样的人，才会这么受人爱戴啊，铃井想。

要是这个人是科长的话，该有多好。

事情发生在大约三天后的早上。

那天铃井要跑外勤，他先去了趟公司，去取提前准备好的资料，正准备外出的时候，发现在部门楼层没看到阿仁的身影。

阿仁工作态度认真，在二科总是最早出勤。每天离开公司时，都会看到他坐在入口附近的工位，铃井已经习以为常了。所以今天没看到他，铃井不禁有些惊讶。

是病倒了吗？

在他望着拔掉了电脑电源、比任何人都整齐的阿仁的工位，做出门的准备的时候，楼层的电话突然响了。

"你好，四宫食品销售二科。"

对面工位的滨田接起电话。几番对答之后，他的声音突然拔高："咦？！那不是出大事了吗！好的，好的。然后呢？"

注意到他的样子，楼层的好几个人都好奇地看过去。握着听筒的滨田表情非常严肃。

"好的，我明白了。这边没问题，我会转达。——科长？好的，明白了。"

滨田按下呼叫驻留键，朝背靠窗户的科长的工位喊道："科长，二号线阿仁的电话！"

面朝电脑，坐在工位上的科长惊讶地抬起头来，随即应了声"好的"，将手伸向自己桌上的电话。

估计是注意到了铃井的视线吧,转接电话的滨田与他对视一眼,欲言又止,片刻后才告诉铃井:"阿仁的夫人好像出事了。"

"咦?!"

铃井刚喊出来,从正在接电话的科长的工位也传来一声短促的惊叫。"咦?!"科长应该也听到了吧。

其他同事也纷纷注意到了,不安的情绪在整个楼层蔓延开来。铃井忙问:"是交通事故吗?"

"不是的。听说是从所在小区的走廊坠楼了。"滨田压低声音。

事情太出乎意料,铃井一时无言以对,简短地问:"什么时候的事?"

"好像是昨天晚上。"

"那是……"

从建筑物上坠落——铃井的脑海中突然冒出一个念头,那真的是事故吗?

阿仁的家庭情况他并不清楚,他的脑海中浮现出前几天在车站站台上的那件事。临别之际,脸上挂着懦弱微笑的阿仁是这样说的。

——回去吧,我家里人还在等我呢。

此时回忆起来,铃井的心里感慨万千。

难道阿仁家当时出了什么事吗?一把年纪还来我们公司重新找工作,说不定也有什么苦衷吧。

"他夫人是从几楼坠楼的?"

只盼她是从二楼之类的低楼层坠楼的。从"小区"这个词大致想象了一下高度,骤然有股寒气席卷他的身体。滨田沉默地摇了摇头:"不知道。不过听说她现在在医院。阿仁说估计会请一段时间假,让我把电话转给科长。"

## 第三章　同事

就在这时，楼层里有个声音盖过了滨田的声音："别担心！请假当然没问题，你就陪着夫人吧！"

科长身体前倾，握着电话，对听筒另一边的阿仁说："好好休息，陪在她身边吧！"

猝不及防接到事故通知，铃井的内心仍然在震荡，但是听到科长的声音，他暂时松了口气。尽管是无药可救的用职权骚扰下属的科长，这种时候还是有身为人类的良心的。

他曾经这样想。

因为这样想过，所以当天下午，撞见睦美姐声音颤抖地质问科长的场面时，铃井才会愤怒得浑身发抖。

在他跑完外勤，道过"辛苦"之后回到楼层时，气氛已经开始不对劲了。

明明开着灯，楼层中的气氛却莫名的阴沉。

没有人把注意力停留在回来的铃井身上，他们的注意力都集中在另一个地方。有人躲得远远地偷瞄，有人则光明正大地往那边看。

铃井单手拿包，先回了一趟自己的工位。前方工位的滨田以及其他同事要么坐在自己的工位上，要么站在打印机前，但是几乎所有人都望着科长的工位。

铃井也往那里看了一眼，心里顿时一惊。

"喂。"

他听见一个颤抖的声音，像是拼命压抑的感情实在无法继续压抑、终于爆发了似的，带着明显的颤抖。

站在佐藤科长面前的人是睦美姐。她脸色铁青，怒气冲冲地瞪着科长："回答我，你刚刚不会是在给阿仁打电话吧？"

打电话——听到这个词,他打了一个激灵,脑海中不禁浮现出那通电话——3 小时 12 分 14 秒的通话时长记录,还有那台不停振动的手机。

科长并没有回答睦美姐的问题,他像个孩子似的抿着嘴,不开心地把头扭向一边。

这种态度幼稚到家了。看到他的这副样子,楼层里的其他人也都很无语。

"我听到了,在那边的会议室外面。"

睦美姐用颤抖的声音继续说下去,不再对科长使用敬语:"——部长是这么对我说的,你有什么看法?你觉得他真正想表达的是什么?我以前被社长这么评价过哦,以此为前提的话,你觉得他是什么意思?我觉得是因为我太能干了,被公司寄予了厚望,才会招来小人的嫉妒,你说呢?客户也跟我说四宫食品就等同于佐藤,所以大部分人都觉得没有我就没有四宫食品。估计是我平时总是教他们做事,他们心怀不甘吧——对对对,每个人都是蠢货——我听到了这样的对话。"

睦美姐口吻冰冷,像是在朗读一段看不见的文章,口若悬河地复述完他的话。她似乎已经出离愤怒,连自己都收不住声了。

听到这番话,科长仍然无动于衷,完全不看睦美姐。

"——无所谓。你可以打电话,也可以讲别人的坏话——包括我,再过分都行,除了不要在上班时间。"

睦美姐深深地吸一口气。

"可是。"她继续说下去,"我听见你在电话里叫了阿仁的名字。一个话题结束后,你又起了个话头,说'啊,对了,还有'。要是我没有在房间外面叫停你的话,你现在应该还在继续讲电话吧?"

同事们——所有人都屏住了呼吸,铃井也不由得"咕噜"一声咽

了口唾沫。

"回答我!"睦美姐几乎带着哭腔,"你是怎么做得出那种事的?阿仁夫人伤势严重,现在人还在医院呢!为什么你要单方面地跟他唠叨那些鸡毛蒜皮的小事啊?"

"哪有单方面了?"一直沉默不语的科长终于开腔了。铃井他们——在场的所有人都咽了咽唾沫,注视着他的表情。

他们无法理解。科长却一脸不悦,像是想说轮不到睦美姐提醒自己一样,侧目而视,态度明显不耐烦,跟睦美姐顶嘴:"我哪里单方面跟他唠叨了?我只是在跟他聊天。你的语气太没礼貌了。"

"不,就是单方面!"睦美姐丝毫没有退缩。虽然没有哭,但她的表情极其愤慨,同时也极其悲痛。

"你可是上司。因为你级别高,下属没办法对你说不。你就是利用这一点让阿仁附和你的吧?虽然用的是征求意见的口气,实际上你根本不需要答案,只需要他附和你,接受你发的牢骚而已。阿仁可不是为了让你发泄不满而存在的!"

"你一直在偷听吗?这爱好可真够低俗的。"

科长的脸夸张地皱起来,像是寻求认同一般看向楼层的其他同事。

为什么要用那种不正经的表情看我们啊——理解不了。只有一点清楚,那就是科长完全不觉得自己有错。

给我否认啊,铃井想。

拜托了,快否认。科长或许打电话了,但是对象应该不是阿仁。毕竟普通人怎么会对一个妻子遭遇事故并身受重伤的人做出那种事啊?快给我否认!他强烈地盼望着,已经近乎祈祷了。

可是,他却听到科长重重地叹了口气:"阿仁不会有事啦。早上给他打电话的时候,听他说好像没什么事。要是他夫人在电话途中有什么事的话,他肯定会挂电话吧?换成是我,肯定会立刻挂电话哦。而且,我只想跟他聊两句而已,他要是忙的话,直说不就得了?"

"你这是什么话!"和满不在乎的科长截然相反,睦美姐的脸上慢慢失去了血色,仿佛马上就要晕厥过去。

科长扯起嘴唇笑了:"话说回来,果然是你吧?最近因为我完全没印象的事,被部长和人事部叫过去问话了。估计是有小人记恨我,在他们那里说了些有的没的吧?你不会脸红吗?不能晋升是你自己的问题,竟然想扯上司的后腿。"

睦美姐的脸僵住了。

她瞪大双眼,仿佛不知道该回答什么才好。楼层的其他员工也一样,已经出离焦虑或愤怒——都失去了语言的能力。

感觉这人不讲理的程度令人绝望。他连心虚掩饰都没有,是真的觉得自己没错。他好像生活在相信自己绝对正确、自己就是正义的化身的世界里。

"你这个人……"睦美姐终于开口了,她的声音像是从喉咙里挤出来的一样。可是,她始终没有说出下一句话。面对一个不讲理的人,她确实没什么好说的。

四周鸦雀无声,就在这时——电话铃声响彻整个楼层。

"你好,四宫食品销售二科。"

资历最低的田宫像是要从这尴尬的气氛中逃离一样,拿起了电话。在此期间,科长和睦美姐无声地瞪着彼此。"咦?!啊,好的……"田宫接电话的声音听起来格外清晰。

"科长。"田宫的手仍然握着电话,一副快要哭出来的模样。

听到他叫自己,科长的目光从睦美姐身上移开,口吻粗鲁:"说。"

田宫说:"三号外线——阿仁的电话。"

## 第三章 同事

阿仁在电话中告知，他夫人没能恢复意识，就那样去世了。

次月，佐藤科长被调离原岗。

他被剥夺本公司职务，调去了公司附属仓库的管理公司，不过调动的理由并不是因为用职权骚扰下属，而是因为他跟客户方的领导发生冲突，殴打并打伤了对方。在招待会上，他和在关东一带拥有众多店铺的绿森超市的常务，因为一些鸡毛蒜皮的小事发生口角，突然冲上去揪住了对方。

至于导致冲突的"鸡毛蒜皮的小事"，铃井他们并未被告知详情。不过，据当时在场并上前劝阻的滨田说，科长眼球充血，冲对方大声嚷嚷："你是说我错了吗？我没打算跟你针锋相对，想和平解决问题。可是客观来看，显然是我的观点更正确吧？你为什么不明白呢？喂，你知道谁的话更离谱吗？你给我反省一下！"

铃井虽没有亲耳听到，但是能够想象到。铃井非常清楚，丝毫不怀疑自己的正当性，深信自己的那套理论在对方那里也行得通的科长，当时是什么样的语气。

滨田压低声音，又告诉他。

当时，科长揍完客户方的常务后扬长而去，滨田追上去之后，被科长用一贯的腔调喋喋不休地抱怨："那些家伙果然没用。我这么关心他们，他们却什么都不知道。他们能有今天，还不是多亏我这个科长给他们行方便。"滨田听不下去，好言相劝："科长，回去道歉吧。"佐藤科长却瞪着他，呵斥道："你说什么？！你也是个没用的东西！跟你讲不通。狗屁不懂！"

他说完，开始当场给什么人拨电话。

夫人去世后，阿仁暂时请假了。葬礼只在家庭内部举行，所以公司只出了挽金。在他请假期间，听说由部长和睦美姐他们出马，叮

# 暗被

嘱他绝对不要接佐藤科长的电话。或许他没动过那个心思，但是最好拉黑。据睦美姐说，听到这些话的阿仁虽然一脸为难，但似乎轻松了很多。

"混账！"正在给什么人打电话的科长怒不可遏地将手机摔到地上。

已经猜到他打给谁了的滨田叫了一声"科长"，果然听见科长说："为什么不接电话！太反常了！"

这时，警笛声已经越来越近了，是聚餐的餐厅因为打架斗殴报了警。看到越来越近的红灯在他们刚刚在的餐厅门前照来照去，滨田脸色惨白，科长却仍然在不停地踹着手机："混账！"

事情发展成这样或许挺好的，铃井想。

虽然和绿森超市的关系恶化了，而且上司们至今还在为了修复关系拼命奔走，但是幸运的是，对方似乎同意和解了。更重要的是，他感觉科长要是再那么下去，迟早会以某种形式触到底线的。

说不定他是因为年纪轻轻就担任管理层，精神太紧绷了，才会在重压之下精神失常吧。倘若如此，那就证明他像铃井那天的想法一样，并不适合当领导。如今不让他做销售，将他调去不需要和人打交道的部门，或许对他本人也更好。

伴随着佐藤科长的紧急调动，有一个对二科而言挺幸运的人事变动，那就是原来的主任睦美姐直接晋升为科长了。或许是因为事情不光彩，不能影响到其他部门吧。对于四宫食品有史以来第一位女销售科长的诞生，铃井他们都很高兴。

## 第三章　同事

"请问——您是白石老师吗？"

听见身后传来的声音，铃井转过头去。站在那里的是位六十五六岁、气质典雅的老太太。她的脖子上围着围巾，戴着彩色眼镜，非常时髦。她握着绿色的皮革链，牵着一条狗。估计是在散步途中吧。

这是一张陌生面孔。他有一瞬间怀疑自己听错了，或许老太太喊的不是他们。顺着她的视线看去，铃井不禁吃了一惊。老太太并不是在看铃井，而是在看铃井旁边的阿仁。

"咦？"阿仁疑惑地看向对方。

铃井和阿仁刚刚去大型杂货连锁店的总公司介绍完新的冷冻食品，正在回去的路上。

阿仁操办完夫人的葬礼，重回职场不久，新上任的科长睦美姐便提议让之前在销售部做辅助工作的阿仁也去做一线工作。

"他在上份工作中肯定也做出过成绩，请他一起跑业务，我很放心。"

这句话铃井也很赞成。他觉得之前阿仁明明有实力，却遭到了佐藤科长的故意打压。要是性格谦让的阿仁不能发挥自己的本事，那他就太可怜了，对于一线来说也非常可惜。

部门体制调整后，铃井和阿仁搭档跑业务的机会也增多了。而且说实话，他感觉这对自己很有帮助。仅仅是和年长的阿仁一起拜访客户，就会令对方觉得受到了更郑重的对待。让和蔼可亲的阿仁来讲解，有时对方也会特地派出平时不出面的负责人来聆听。

在突然出现的老太太的脚下，被她牵着的狗"汪"地叫了一声。"好啦。"老太太小声提醒了一句，再次打量起阿仁的脸。"果然是您！"

她在胸前轻轻地合掌,"好久不见。哎哟,您突然辞职,也不知道去了哪里,我一直挺担心的。您还好吗?我也是最近搬到这一带的,没想到会在这种地方见到您。"

"哦……"阿仁看起来很困惑。

见到他冷淡的反应,一直很开心地跟他叙旧的老太太终于面露诧异,纳闷地歪了一下头:"请问……您不是白石老师吗?"

"您说的那位是?"

"哎哟……"

老太太好像也越来越不自信了。就在她有些尴尬地移开目光时,她脚下的狗狂吠起来。

"汪!"

然后又大叫了几声。

"汪!汪!汪!"

在狗吠声中,阿仁有些抱歉地点了点头,从她面前离开了。老太太不停地安抚着狗:"啊,好啦,千子!停下!千子!"

铃井想追上离开的阿仁,但是不知道为什么却抬不动腿。老太太朝他道歉:"对不起哦。这孩子平时挺温顺的,今天不知道为什么这么兴奋。吓到你啦,对不起哦。"

"啊啊,没有……"

阿仁不会是怕狗吧?铃井一边想,一边摇了摇头,问:"不好意思,那是我的同事。难道您是他在上一个单位的熟人吗?"

难道刚刚阿仁是在装不认识吗?进现在的公司之前的事,阿仁没怎么提过。铃井一直以为他之前在某家大公司担任管理层,只是因为某种苦衷才刻意不提的。

老太太把狗链拽到身边,蹲下来一边安抚狗,一边点头:"嗯……"

"我还以为就是他呢,不过好像认错人了,不好意思哦。"

"他是某家公司的社长——之类的吗?"

"不,是医生①。"老太太茫然地回答,"他曾经是我家附近一家评价很好的私人诊所的医生,可是有一天突然停业了。还挺遗憾的。"

狗不知什么时候不叫了。尽管如此,它的嘴里仍然发出仿佛在抑制咆哮的含混的"呜呜"声,死死地盯着阿仁消失的方向。

稍微走了一会儿,铃井在前方公园的长椅上,看到了自己跟丢的阿仁。

"阿仁。"

铃井叫了他一声,他看了过来:"啊啊……不好意思,铃井。我有点怕狗。"

"真意外啊。"

铃井也笑着坐到长椅上。阿仁突然吐了口气:"抱歉,让你见笑了。哎呀,不过话说回来,铃井好厉害啊。刚刚的讲解,对方的科长说他很吃惊哦。虽然不能购买商品,但是他甚至想让自家员工也学习一下你的那种讲解方式。"

"咦?真的吗?"他非常吃惊,反问道。

在刚刚的介绍会上,他完全找不到感觉。所以,哪怕对方的科长在讲解期间一脸无聊,后来还无情地将资料退了回来,说"我们估计

---

①原文中老太太对白石的称呼为"先生(せんせい)",是对老师、律师、医生等的敬称。

不能订货",他也一点不觉得意外。虽然设法让对方收下资料,但是他也知道自己未必给对方留下了好印象。

"嗯。当然是真的了。"这次换成阿仁惊讶了,"是在铃井和负责人暂时离席的时候,股长对我说的。他说,那么清晰的讲解方式,就算没有资料也记得住。虽然这次不能订货,但是如果回头有需要,肯定会联系你的。"

"啊,所以……"

所以对方说不需要资料,原来是这个原因吗?这时,阿仁又说:"肯定也有你声音好听的原因。所以,铃井的讲解才能迅速给人留下印象吧。"

"哪里……"

阿仁的声音也很好听,而且他站姿笔挺,有一种演员一般的威严。被阿仁表扬,老实说他很开心。可是他不习惯这种表扬,嗫嚅地回了一句"谢谢"。

阿仁很会看人。刚刚的老太太喊他别的名字,估计是认错人了。不过,在来这家公司之前,他究竟是做什么的呢?

他的人生经验肯定比我丰富得多,经历过大风大浪吧——想到这里,铃井不由自主地说了出来:"听到你这么说,我很开心……不过,其实我明白今天对方不愿意订货的理由。"

阿仁沉默地注视着铃井的脸。回忆着现在拎着的包里的资料中的商品照片,铃井向他坦白:"今天介绍的商品,是我在策划部参与了一半的东西。当时我的想法是——要是能发明出一种可以放在便当里、哪怕放凉了也依然酥脆美味的炸春卷该有多好。那是我进公司以来第一次通过策划的商品,研发的时候,我也很想完整地参与到最后阶段……"

## 第三章 同事

因为突如其来的人事调动,他进了销售部,这个愿望便夭折了。自己策划的商品就跟自己的孩子没什么两样,更何况对铃井而言,这还是初次负责的商品。他曾经希望接手的人也能尽量把它当成自己的孩子,尽职尽责地完成它。

可是在试吃过制作完成的新品后,铃井大失所望,他根本不知道这跟以前的商品有什么区别。得知自己提案的制作方法没有被采纳以后,站在销售部门售卖的角度,他也无法对它产生滤镜。

"我没办法觉得好吃。可是,每次听到别人说'比以前好',我就会很不甘心地想,他们会觉得好吃,不过是因为包装变了,表面上变好了而已。我怎么可能将自己都无法发自内心认可的东西夸得天花乱坠,好好地把它推销出去呢?"

"铃井。"阿仁开口。铃井抬起头,发现注视着自己的阿仁的眼睛非常有穿透力。

"难为你了。"阿仁说,他的话深深地撞进了铃井的心坎里。

"你真的很珍视这款商品呢。不得不说出'没办法觉得好吃'这样的话,你应该非常伤心吧?"

他吃了一惊。阿仁认真地望着铃井的眼睛:"你一直在认真地对待这款商品呢。你今天的讲解,肯定连同这份感情也一起传递给对方了。"

"是——吗?"

"嗯。我是这么认为的。"

听到他的这句话,铃井的胸膛里瞬间涌起一股暖流,感觉连自己都没有意识到的心声竟然得到了他的肯定。

"回去吧。"阿仁说着,从长椅上站了起来,"必须按时回去,不然科长又要发火了。"

"——好的。"铃井也苦笑着点点头。

把"睦美姐"这个亲切的称呼改为科长,已经有一阵子了。一开始睦美姐说:"可以像以前一样叫我啦。"但是大家都很开心她能够当科长,并且表示"还是要正儿八经地叫啦",硬是开始叫她"科长"。可是说实话,铃井至今都不习惯这个称呼。而且,她成为新科长后,还有一些令他无法习惯的事,所有事项都要在规定时间之内完成就是其中之一。

拖家带口的睦美姐肯定会按时回家。所以,有什么需要联系科长的事,都必须在她回家之前解决。更加令他不习惯的是,科长好像希望铃井他们这些下属也能尽量减少加班或者应酬。倒是没有公开强迫他们遵守,只是能够隐约感觉到一种"希望大家如此"的气氛。虽然仅此而已,却莫名地令他不舒服。

你倒是挺好的,可以理所当然地按时回家了。

他忍不住这样想。销售是外勤占据大半比例的工作,而且事务性的工作只能回去处理。在销售领域耕耘了这么久的科长,哪有不明白这种事的道理?但是,身为上司的自己又不好意思提前回去,所以才会强迫铃井他们配合自己的生活节奏。

虽然一直在拿孩子当挡箭牌,但是,身为科长陪下属加班是起码的事吧?

"对了,阿仁。"铃井犹豫地叫住阿仁。有件事这几天他一直在犹豫该不该说,但是现在不在公司,可以不用那么拘束,他忍不住说了出来:"最近科长是不是对你太强势了?"

——阿仁,过来一下。

——阿仁,这件事你怎么看?这样处理没问题吧?

在下属中,科长好像格外依赖年纪比较大的阿仁。这件事铃井他

们也感觉到了，可是话虽如此，最近她喊阿仁的频率还是太高了。

尤其令他担心的是，前几天他偶然听到科长在走廊上对阿仁说这样的话。

——亏我一直那么信任你！因为觉得你很可靠才跟你说的！

那个语气——有种似曾相识的感觉，所以他很担心。不过毕竟是睦美姐，他觉得应该没问题。

"不需要担心哦。"阿仁微笑着说。阿仁摇了摇头，语气仍然善解人意，甚至过分善解人意了。"可是……"铃井想继续往下说，却听到他补充："肯定是我们之间的关系导致的。"

"咦？"

"我不觉得科长错了，而是我们之间的关系和气氛让她发生了改变。所以，没关系。"

"是吗？"

阿仁明明没有必要袒护科长——他想不通地反问，阿仁却果断点了点头："是的。错的不是科长。"

"我觉得是因为阿仁太善良了。"

"是吗……"

阿仁站在那里，低头看着铃井。

夜幕逼近。

阿仁背对着比刚才颜色更深的橙红色的夕阳。可能是逆光的缘故，他的脸看起来像是被涂成了漆黑色，神色也因此难以辨认，从他清瘦的身躯脚下拉出一道细长的影子。

"每个人想让别人说的话都是固定的哦。"

阿仁猝不及防地开口，声音极为沉稳。

"咦？"

"每个人都想听别人说好听话,比如自己没错,自己的原则是正确的。面对能够说出自己想听的话的对象,所有人都会忍不住没完没了地跟他谈论自己的事,全心全意地信任对方。"

没错,他想。

所以,大家都很依赖阿仁,无论是科长,还是前任科长。

现任科长曾经说前任科长和阿仁是依附关系,确实如此。前任科长如果离开阿仁,就得不到任何人的认可。因为可以得到阿仁的认可,才会仗着他的认可肆无忌惮,无论是对上司还是对其他下属,甚至对客户,都无法摆脱那副"老子没错"的态度。

那种事明明是错的。

希望他能听自己说话——无论多么下流的牢骚、自以为是的强词夺理,阿仁都会像黑洞一样吞下去。他不会告诉你"你错了",也不会明确地表示你招人讨厌。

或许实话实说对前任科长才更好,可是阿仁那么善良,做不到实话实说。

都是我们这种人的错,因为我们不能平等地跟那个人说话。铃井想。

我找阿仁倾诉烦恼的时候,因为身份平等,才能和他"对话",可是,科长他们却是单方面的。

——为什么你要单方面地跟他唠叨那些鸡毛蒜皮的小事呢?

现任科长也这样说过前任科长,所以她其实看得很明白。如果是因为现在的关系导致她看不到了的话,那实在是太讽刺了。

他们肯定误以为阿仁是发自内心喜欢自己的——他明明只是在配合他们而已。一想到这里,铃井就觉得他们实在是很可悲。

"好啦,回去吧,得赶紧了。"阿仁说。他仍然站在铃井对面,脸上一片漆黑，只能勉强通过镜框部分分辨出他的面部轮廓。

望着他的脸，铃井突然有些恍惚。这个人长这样吗？

他原来长什么样啊？

"不过，说到讲解，现在的丸山科长也非常擅长哦。虽然跟铃井是不同的类型，但是她能够立刻理解没懂的人不懂的点在哪里，并且能够准确地做出应对。"

"是——吗？"

听到阿仁的话，铃井心中的某个角落突然萌生怒意。

啊啊，对了，阿仁没在策划部待过，所以不知道啊。铃井的心里有种焦躁的情绪突然涌上来。

"她的讲解确实挺流利的，但其实是因为她不懂商品啦。要是对每一种材料都如数家珍，有些话肯定是说不出来的。因为她只懂销售，才能这样不负责任地张口就来——"

"咦？！是吗？"

"是啊。我实话实说。如果是我的话，就绝对不会信口开河。"

"原来如此，原来如此。"阿仁深深地点了点头。

他背对着夕阳，神色和情绪都辨不分明，但铃井知道他脸上在笑。

"就是因为这样，铃井的讲解才会那么真诚啊。好期待啊，无论是有朝一日铃井能回策划部，还是就此在销售部高升，都肯定会成为我们公司的王牌。"

"哪里，我这种人……"口上谦虚，铃井的心里却早已心花怒放。然后，他有些后悔在阿仁面前说科长的坏话了。他再次佩服地想，这个人真了不起啊。

他并不会赞同自己的坏话，也不会全面地肯定自己，却能够在不指责任何人的情况下，把话题进行下去。

"走吧。阿仁——啊。"铃井站起来的同时,突然闭上了嘴。

他苦笑着说:"会惹科长发火呢,要是继续喊你阿仁的话。"

在公司内喊他"阿仁",是由之前的佐藤科长带头的,据说是想让这个比大家年长很多的人能够尽快融入部门。只靠称呼就能让关系变亲密,这样的想法也太过时了,铃井曾经非常无语——但是,施行新体制以后,新任丸山科长在昨天提出:"不能总是用外号叫阿仁。"

铃井无语地想,把已经固定的外号改回去没有任何意义,而且,在你如此拘泥于一个称呼的时候,便跟前任科长是一丘之貉了。果然,你也挺老古董的——这就是他当时的心情。

"走吧,神原先生。"

听到铃井招呼,神原缓缓地转过身来。从背光中逃出来之后,他侧脸的轮廓清晰了起来,表情也可以分辨了。

"不用了,还是叫我阿仁吧。"他说。

——叫你"阿神"语感不太好呢。叫你阿仁如何?

这是前任科长哈哈大笑着定下来的外号。回忆起当时的事,铃井有种奇怪的感觉。那绝对——绝对不是他喜欢的笑,但是,听到那个讨人嫌的佐藤科长那么开朗的笑声,好像已经是很久远的记忆了。那个人居然那样笑过,这件事就像是一个很好笑的笑话。

神原比铃井先一步迈出脚步。

"能够跟铃井一起工作,真幸福啊。"他说。

"在策划方面,我也是个什么都不懂的门外汉,从你的身上实在是受益匪浅。在讲解和教学方面,铃井也真的很厉害。"

听着他的声音,铃井想,啊啊——

要是这个人是科长就好了。

比起那种按时回家的科长,还是这位年龄合适、对包括我在内的身边人都了如指掌的人更适合当科长。

他这样想。

夕阳的颜色很美。铃井清晰地看到自己脚下从身后延伸出一道影子,看到了那道影子,他才抬起脚步。他的眼里只剩下自己的影子。

和铃井并排前行的神原的人影,在脚下长长地长长地延伸、摇曳。但是,周围却没有任何人注意到它。

第四章

组长

# 暗被

自从那位同学来到他们班,事情就开始了。

草太暗中想。

在那位同学到来之前,区立楠道小学五年级二班是围绕中尾虎之介运转的。从一年级分到一个班的时候起,父母都是律师的虎之介就成绩优异,是个在各种场合被大人用"真不愧是……"来夸奖的孩子。

"真不愧是两位律师的孩子!"

"真不愧是你妈妈教育出来的孩子!"

虎之介的妈妈是学校有名的、热衷于教育的母亲,她在学校的各种活动中也表现得非常积极,每年都在 PTA 担任干部,从一年级的时候开始,就有种全年级的负责人的感觉,其他妈妈好像也经常会和虎之介妈妈交流。草太妈妈也经常说,她的工作貌似也挺忙的,为了孩子却特别拼。

虎之介学习确实很好,而且身材高大,体格健硕,所以也很擅长体育。

不过,草太有些怕虎之介。虽然没有人会说出来,但是在和虎之介关系很好的孩子中间,其实也有很多人怕虎之介吧。

因为他很爱逞威风,还有暴力倾向。

他在学习和运动方面都比其他孩子厉害,所以觉得自己最牛。

"很多内容我都在私塾提前学过了,学校的学习难度都太小儿科啦。"

## 第四章　组长

这句话都快成他的口头禅了，所以他经常不好好做作业，也经常忘记带课本。"课本那玩意儿看了也没用。"虽然他这样说，邻座的同学却不能不给他看，所以离他最近的同学总是被他打扰。他的学习确实挺好的，生活态度却很散漫。

而且他性情阴晴不定，经常为了一丁点儿小事突然对人拳打脚踢，哪怕对方没做什么坏事，也会突然间惹到他。

草太也被他踹过好几次。

因为是常有的事，草太平时迫于无奈只能忍着，可是去年虎之介因为某件事发脾气时，踢翻了打扫卫生时放在桌上的椅子，掉下来的椅子正好砸到了路过的草太。他被压在下面，膝盖被砸红了。

当时自然造成了很大的影响，草太妈妈从家里赶过来接他，和班主任谈了很长时间，好像因为他受伤的事一直在接受道歉。

可是，虎之介却没有对草太道歉。因为挨了老师的训斥，他毫不掩饰自己的不开心，板着一张脸，抿着嘴，沉默地靠墙站在那里，没有任何别的表示。

老师好像也跟虎之介谈了很多，但那天虎之介还是一口咬定"我不是故意的"，不肯向草太道歉。

老师也联系了虎之介妈妈，并且跟草太和草太妈妈约定，让他妈妈在家里好好跟他谈谈。

但是，第二天早上。

"喂，你妈妈给我妈妈发了这种东西哦，你知道吗？"

虎之介突然这样叫住草太，手里握着智能手机，给他看某个界面。身边的孩子拿的都是儿童手机，虎之介却一直带着智能手机，并为此洋洋自得："你们还在用那种幼稚的玩意儿吗？"当然，带智能手机其实是违反校规的。

草太膝盖上的伤已经痊愈了，但是用力按压的时候还是会隐隐作痛，红肿的部分也开始变成瘀青。

虎之介不停地将智能手机的屏幕对准他，像是在说"快给我看"。他迫于压力接过来一看，发现手机上打开的是LINE的界面。草太没有自己的智能手机，但是之前见过几次妈妈的智能手机上的LINE的界面。

手机的屏幕上是备注为"草太妈妈（早智子女士）"的界面，好像是用手机拍下来的。信息是草太妈妈发给虎之介妈妈的：

虎之介妈妈，不好意思，百忙之中突然联系你。

刚刚学校联系我，让我去接草太，好像是虎之介踢翻了教室里的椅子，正好砸到了我家孩子的腿上。伤势不严重，草太也很冷静，但是估计学校也会联系虎之介妈妈。我心想要是吓到你就不好了，所以就先联系一下你。

刚刚去学校的时候，我跟虎之介也见了面。我知道虎之介不是无缘无故做那种事的孩子，也知道他是个非常聪明的孩子，所以问他："为什么要那样做呀？"但是，虎之介回答："不知道。"

我对他说："是吗？可是，我和草太都很喜欢虎之介，我不希望你们两个受伤，所以下次要注意哦。"不过话说回来，虎之介怎么了呢？我家草太也很喜欢虎之介，所以，接下来两个孩子也要好好相处哦。今后也麻烦你们多多关照了。

下面是虎之介妈妈的回复，两条回复都比草太妈妈发的内容短

得多:

> 咦?!抱歉!早智子女士,虎之介竟然做了那种事吗?
> 谢谢你通知我。刚刚正好接到学校的联络,我马上过去一趟。

聊天记录到此为止。

被迫看到这个,草太有些不知所措。草太不知道自己该用什么样的心情面对这些对话,一边把智能手机还给虎之介,一边盯着他。虎之介面带冷笑望着草太:"你不觉得你妈妈挺可怕的吗?"

感觉他唇畔的冷笑比刚刚更深了。

"昨天我妈妈把这些信息拿给我爸爸看,跟他告状:'听我说哦,虎之介他——'还把我骂了一顿。可是,我妈妈他们是这么说你妈妈的哦:'突然发这种小作文,真可怕。'"

听着他的话,草太的面前浮现出妈妈的面庞。

昨天,妈妈查看完他红肿的膝盖,一脸担心地问:"草太,没事吗?"还一次又一次地问他:"不去医院行吗?"听见草太回答"没事啦"之后,妈妈又从冰箱里拿出冰袋,用毛巾卷起来递给他。回忆起当时妈妈的手的触感,他的耳朵开始发烫。

妈妈竟然给虎之介妈妈发了这些话。话说回来,当时在回家路上看到妈妈一直在玩手机,草太还以为她是在给爸爸发信息呢。

"小作文"这个词令他很陌生,但是这几个字他认识——小作文、真可怕。

他不知道该用什么心情面对,也不知道该说什么好,但是有一件事他知道:虎之介没有道歉的意思,虎之介的爸爸妈妈瞧不起我妈妈,而且也瞧不起我。

面对我妈妈郑重地写下的长长的"小作文",虎之介妈妈却只回复了短短几行。

这样一来,总觉得做错事的人是我妈妈。为什么会这样呢?我讨厌虎之介的事,妈妈应该隐隐约约察觉到了。可是,她却说"我和草太都很喜欢虎之介",好像只在乎对方的心情。为什么妈妈要这么做呢?他憋屈地想。

为什么?难道是因为虎之介妈妈在PTA做事,像是妈妈们的老板吗?可是,也不能因为这样就——

虎之介又是为什么给草太看这个呢?还这么得意扬扬。难道这张聊天记录从一开始就是虎之介妈妈让他拍下来的吗?

好憋屈,好憋屈,好憋屈。

那天,老师一来,虎之介就把智能手机收了起来,只在形式上对草太道了句歉:"昨天对不起。"老师也满意地点点头,对草太说:"嗯。看来虎之介跟家里人谈过之后,已经认识到了自己的错误,草太也原谅他吧。"

后来,在国语课上写主题为"朋友"的作文时,虎之介写道:"我饶不了霸凌朋友的家伙。霸凌朋友的家伙是坏人。听说阻止霸凌的人经常会成为霸凌者的目标,但是我想成为阻止霸凌的人,守护自己的同学。"

读到这篇作文,草太同样憋屈,但又无言以对。他强烈地想,以后尽量不要跟虎之介产生瓜葛了。

紧接着,神原二子就来到了他们班。

只听"二子"的发音会觉得这是个女生,但是站在黑板前的二子

## 第四章 组长

却是个瘦瘦小小、戴眼镜的男生。

"我的名字是爸爸妈妈取的,寓意是表示微笑的'笑眯眯'[①],大家可以随便叫。请多多关照。"

他说完以后,点头致意。或许他转学前曾经因为名字被取笑过吧。戴眼镜、一本正经的二子成绩也很好,喜欢读书,草太经常看到他在休息时间或放学后去阅览室。草太听妈妈说,他妈妈也喜欢读书,还加入了学校的"阅读委员会"。

"二子妈妈好像是个有点与众不同的人。我之前看到孩子的名字这么个性,还以为他们家是个在方方面面都很讲究的家庭呢。"

草太妈妈没有加入阅读委员会,但是有认识的妈妈加入了,这些话就是从她那里听说的。到底是怎么个与众不同法,妈妈并没有详细展开讲。不过,她曾这样问草太:"二子也有点与众不同吗?"

"怎么说呢?他很聪明,也很稳重,不过有时候感觉他的说话方式有些独特。"

大概是因为读过很多书吧,他的遣词用句很老成。妈妈听到后"哦"着点了点头,又问:"最近你跟虎之介怎么样?"

"没什么特别的。"

"你是不是说过,你们在班里是同一个小组?"

"嗯。二子也在同一个小组哦,二子是组长。"

虽然像是顺口问的,但是感觉妈妈真正关心的是虎之介。尽管没有明说,他还是感觉到了妈妈也不希望那小子和自家小孩有什么瓜葛的心情。

"是吗?"妈妈点点头,语气同样云淡风轻,像是在说"我没在

---

[①] 二子的发音为"にこ",和表示笑眯眯的"にっこり"发音相近。

意哦",然后像是真的"顺口"一样对他说,"要是能跟二子成为好朋友就好了。"

第二天,二子在贴在教室后方的"小红花贴纸"前停下脚步。
"这是什么?草太同学。"
那天正好轮到草太值日,他正拿着扫帚在二子附近扫地。骤然间听到这个问题,他点了下头:"哦——那是小红花贴纸。以小组为单位,如果表现得比较好,比如没有任何人忘带东西啦、课堂上发言比较多啦,老师就会在上面贴一朵小红花。"
从一组到六组画有六栏,每一栏后面都贴着一排贴纸。虽然叫"小红花",但其实只是红色的圆形贴纸。尽管大家都在拼命地收集小红花,可是收集小红花并不会获得什么奖励,排名第一的组长也不会得到表彰。但是一听到"竞争",大家的胜负欲就都燃烧起来,不想输给其他组,于是每个组都在玩儿命似的较量。
"我们组的贴纸好少哦。"二子盯着五组的贴纸说。
草太点点头。那当然啦,他想。
"因为有虎之介在啦。"
"他在有什么问题吗?"
如果说二子有什么与众不同的地方,那就是这种说话方式。草太确认周围没有虎之介或他的同伙之后,才回答:"因为虎之介真的经常忘带东西,作业也绝对不会做。他很聪明,所以经常在课堂上发言,之前一直靠发言帮忙集分数。但是有一次虎之介举手,老师却点了其他同学回答,当时他大闹了一场,说老师'偏心眼儿',后来就一直怄气,再也不举手发言了。"
"哦?也就是说——"二子推了推眼镜,"这张表是将获得贴纸设

## 第四章　组长

置成目标，为了敦促大家遵守纪律、活跃发言、提升自己而思考出来的体系啰？"

"呃，嗯。大概就是这种感觉吧。"

他点了点头。其实听着二子的话，他莫名地认同。是喔，贴纸的竞争活动确实是出于这种考虑而搞出来的呢。虽然他们之前一直都在兴致勃勃地竞争，却没怎么思考过为什么要竞争。

"原来如此，原来如此。"二子点点头，盯着贴在墙上的表喃喃自语，"很有参考价值，谢谢。"

紧接着的一件事，让他再次感觉到二子是个"有点与众不同"的孩子。

大家对待虎之介，要么选择变成他的小跟班，对他言听计从，要么像草太一样"不想跟他产生交集"，与他保持距离——二子却开始管教他了。

比如，虎之介忘带橡皮啦、尺子啦的时候，会问坐在附近的二子借。换成草太他们，肯定会一边觉得"好烦啊""又来了"，一边不情不愿地借给他，二子却不是。在课堂上，他用洪亮的声音斩钉截铁地对伸手拿橡皮的虎之介说："我不要借。借给你对你没有帮助。我也不喜欢自己的东西经常被别人用。"

虎之介吓了一跳。不知道是不是因为被人当面拒绝，他目瞪口呆，都没表现出愤怒的样子。

正在上课的老师也很吃惊，但是很快就换上一副松了口气的表情，只说："对啊，虎之介自己要记得带橡皮来哦。"

二子并没有就此罢休。那天在放学前的班会上，他提议："大家也不要借东西给忘记带的同学了。今天我没有把橡皮借给虎之介，并不是针对虎之介一个人。借东西给忘记带的同学，并不能帮到他。'忘记带了，好烦啊。'如果不能让他产生这种想法，他下次就不会长记性哦。"

大家都为这番言论鼓起掌来，因为大家都很厌恶虎之介的散漫。虎之介本人在掌声中露出一贯的冷笑，小声咕哝道："不过……算了，我倒是无所谓。就算你们不借给我，我也不会为学习发愁，发愁的反而是老师和你们。"

虎之介说得没错，他并没有改掉自己忘带东西的坏习惯，而且，他也不再对附近的同学说"借我"了。老师很关心不看课本的虎之介，对他说："虎之介，让你同桌借给你看看。"他却大声地顶撞回去："谁都不会借给我哦，因为这对我没有帮助。"虎之介这话明显是冲着二子说的，说的时候脸上还带着讥讽的表情。

在做小组作业的时候，他也经常撂下一句"既然谁都不肯借给我剪刀，也就是说，我可以不用做咯"，然后就开始画与作业完全无关的涂鸦，不参与进来。

二子一直在静静地看着。

不久后，班里的妈妈们集体收到了虎之介妈妈的联络。

"对了，听说那个转学生每天都去虎之介家哦。草太，你知道吗？"

"什么？"

他不知道妈妈在说什么，有些茫然。二子去虎之介的家？妈妈继续说："听说他每天都和虎之介一起回家，直到一起做完作业、准备好第二天要带去学校的东西才会回家。就算虎之介想要一个人回家，他也一定会跟在他身后去他家。"

"每天吗？"

"好像是每天。"

妈妈看起来很惊讶，草太也很惊讶。

话说回来，最近几天虎之介开始认真做作业了，忘带东西——好像也没有再被别人提醒过了，教室后面五组的小红花贴纸增加了。

妈妈做了个歪头的动作："听说虎之介上补习班的日子，他会在补习班结束的时间去。虎之介家提醒他时间太晚，小孩子家家的，这么晚过来很危险，二子却说：'没关系，我父母也一起来了。'他爸爸妈妈好像会送他过去。"

"因为虎之介经常忘记带东西啦，二子又是组长。"

草太说了在学校发生的事——教室的小红花贴纸表的事，还有二子说"对虎之介没有帮助"，不借给他东西的事。可是等他说完，妈妈的表情依然很困惑："可是——二子为什么要做到那种地步呢？"

"咦？我不是说了吗？虎之介经常忘记带东西，总是麻烦别人。"

"这些我理解，可是二子做得也太过了吧？为了让他遵守规定，居然每天都去他家，而且连父母都跟着。虎之介家里也挺头疼的。"

"可是……"

草太也有这种想法，但是给人添麻烦的，令人头疼的家伙明明是虎之介。二子或许做得有些过头，但是他做的事是正确的。然后，妈妈说："虎之介妈妈说他挺可怕的。"

可怕——

这个词激起了草太的回忆。

——突然发这种小作文，真可怕。

"哪里可怕了？"他不由得说出来，"虎之介都开始做作业了，也不再忘记带东西了，我们小组之前一直因为贴纸少而发愁，现在也没有这个问题了。"

二子没有错。

二子可能是正义感比较强。之前谁都不敢对虎之介说任何话,只有他敢当面提意见,这非常了不起。

"是吗?不过,二子的爸爸妈妈是什么样的人呢?孩子出门那么晚,他们非但不阻止,居然还协助他。"

"你不是说过,二子的妈妈是个有点与众不同的人吗?"

"听虎之介妈妈说,并不是'有点',而是'非常'。虎之介妈妈好像相当直接地对她说过:'你们这样做,让我们很头疼。'但是,她只是笑眯眯地说:'是啊。我也很头疼,我也是。'他爸爸也一样,哪怕措辞再强硬,他也只会抱歉地说:'是吗?不好意思。'完全没有要提醒儿子的意思。他们夫妇好像都很特别。"

说着说着,"非常"变成了"特别"。草太只是点点头:"哦。"

第二天,他在学校问二子:"你一直在去虎之介的家吗?"二子毫不犹豫地回答:"嗯。他不认真起来的话,会影响我们整个班的。"

他说着,望向虎之介的座位。一言不发的虎之介没有看这边,而是焦虑地用削笔刀划着课桌。他的唇边已经不会再浮现出那样的冷笑了。

那天,他们班突然重新进行了分组。

"今天的第一个小时,我们先重新分一下组。"

听到老师的话,教室里顿时叽叽喳喳起来。因为这次既不是在学期初,也不是在学期末,而是在一个不上不下的时间重新分组。不过当时草太看到,一脸无聊、吊儿郎当地趴在桌子上的虎之介的唇边隐约露出一丝笑意。说不定是虎之介的父母拜托老师这样做的,拜托老师把二子和虎之介调到不同的组。

重新分组后,二子和虎之介不在一个组了,草太也被分到了和二

## 第四章 组长

人不同的组。贴在教室后面的小红花贴纸表被揭了下来，后来也没有再按照新的小组重新制作。

总觉得有些无聊，但是也没办法啦，草太想。说不定虎之介今后也会吸取教训，注意自己的行为吧。

然而——

"草太，有件事妈妈想请你帮忙。"有一天，妈妈对他说。

"什么事？"

"虎之介妈妈请我帮忙，希望草太能够提醒一下二子。你愿意帮忙吗？"

"提醒什么呀？"

"之前不是跟你说过吗？二子会去虎之介的家，监视他做作业、有没有忘带东西。"

"咦，好厉害啊。他现在还去吗？他们明明都不在同一个组了。"

他第一次听说"监视"这个词。不过，是喔，原来虎之介家认为自己在被二子监视着啊。

他一开始还以为因为二子是他们组的组长，为了小红花贴纸才这么做的。但是他记得二子说过，这是"为了班级"。或许从一开始，二子做的事情就跟各个小组的竞争无关。

"可是，为什么要找妈妈帮忙呢？虎之介妈妈不是跟优一郎还有阿豪的妈妈关系更好吗？"

优一郎和阿豪都是虎之介的朋友，平时和他关系很好，像他的小跟班一样。这次重新分组，他们也跟虎之介分到了同一组，草太猜这是虎之介妈妈托老师那样安排的。他们三人的妈妈之间的关系也很好，经常一起参加学校活动。而说起我的妈妈——就像之前虎之介让他看的 LINE 的聊天记录一样，在她们面前总有一种小心翼翼的感觉。

妈妈摇了摇头:"那是因为——据说最近来监视虎之介的人不仅仅是二子,优一郎和阿豪好像也会来监视他。他们好像每天都会安排人监视虎之介。"

"咦?!"

这次他是真的吃了一惊,不禁提高声调。

妈妈继续说:"不仅仅是那些男生,还有女生,由希、梨乃好像也都加入了。那些孩子的家长听虎之介妈妈说了以后,也提醒过他们,但是大家都不肯听,说'这是规定''是为了班级好'。"

他们应该都是二组的成员,和虎之介在同一个组。

草太因为在别的组,所以并没有注意到事情会发展成这样。

妈妈叹了口气:"虎之介妈妈猜测,大家会不会是被二子命令那样做的。所以,草太能帮忙跟二子说一下吗?告诉他,他做得太过分了。"

过不过分暂且不论,他觉得或许是二子呼吁大家这么做的,比如"大家都是同一组,你们也必须好好看着他哦"。

在得到草太的答复之前,妈妈放在桌子上的手机突然振动起来。草太的位置也可以看到屏幕,上面显示的是"虎之介妈妈"。

之前她们好像一直通过 LINE 聊天,不过现在好像变成了打电话,最近她们的通话似乎很频繁。而且,电话有时会在深夜打来,有时会在晚饭时间打来,妈妈经常想提前挂断。爸爸好像也挺担心的。

"是那位太太吗?不能挂掉吗?"他好几次都听见爸爸在旁边小声问。

他之前一直在想,究竟是什么话要聊这么久啊。原来是这件事吗?

像是为了将振动的手机藏起来一样,妈妈将它拿到了自己的身边,又叹了口气:"可以吗?草太,拜托你了。"

## 第四章 组长

既然都拜托到草太这里了,对方也已经找过其他同学了吧,征求意见的电话估计也不只打给了草太妈妈。妈妈将手机贴到耳朵上,接起电话:"喂?"虎之介妈妈的声音立刻从听筒里传了过来:"喂,能听我说件事吗?"

草太正在客厅看音量调低了的电视,由于电话里的声音实在太大了,他也不小心听到了。

"我快神经衰弱了。没有任何人站在我这边。"

这些歇斯底里的话闯入耳中,令他的心口怦怦直跳。妈妈趁她说话的空隙,对她说"抱歉,我得去做晚饭了",这才勉强挂断了电话。

尽管对方还在继续说着什么,但妈妈还是挂断了电话。

之后爸爸回来了。草太泡过澡,准备睡觉的时候,妈妈的手机又振动起来。可是妈妈却叹了口气,只是看着它。

"不接电话吗?"草太一边擦着湿漉漉的头发,一边问。

妈妈有些尴尬地点点头:"嗯。"

"已经是睡觉时间了。"她只回答了这么一句,便将不停振动的手机拿到自己胸前,不让草太看到屏幕。

虎之介开始认真地做作业了。

他也不再忘记带东西了。如果哪天虎之介没有任何理由地踢东西、对朋友使用暴力,在放学前召开的班会上,就会有人举手控诉他。

"虎之介今天踢了走廊的墙,你为什么要那样做?"

"打扫卫生的时候,你为什么要粗暴地把扫帚扔出去?"

大家的语气都像二子一样老成。

起初,虎之介哪怕被这么质问,也会吊儿郎当地回答"因为我很郁闷""我才没做那种事"之类的,但是大家都不肯善罢甘休。

"就算郁闷也不可以那样做。"

"你说你没有做,可是大家都看到了。"

每个人都不是单纯地指责他或者告发他,而是在向虎之介讨要理由与答案。就算虎之介敷衍地说"好吧好吧,我道歉",大家也不肯放过他。

"如果你真的知道错了,你觉得自己应该怎么做?"

他们逼问虎之介。虎之介一脸不耐烦地沉默不语。这时,又有人举手:"你要是郁闷的话,可以打自己的头啊。把自己拳打脚踢一顿怎么样?"

咦?草太心里一惊。虎之介目瞪口呆。

可是,说话的女生——和虎之介同组的由希看起来并不是为了挖苦他或者刁难他才说这句话的。她的语气真的很平淡,好像只是把自己的"意见"说出来而已。

话音刚落——

班里立刻炸开了锅。没错!没错!呐喊声四起。什么情况?什么情况?草太不知所措。虎之介半张着嘴看着黑板。草太突然看向二子,班里的气氛变得这么古怪,明显是二子来之后的事。大家在自己的影响下变成了这样,二子现在会不会一脸得意呢——草太看向他,然后轻轻地屏住了呼吸。

二子面无表情,只是静静地望着前方。

他好像没有任何特别的感想,在气氛热烈的班级里,摆出一副事不关己的样子冷眼旁观,仿佛对这件事没有任何兴趣。

黑板上写着一行字。

要是郁闷的话,可以打自己的头。

## 第四章　组长

这行字被一本正经地写在上面。这时，草太的脑海中骤然浮现出一篇文章。

> 霸凌朋友的家伙是坏人。听说阻止霸凌的人经常会成为霸凌者的目标，但是我想成为阻止霸凌的人，守护自己的同学。

他一下子不记得这篇文章是谁写的了，但是很快就想了起来。这是虎之介写的作文。读到这篇作文时，他曾经腹诽"你明明不是这么想的"，感到非常非常的憋屈。

他不知道此时此刻自己为什么会想到它，但是这篇作文久久萦绕在他的脑海中。

同学们围着垂着头的虎之介大喊大叫，草太坐在他们中间动弹不得。

真不敢相信——过了一段时间，他在回家的路上听到妈妈和凛子妈妈的对话。

草太和妈妈买完东西，在步行回家的途中偶然遇到了同班同学凛子的妈妈。妈妈们站在那里闲聊的时候，草太装作在附近的公园玩儿的样子，偷偷听着她们的对话。

"真不敢相信。不过，中尾太太现在跟二子妈妈的关系很好吧？听说这件事以后，我真的吓了一跳。"

中尾是虎之介的姓，二人好像是在聊虎之介妈妈。

"是啊。我也想过呢，她怎么会跟一个没怎么见过的人在一起？一开始我不知道那是二子的妈妈。怎么说呢？你不觉得她的年纪有点大吗？我还以为她是哪个孩子的奶奶或者家政阿姨呢，结果后来二子来了。她居然是二子的妈妈，吓了我一跳。"

　　虎之介不再忘记带东西，开始认真做作业了，上课态度也越来越端正，而且不再对同班同学施暴了。因为在他脾气上来、想要动手的时候，全班同学都会对虎之介大喊："你不是应该打自己的头吗！"

　　在那次班会后，他曾听到过好几次，然后就再也听不到了。因为虎之介彻底老实了，再也不闹事了。他现在跟以前判若两人，已经不会跟班里的任何人说话了。

　　"我在最近的家长会上遇到中尾太太时，她这样跟我说哦。"草太妈妈压低声音，"'你们都不听我说话，现在我能依靠的就只有神原太太他们了！'总觉得她的样子有点不正常，挺让人担心的。"

　　"我懂。中尾太太好像很憔悴呢。我上次见到她的时候，她没有化妆，头发也乱蓬蓬的。她之前毕竟是职业女性，每次见面都妆容精致，打扮得很体面。可是，最近她总是系着脏兮兮的围裙，和二子妈妈站在一起。怎么说好呢？感觉看起来一模一样。她是不是遇到什么事了呀？真让人担心。"

　　妈妈们说着"担心、担心"的，没完没了地聊着天，总觉得有些乐在其中。这或许是草太的错觉，但是感觉她们想继续聊下去。

　　傍晚的街道沐浴在橙红色的夕阳下，两位妈妈脚下的影子越来越黑、越来越长，在地上摇晃着。

　　班级里的气氛变了。

　　"草太同学，最近架奈经常忘记带东西，你跟她在同一个组，可以帮帮她吗？"有一天，二子这样对他说。草太的后背瞬间落下一片寒意，因为他也注意到了。

　　与他同组的邻座同学架奈，最近经常忘记做作业，注意力也不集中，经常丢三落四。他有些担心，于是问了她一下："你怎么了？"她告诉他，她妈妈住院了，她要帮年幼的弟弟妹妹做去幼儿园的准备，还要照顾他们，非常辛苦。这些话听起来不像说谎，她还说她每天都睡得很晚，比以前更容易在课堂上犯困。

他也不知道为什么，立刻产生一种"糟了"的感觉。他想起了仿佛被拔掉獠牙一般，变得老老实实的虎之介，还有那场集体批斗虎之介的班会。

"你要不要看？"他忍不住把自己的作业给架奈看了。最近，每天早上他都会在二子来之前，让她抄自己的作业。

啊——他回答二子的声音稍微有些嘶哑。

"架奈妈妈好像住院了。她的弟弟妹妹还很小，她要照顾他们。"

"嗯。"

"她家大人只剩下她爸爸了。她很辛苦，要帮忙照顾家里，最近好像睡得也挺晚的。"

"嗯。我在之前的学校也失去了哥哥，非常辛苦哦。"

咦——他差点发出短促的惊呼，不由得看向轻描淡写、若无其事地说出这句话的二子。失去了哥哥——这句话是哥哥去世了的意思吧？比如遇到了事故或者生病了吗？二子之所以转学，难道跟这件事有关吗？

无数个疑问浮现在心头，他不知道该不该开口，直勾勾地盯着二子。二子说："可是，那又怎么了？"

二子的眼睛像玻璃珠一样透明，没有任何阴霾。

"那和不做作业、经常忘带东西有什么关系？要是架奈有困难，不如你们去她家里帮助她呢？"

"帮助她……"

"嗯，没错。如果可以的话，我也会去哦。"

"呃，嗯……"

"贴纸表也要恢复了嘛。"

"咦？"

他立刻回头看向教室后方，结果在以前贴小红花贴纸表的地方看到一张新表。一张还没有贴任何贴纸的新表。

他不知所措地盯着二子。二子说："这个制度难得对班级这么有帮助，要是取消就太可惜了。"

他的眼睛里又读不出任何感情了。

直到这时，草太才意识到——

二子的名字取自"笑眯眯"的寓意。

可是，草太从来都没有见他笑过。

应不应该去架奈的家呢、要怎么对妈妈说呢——那天草太一直拿不定主意，决定直接回家。结果在回家的路上，他在公园里看到了坐在长椅上的虎之介。

虎之介的存在感比以前更低了，感觉就连体格都变小了。看到含胸驼背、形单影只地坐在长椅上的虎之介，草太不由得喊了他一声："虎之介。"

虎之介的反应很迟钝。"哦哦——"他迟缓地看向草太，沉默地往旁边挪了一些。在要不要坐的犹豫中，草太坐到了他旁边。

一片沉默。

不知道该聊什么话题，可是有些话完全不提也不自然，于是草太主动问他："二子和班里的其他同学，现在还会去你家吗？"

虎之介莫名有些哀怨地看了他一眼，然后回答道："已经不来了。

估计是觉得不用再担心我丢三落四了吧。不过，我妈他们因为他们不来了，感觉很寂寞。"

"寂寞吗？"

"他们担心班级是不是放弃我啦，会不会是在无视我、对我搞霸凌啦，还有其他家长不肯跟他们谈心啦之类的。所以，二子虽然不来了，他父母却时不时过来，聊一些比如'大家都很羡慕中尾太太啦''泽渡太太才不是中尾太太的对手啦'这些有的没的。"

"泽渡？"

"就是六年级的儿童会会长的家长、那个学校附近大到离谱的小区的主人或者设计师——很搞笑吧？"

虎之介笑了，那个笑莫名有些满不在乎。

"我妈妈一直把那位妈妈当成死对头，以前就总是跟我爸爸说，那女的上杂志了，看她那股得意劲儿，真让人不爽之类的。现在就连这些无聊的坏话，她都会跟二子的父母说，跟上瘾了一样，一天到晚跟他们打电话。"

"妈妈们聊这些，你挺烦的吧？"

草太不知道该跟他说些什么，但是，他也想起最近妈妈在购物回家的路上忘我地跟其他妈妈聊天的事了。草太跟虎之介说了之后，没想到他的反应特别大："咦？！"草太正要说"我家也是"的时候，虎之介打断他："不只是妈妈哦。"

"咦？"

"还有爸爸哦。我爸爸也是，什么话都会跟二子爸爸说。比如工作上没用的下属，有时还会和妈妈一起说泽渡小区那个设计师爸爸的坏话，说个没完。"

爸爸也是——这也太让人震惊了，草太不由得沉默下去。

虎之介用疲惫的语气继续说："他们说，要是那个小区有人死掉就好了。要是那样的话，估计会传出各种流言蜚语，资产价值也会下降。"

资产价值。这个词他只能隐约猜出意思，估计虎之介也是吧。因为大人在自己面前说了这个词，所以会好奇并且记在心里，哪怕只是一知半解，也会想要在同学面前用一下试试。

那二子呢，他想。

二子的那种说话方式并没有鹦鹉学舌的感觉，感觉是在贴切地选择自己掌握的词汇说出来。究竟是什么样的教育方式，才会教出他那样的孩子呢？

"……下次，比如放假的时候，要不要一起玩？"

他下意识地说出这句话。虎之介的眼睛惊讶地眨了眨，望着草太。草太淡淡地笑了："因为我还不会翻转上杠。虎之介，你一年级的时候就已经会了吧？下次能教教我吗？"

"——可以哦。"

他虽然说可以，但是听起来却像是在问草太："可以吗？"那次班会之后，虎之介变老实了，他的身边却空无一人。之前一直关系很好的优一郎和阿豪现在也不跟他玩了，像是完全没有跟他做过朋友一样。

草太的脑海中再次回忆起虎之介的作文。

> 听说阻止霸凌的人经常会成为霸凌者的目标，但是我想成为阻止霸凌的人，守护自己的同学。

虎之介以前是个讨嫌鬼，自己曾经非常讨厌他——曾经。

放假的时候一起玩。

这是他和虎之介的约定，但是这个约定没能实现。

## 第四章 组长

因为第二天早上，虎之介妈妈跳楼了。

从泽渡小区。

那个她视为死对头的儿童会会长的妈妈设计的小区。据说虎之介妈妈不住在那里，却从消防楼梯进入小区，从楼顶跳了下去，然后——去世了。

那天，虎之介在上课的时候，被教务主任叫出了教室，再也没有回来。

班主任老师也跟着虎之介去了，草太他们班那节课改成了自习。

自习课上没有大人盯着，大家都蠢蠢欲动，但是所有人都感觉到了不寻常的气氛，没有人胡闹。每个人都在默默地做发下来的试卷。

可是，就算没有虎之介的事，大家应该也不会胡闹。

因为二子在。

可能会影响获得小红花贴纸的捣乱的事，班里已经没有一个人会做了。

那之后的五年级二班真的发生了很多事，可谓一波未平、一波又起。

虎之介去世了。

听妈妈们说，在他妈妈去世以后，虎之介一直被寄养在奶奶家。后来虎之介的爸爸突然过去接他。他爸爸——虽然不太清楚，但好像因为他妈妈的事被警察询问了。警方怀疑他妈妈的死有"他杀嫌疑"。

他爸爸从奶奶家接走虎之介后，在返回这个街区的途中出了车祸。据说是他自己闯红灯，简直像是主动撞上了对方的车。

在那场事故中，虎之介和虎之介爸爸都走了。

"针对那场事故，警方也做了调查，但是情况还没有了解清楚，所以不要随便跟别人议论哦。"老师这样嘱咐他们。

班上没有人敢说话。有几个女生问："会举行葬礼吗？"老师回答："不知道。"老师自己好像也极度为难，声音压得特别低。

虎之介不在了。

已经不在了。

好像是距离自己很遥远的事，草太难以相信。

大家是不是轮流去经常丢三落四的架奈家"帮忙"比较好——二子的这个提议，后来也一直续了下去。

还以为这种事已经可以结束了呢。坦白说，在二子又来问草太"你不去吗？"的时候，他非常惊讶。

"咦？可是虎之介都出那种事了……"

草太不由得说。二子却一脸茫然，仿佛发自内心觉得奇怪，问草太："那又有什么关系呢？"

草太无言以对，沉默了下去。

同样的事在其他班级也开始了。

总是逃避打扫卫生的凉平。

有考试作弊嫌疑的朱音。

装病逃课的敬人。

……

"帮助他们改正吧。"二子呼吁大家，"大家互相帮忙，将他们改造成好学生吧！"

"为了班级。"他说。

草太不想去架奈的家。他每天都在祈祷，盼着架奈的妈妈快点出院。他郁郁寡欢地看着班里的其他孩子去架奈家帮忙,可是他自己绝对不会去。

不仅仅是班级。

整个学校的空气或者气氛都扭曲了,变得令人讨厌。草太悄悄地想,这都是二子来了之后的事。他绝对不会说出来,因为他害怕。

但是,他知道自己为什么说不出口,因为二子是正确的。因为他过于正确,所以自己说不出口。因为一旦说出口,错的那个人就成了自己。

没过多久,老师们就告诉他们,儿童会会长惹出了"命案"。

他被指控在自己家的阳台上将他妈妈推了下去。和虎之介去世时不同,大概是因为案件发生在紧挨着学校的小区,所以学校召开了一次全体大会。老师以"发生了一件令人痛心的事"为开场白进行了说明,随即停课,连续召开了好几天家长会——说实话,明明是自己学校发生的事,可是因为一连串的事件的间隔太短,草太甚至都来不及消化。

虽然很混乱,但他有一个念头。

幸好学校放假了。如此一来就不用监视同学了,也不用再去他们家了。只有这件事,让他真的非常庆幸。


以儿童会会长惹出"命案"那天为分界线,二子也不来学校了。

他既没有说要转学,也没有请病假,只是突然不来了,甚至没有听说像虎之介那时一样的流言蜚语。教室里还有他的座位,人却不来了。

班里的同学如梦初醒,不再监视彼此了。那到底是怎么回事呢?简直像是真的做了一场梦。可是,教室里属于虎之介和二子的两个空位却在告诉他们，这几个月发生的事并不是一场梦。

二子究竟怎么了呢？

草太一直惦记着这件事。那天妈妈正好出门，他一个人看家。

叮咚——门铃声响起的时候，草太还以为是快递呢，一边应门，一边漫不经心地打开玄关门。

结果他看到二子站在门外，独自一人。

"嗨。"他还是一贯的语气，老气横秋地打了声招呼。

草太有些不知所措，眨了几下眼睛，终于出声："你怎么了？"

二子看起来瘦了，身上的衬衫非常脏。草太有一堆话想问："你不来学校了，我还以为你出事了呢。"

"我要走了。"二子盯着草太，猝不及防地说，"所以来跟你打声招呼。你很有可取之处，我看中了你，不过非常遗憾，我必须走了。"

"必须走？是又要转学吗？"

"嗯。因为我换母亲了。"

"咦？"

是父母离婚，父亲再婚，所以要换母亲吗？

那岂不是出大事了吗？草太盯着二子的脸，谁知二子静静地摇了摇头："没什么大不了的哦。"

二子家里估计也有一本难念的经吧。一想到这里，草太的心口就紧了一下。

二子说："草太，你每天都让架奈抄你的作业呢。"

"咦？"

"那是不对的，对架奈没有帮助。"

草太吓了一跳。可是这时，二子却露出微笑。

草太认识他这么久，今天还是第一次见到他"笑眯眯"的表情。

## 第四章 组长

"那个……"

草太身上起了一层鸡皮疙瘩，莫名感到阵阵发冷。以笑眯眯的二子为中心，周围的空气好像一下子变冷了。

"——二子，你把班级变成那样，是因为虎之介在吗？"

草太曾经也很讨厌虎之介。可是，他从来没想过自己会再也见不到对方。草太回忆起最后一次在公园见到虎之介时他含胸缩背的模样。

"是因为虎之介做的事不可原谅吗？"

"不是哦。换句话说，那样的孩子随处可见。无论是虎之介，还是泽渡小区的那些人。"

"咦？"

"我之前还想让你代替我呢。"

代替？草太正疑惑时，就听见二子叹了口气，他的脸上依然笑眯眯的："偶尔是会有呢，像你这样的孩子。到底是为什么呢？我想了一下——你应该是被竹子守护着的孩子吧。"

"咦？"

竹子？是他理解的竹子吗？二子的话令他一头雾水。

提起竹子，自己确实每年春天都会去住在乡下的奶奶家挖竹笋，但也仅此而已。

"竹子啦，狗啦，其实我们应该避开的。可是，我们却更容易被身边有这些东西的人吸引。这就是我们不好的地方。"

这到底是什么意思呢？

在呆呆地思考着这个问题的草太面前，二子说："永别了。"

二子的脸无比苍白，简直是和冷峭的空气一样冰冷、冰冷的白色。微笑像是从那张脸上抽离一般慢慢地消失了。二子的面庞、身体、整个人都越来越稀薄，仿佛在渐渐地失去颜色，融化在空气里一样，从

# 暗袭

他的脚下延伸出一道长长、长长的影子。

黄昏时分,应该已经没有阳光了。可是,二子的身形不知何时从草太面前消失了,那道影子却仍然留在原地。

最终章

家人

# 暗祓

"已经不在这里了呢。"

站在空无一人的阅览室的正中央，白石要抬头望着天花板，猝不及防地说出这句话。

要像鸟儿张开翅膀那样张开双臂，仿佛在确认什么一样闭着眼睛，久久保持这个姿势，仿佛在对着什么祈祷，就像少年漫画的角色在封面上的招牌动作一样。如果是同龄的男生做这样的动作，她应该会无语吧，可换成是他，她完全笑不出来。

或许是因为她已经见识过一次他那敏捷的动作吧。当时她亲眼看到他摇着银色的铃铛，身形敏捷地追向逃跑的对手，用跟少年漫画没两样的战斗将"敌人"击退。

"不在了？"听到要的话，原野澪反问。

他的解释依然让人摸不着头脑。这种不按顺序、只说重点的说话方式，估计已经是要的习惯了吧，澪也已经完全不介意了。

要缓缓地收回双臂，点了点头："嗯。好像曾经在这里，但现在已经不在了。"

区立楠道小学是这个阅览室所在的小学的名字。被要带到这里时，她在校门处确认过学校的名字。

小学？要没有对满脸疑惑的澪解释，一步步走向校园深处。可以随便进去吗？"等一等！"她当时叫了要一声，要却不予理会，就那样毫不迟疑、笔直地走向这间阅览室。

## 最终章　家人

"喂，可以随便进来吗？外来人员应该不可以进吧——"

放学后的小学里已经没有孩子的身影了，校园里鸦雀无声。沐浴在橙红色的夕阳里的校园渐渐酝酿出黄昏和夜晚的幻想气氛，这里几乎感觉不到人的气息。校门敞着，老师们应该还在，所以并不是完全无人，然而奇怪的是，从这里的建筑物上完全感觉不到生机。

"没关系。他们来过的地方基本上会荒废，没人会在意外来人员。"

要头也不回，还是一贯自说自话的口吻。

澪问："你刚刚说不在了，是说花果吗？"

"不，是所有人。"

感觉他有些答非所问。澪不满地盯着要，只见他缓缓地摇了摇头，藏在薄外套里面的立领制服非常应景，大概因为小学也是"学校"吧。

要收回仰望天花板的脸，一言不发地走出阅览室。他时而停下来左右看看，时而眯起眼睛凝视走廊深处，简直像是在追寻看不见的箭头一样，过一会儿又接着往前走去。

澪觉得莫名其妙。可是，只有他知道——估计确实存在某些看不到的东西吧。因为高中二年级的那一天也是如此。当时，只凭澪的常识无法理解的某种东西，唯独白石要看见了。

要像是被吸引着似的走进一间教室。

"就是这里。现在已经不在了，但是曾经在。"

"咦？"

挂着五年级二班牌子的教室一看就是小学生的教室，一排排桌椅板凳比成年人用的矮上许多。每个座位上都放着目测是手工制作的坐垫和拉绳袋，墙上贴着孩子们的画和字帖。感觉是随处可见的小学生的教室，澪没有发现任何特殊之处。

要缓缓地走向教室后方。他抬起纤长瘦削的手臂，缓缓地用手遮挡在教室后墙的前面,死死地盯着某一个点。

那究竟是什么呢?

澪在旁边偷偷瞧了一眼,好像是一张表,上面写着"小红花贴纸表",一组、二组、三组——在列出来的各组的名字旁边,贴着许许多多红圈贴纸,数量多到几乎要从这张表上溢出去了。

"原野同学。"

听到这个似曾相识的声音,是上周的事。

明明人声嘈杂,为什么自己会知道有人在叫自己呢?后来她曾感到非常奇怪,但是那个声音她想忘都忘不掉,所以肯定是因为耳熟才会立刻反应过来吧。

当时,她念的大学正在举办春季校园文化节,她来临时小吃店帮忙。

澪所在的教育系志愿者社团那天卖的是可丽饼。她值完销售员的班,正准备跟二年级的前辈交接。小吃店盛况空前,她从排队的客人的队列中挤出来,正准备在帐篷的一角脱掉围裙和三角巾。恰好是在这个时候,听到自己的名字后,她惊讶地抬起头,看到白石要站在自己面前。

她不由得屏住呼吸。连她自己都清楚地知道,自己连眼睛都忘了眨。

可是她并不吃惊。虽然时机很突然,但是只要是和他有关的事,她的心早已丧失了吃惊这个概念。

"要……同学。"

## 最终章　家人

白石要。

曾经在不合时宜的季节来到澪念的高中的转学生。

距离最后一次见到他，已经将近两年了。他们在同一间教室里度过的时光非常短暂，恐怕连一个月都不到吧。

看到他的脸，有个记忆里的声音陡然从耳畔掠过——从老家后院那片从小玩到大的竹林里穿过的风声。

崇拜过的同社团的学长，第一次交到男朋友的喜悦，在此之前经常和女友们聊起的愉快的恋爱故事、沙穗、花果——失踪的花果。

"我和三年级的神原学长在一起，别担心哦。"

看到那份留言时的震惊、痛楚——

要在竹林前对神原一太说的话；不知道遭遇了什么、转瞬间伤痕遍布、鲜血淋漓的学长的脸；因为痛苦而神情扭曲、狼狈逃跑的神原一太——

"听说昨天在三重县的山中，发现了一具身份不明的男性遗体。"

听到要的话之后，澪请求他："带我一起去。"——如果去找花果他们，带我一起去。因为我是她的朋友。

听到她的请求，要沉默数秒，然后郑重地点了点头，说："好。"

白石要从澪的高中消失是次月的事。

他好好地和她在一所学校待了一段时间。虽然没有主动跟澪说过话，但他们都会意识到彼此的存在。在消失前不久，要对澪说过这样的话："原野同学，以后无论去哪里，记得随身携带你家后面那片竹林里的东西，叶子也好，别的也好，千万别忘了。"

见她一脸茫然，他又补充："那片竹林非常好哦，跟原野同学很亲近。"

他脸上并无笑意，但她好像在说这句话时的要的脸上，第一次看到类似微笑的温柔表情。澪被他的表情感染，不由得点了点头。

说过这番话的第二天，要就消失了，真的是突然间不再来学校了。那天他没来，她还以为他只是感冒了，但是直到第二天、第三天，他都没来上学。她慌里慌张地跑去问班主任南野老师，从对方口中得知"白石又转学了哦"时，澪怅然若失。他抛下自己走掉了——尽管有过这种念头，她的心里却不可思议地坚信——

要肯定会来接她。

在澪的钱包夹层里，至今都夹着一片竹叶。

所以，他突然间出现在大学的临时小吃店前时，她也并没有多惊讶。

那之后已经过了将近两年，她已经高中毕业，离开千叶的老家，在金泽上大学。就连他突然毫无征兆、理所当然地来找她，她好像也早已做好了心理准备。

以前，她曾经觉得要种种冒犯的接近方式、说话方式很"可怕""恶心"之类的，不过现在她已经不会这么想了。她很高兴他没有忘记与自己的约定。

要静静地盯着澪："我来接你了。我找到他们了。"

"你还记得呀？"

"嗯。"

要说完就又陷入了沉默。他好像还是很不擅长跟别人聊天。

浮肿困倦的眼睛、乱蓬蓬的头发。

虽然以前完全没有意识到，但是人就是这么势利。自从被要救过以后，再仔细一瞧，澪发现他不光四肢修长，身材也很好；就连那过于清瘦纤细的不协调的体格，都有种让人移不开目光的独特而又危险的奇妙魅力；包括那平缓的眉形在内，他的面庞似乎也比之前更柔和了。

"你找到花果了吗？"说出这个名字的时候，澪的心口立刻感到一阵绞痛。

花果，自己一直视为死党的朋友。这两年里，澪不知道多少次想起过她。在车站或者学校前，她曾好几次看到花果妈妈在发女儿失踪的传单，请求大家提供信息。他们说我女儿是在自己的意志下离开的，可她才不是那种无缘无故离家出走的孩子——她流着泪站在街头求助。

事到如今，澪才恍然意识到，自己之所以填报远离老家的大学的志愿，或许就是想要远离那条街道吧。澪和沙穗放学回家，在学校前的站台等公交车的时候，总是会遇到拿着传单的花果妈妈。每当她用有些空洞的目光，对她们说"大家马上要高考了呢，真好"时，澪的心就有种被狠狠地撕扯的感觉。

可是，她没有想过会耗费这么长的时间。

要回答："大概找到了。"

他像是近视的人为了看清什么东西一样眯起双眸。这个眼神和当时看着神原一太时一样，读不出任何感情。

"你还想跟我一起去吗？"

"嗯。"

澪毫不犹豫地回答。她解开围裙，心想，现在正好是文化节期间，大学这段时间没课。

她突然"扑哧"一声笑了出来，因为这么守规矩的要有些好笑。他特意来金泽接澪，哪怕澪说不去，估计他也不会介意吧。既然答应过了，那就来一趟吧。他这种异于常人的思维方式，哪怕他们只是在同一间教室里度过短暂时光的关系，也有些令她怀念。

"咦？原野。你要回去了吗？"

澪刚刚将围裙叠好，把三角巾收起来，背后突然传来一个声音。是刚刚下班的三年级的学长，他有些慌张地望着她。刚进这个社团不久，她就有好几次察觉到他对自己有意思。虽然他从来没有直截了当地表示过，但是不知道是不是他对自己很有自信，他总是强行将她拽入这种气氛里，她每次都会委婉地拒绝。此时他也用露骨的诧异目光盯着突然出现的要。

"话说回来，这位是？啊，对了！"学长原本有些不悦的眼睛里突然浮现出喜色，"难道是原野的弟弟？你说过自己有个弟弟吧？我记得是叫零吧。他来找你玩了吗？"

"不，是高中时代的男朋友。"澪说。为什么这些男生总是记住她弟弟的名字，并且故意叫出零这个名字呢？

她说出"男朋友"这个词后，没想到不光是学长，连要的眼睛都瞪大了。尤其是要，他的眼睛像受惊的猫一样瞪得滚圆。她还是第一次见到他的这种表情。

虽然有些好笑，但她连气都没换，就继续说："今天他来找我了，不好意思。我的班正好排到今天，从明天开始就不来文化节了。大家和小吃店就拜托你照顾啦。啊，还有这个，我拿一个哦。"

她拿起一个插在柜台前方货摊上的可丽饼，每个志愿者都可以拿一个当员工餐。她将裹着淋了一层巧克力的香蕉和鲜奶油的可丽饼塞进要手里。

"吃吧，要是你不讨厌巧克力香蕉的话。"

"……不讨厌。"

她留下愣愣地看着自己的三年级学生朝前走去，旁边的要犹豫地咬了一口可丽饼。见状，她不由得说："要同学也会吃东西啊。"

"当然会吃。而且刚刚的奶油快要流下来了,我讨厌弄脏手。"

听到他的话,她忍俊不禁。

要立刻看向澪:"怎么了?"

"没什么,就是有些意外,你居然也会说这么寻常的话。"

"当然会说。"

既然他会回答,就证明他具备知道"寻常的话"是什么意思的常识吧。所以,她顺便又问了他一个问题:"能问你一件事吗?"

"什么事?"

"为什么你还穿着制服?"

她对他的突然出现并不意外,不过,唯一一个让她感到别扭的地方就是这里。他们应该已经高中毕业了,可是,要在浅驼色的外套底下却穿着和他们刚遇到时相同的制服。他在转学到澪他们的高中后,还没等新的西装制服做好,就又转学走了。所以在同一间教室上课期间,要一直穿着这件立领制服。

"哦哦——"

要缓慢地摇了摇头。这个动作让她突然陷入一种错觉,仿佛唯独他的时间停止了流逝,不老不死、没有任何变化地突然出现在这里。其实哪怕他不老不死,澪也不会感到惊讶。但是,要简短地回答她:"我只带了这件。"

说完,这次轮到他笑了。咦?他居然有笑这种情绪吗?澪吃惊地抬头望着要的脸,然后听到他说:"你好像变坚强了呢,原野同学。"

◎

第二天,他们从金泽坐新干线到东京站,随即换乘地铁,来到东京都内的某个街区。澪还是第一次到这里来。

　　这个街区给人的感觉很宁静，不光有大型公园和超市，道路两旁的行道树也整齐美丽，真的是一个适合有家庭的人或者孩子居住的地方。

　　可是——怎么回事？

　　总觉得这里有些阴森。明明有物理性质的阳光，但是整个街区都像是笼罩着一层阴影。明明不可能，天空却像是被一个巨大的屋顶或者盖子遮挡住了。

　　但是往天上看，却看不到任何遮挡物。

　　要走出区立楠道小学，带着澪走向小学附近的一个规模很大的小区。

　　一个非常大而且非常漂亮的小区。听到"小区"这个词，澪的脑海中会浮现出大楼林立的画面。不过，这个小区完全没有那种乏味的感觉。混凝土墙壁的质感保留下来的同时，还有一部分墙体镶嵌了玻璃，设计中有着恰到好处的新鲜感。玄关、大门以及建筑物上的美术字体非常时髦，简直像是电影里的外国酒店。

　　这里的租金肯定也很高吧？不过一来到入口附近，她的腿就莫名地软了，她也不知道这是为什么。这个小区非常棒，但是自己不想住——她应该绝对不会住在这里吧。这种念头强烈地涌现出来。

　　沐浴在夕阳下的建筑物的墙面明明被照得很亮，但是莫名阴森，和街区给人的印象一样。

　　"你在那里等我一下。"

　　要指了指小区正中央的公园。她听话地坐到长椅上等候，看到要消失在南侧楼栋的方向。过了一会儿，他回来了，手里还拎着一样东西。澪不由得大叫出来："咦？！"

是装狗或猫等宠物的航空箱。她忍不住起身跑过去,听到要说:"是我借的。等会儿可能会用到。"

"借的?狗吗?"

可能是猫,但从航空箱的大小推测估计是狗。刚问完,里面就传来一声小小的"汪"。听到那个声音,澪的口中发出一声软得快要化了的"哇——"。在上小学之前,澪的家里也养过狗。一想到它的毛色还有兴奋时急促的呼吸,她的心里就怦然一动。

"这孩子好像有些应激呢。会不会平时没怎么进过航空箱呀?感觉它很不适应。"

听到澪的话,要咕哝道:"或许吧。"从里面不停地传来小狗"噔噔噔噔、噔噔噔噔"的着急的踏步声,让她有些不放心。

"不把它放出来吗?"

听到澪问,要小声咕哝道:"唔。"思考了一会儿他才说,"再等一下。放它出来也行,不过要是它跑掉就麻烦了。等会儿行吗?因为是室内犬,去我借的房间之后再放吧。"

"借的房间?"

她确实担心过,如果长期逗留的话,住宿该怎么解决。要不会跟她解释关键的问题,澪也已经习惯了他的作风,所以并没有特别询问。

"你在这个小区借了房间吗?需要做到这个地步吗?"

难道这样做是为了搜寻要口中的"他们"吗?要极其理所当然地点了点头:"借了几间房。这里的所有者三角地产委托我,说是可以随便使用。"

"三角地产……"

三角地产是一所大型地产公司,在公寓的广告或者商业设施的电视广告中经常看到它的名字。

"几间房……是几户的意思吗？不是同一个房子里的不同房间，而是我和你住在不同房子的意思吗？"

哪怕是不同的房间，和同龄的男生住在同一个房子里，澪还是会有所抗拒。听到她的问题，要轻轻地点了点头："嗯。有好几户都空着，可以随便住。"

"这个小区是怎么回事？"

"有一名主妇失踪了。"

从他拎在手中的航空箱里，不停地传来前爪轻轻地踩来踩去的声音，噔噔噔噔、噔噔噔噔。

"除此以外还死了几个人。我觉得想要找到他们，估计要从这个小区找起。"他面不改色地对她说。

◉

"好啦，可以出来啦。"

澪将航空箱放在地板上，一打开门，里面就钻出一条长着茶色尾巴的小奶狗。它迫不及待、活蹦乱跳地跳到地板上。

只是看到它系着红色项圈的小粗脖子，澪就被它可爱到了。她想起了上小学之前家里养的柴犬小六。小六去世后，母亲得了丧失宠物症候群，因为不想再经历一次那样的悲伤，之后就再也没有养过狗。但是，澪一直盼着进入社会以后可以重新养狗。

估计这份感情并不能传递给它，不过，尽管是跟他们第一次接触，跑出来的小奶狗却非常冷静，对澪或者要没有表现出任何戒心。

这是一条有着圆溜溜的眼睛、看起来非常亲近人的小豆柴。

"这孩子叫什么名字？"

"小八。"要回答。

既然借的房子在小区里，即使房间格局多少有些不同，应该也会散发出同一栋楼的气息，小八也能获得安全感吧。意外的是，要似乎也很习惯与狗狗相处，对小八的态度非常自然。小八靠近要的手，将鼻子埋进去。小八好像也完全不怕他。

虽然没有到"露出微笑"的程度，但是和小八互相触碰的要的表情却有着前所未有的温和。在金泽的大学重逢的时候，他和以前一样穿着立领制服，她觉得哪怕他不老不死也不奇怪，但是冷静下来仔细瞧瞧，才发现要跟高中时代相比成熟了很多，他的年龄确实有在增长。虽然立领制服在他身上几乎没有违和感，但是跟那个时候相比，他好像更可靠了，或者说更有气质了。

他究竟从哪里来？他是个什么样的人呢？

不知道该不该说她料事如神，要借的房间果然异常简陋。卧具以及洗脸盆周围的牙刷、洁面泡沫就是这里全部的生活气息，厨房里连冰箱都没有。不过，迎接小八的准备工作倒是做得挺周到，厕所里放着狗主人提供的小八的狗粮和便盆。

看到摆在镜子前的牙刷和洁面泡沫，她心里冒出一种异样的情绪。

原来生活气息为零的人也在认真地生活啊。她带着这种奇怪的感慨打量着房间，过了一会儿，听到要说："原野同学可能会选的房间，我已经请家居公司的人送了被褥和窗帘过去。不过，有的房子里其实应有尽有，直接使用也没关系。"

"应有尽有？"

"没错。因为有很多房子的房主就跟连夜潜逃差不多。不过，陌生人留下来的床，你应该不会想睡吧。"

太危险了。她不由得噤声，看到要缓缓地站起来。被要抱起来的小八舔了舔他的手指。估计是判断它不会逃跑吧，要并没有把它放进航空箱，而是用手抱着它，走向房门的方向。

"今天就再去看一家吧。"

要带澪去的下一间房位于小区另一侧的北栋——顶楼。

这家门上挂着"泽渡"的门牌和干花的花环。从花环上掉下来的枯花和树叶散落在地板上。

似乎是提前拿到了钥匙，要直接打开了"泽渡"家的门。

刚踏进屋内，她立刻无意识地屏住了呼吸。

这个家的品位非常棒，像是在杂志上见到的房子那样时尚，简直跟商品目录一样。装饰画、纹理优美的挂衣架、桌子、椅子、洁净无瑕的冰箱，而且室内非常宽敞。和其他房子的格局明确不同，一看就是一个非常特殊的房子。

小八从要的手中跳下来，轻轻地叫了一声："汪！"

这个家是怎么回事？正因为这里给人的印象像商品目录一样完美，如今空无一人才更加让人觉得阴森。而且，平时她绝对不会随便闯进素不相识的人的家里，所以愈发有这种感觉。

"这个家里的人呢？"

"要么死了，要么不在了。听说可能跟失踪的主妇有关。"

要像今天在楠道小学的阅览室里做的那样，像鸟一样张开双臂，闭上眼睛，深呼吸。

"他们好像也在这个家里进出过。虽然无法判断传言的真伪，不过，他们估计是通过进入学校活动或者主妇团体的内部，一点一点向周围散播黑暗的吧。"

"散播黑暗"这句话激起了她的回忆。

高中时代的自己的手机；一条条可怕的LINE消息；对方无休无止

地发送给自己的某种骚扰性质的话语；在"因为自己有错"这种不健全的情绪的驱使下，不停地反省再反省的那种感觉。

"这些家伙会把自己的黑暗强行散播给别人哦。"

要曾经盯着神原，说出这番话："屠杀全家。——先以家里的某个人为切入点，笼络对方，不知不觉地进入对方的家，强行让对方接受自己的理论，让对方觉得是自己错了，将你的话奉为真理。进入对方的家后，再不知不觉地支配家中的所有人——"

那一天，听到"屠杀全家"这四个字后，她难以置信，觉得是无稽之谈。此时此刻，这四个字带着无比真实的分量，在这个还保留着家具和生活气息的房间里再度响起。他的意思是说，就像自己当初被神原逼得走投无路一样，同样的事也在这个家里发生过吗？

"'散播黑暗'究竟是什么意思？你是说神原一太对我做的事，在这里也通过那位主妇发生过吗？"

外面暮色四合。要应该不是第一次来这里了吧。他像在自己家一样打开玄关旁边的鞋柜的门，将位于上方的断路器扳上去。鞋架上有一双儿童款式的运动鞋。啊啊，这个家里有小孩啊！想到这里，澪的心口不禁一痛。

按下墙上的开关后，灯开了，房间亮了起来。在灯光下，要终于向她解释："我正在找的那些家伙会通过散播自己的黑暗，将对方心里的黑暗勾出来，从而将对方拉到自己的阵地。他们会对对方穷追不舍，夺去对方的思考能力或精力，让对方分不清对错。通过禁锢对方的视野，培养对方体内的黑暗。被他们盯上的人本身也会变得让人讨厌。"

"讨厌？"

"没错，讨厌。他们会让对方变成面目可憎、有攻击性以及会将自己体内的黑暗散播出去的人。通过这种方式，他们将对方身边的人也拽入死亡或者黑暗。估计这个小区已经发生过这样的事，现在已经是结束的状态。"

"事情都是要口中的'他们'做的吗？"

"没错，神原香织。"

她瞪大眼睛。神原，和学长是同一个姓。要静静地盯着她。澪下定决心问："是和一太学长同一个姓吗？"

"是的，因为他们是家人。"

澪瞪大了眼睛，连眨眼都忘了。

"你要看吗？"

要在这时掏出手机，检索到某个界面之后递给澪。

"你知道汇总凶宅的网站吗？这个网站会整理因为事故或者自杀有人去世的房子或者房间，连同死因和日期一起公布出来。"

"……听说过，但是没有看过。"

"这是神原一家搬到这个街区之前这一带的地图。"

好像可以按照从哪一年到哪一年的区间进行显示。屏幕上有一些星星点点的蜡烛标志，每一根蜡烛好像都代表某个人的"死亡"。遍布在地图上的蜡烛确实会让人联想到死者。用手指单击某一根蜡烛，好像就会显示与该房产相关的死亡者的详细情况。

"然后，这是他们来了之后。"

要的手指操作了一番，只见屏幕上蜡烛的火焰标志同时猛烈地摇晃起来。摇晃得尤其猛烈的是这个小区的上方——将手指放在巨大的蜡烛上方，立刻有密密麻麻的文字显示出来——"南栋515室前廊下、跳楼自杀""顶楼意外坠亡""北栋601室、谋杀""北栋701室阳台、谋杀"……

她回忆起自己刚刚走进来的那扇门上的房间号，难不成发生了谋

## 最终章　家人

杀案的"701室"就是——她忍不住想要往阳台的方向看。"谋杀"二字令她心里凉飕飕的。

不仅是这个小区，地图上到处都散落着小小的蜡烛。这些蜡烛密密麻麻地排列在地图上，让人联想到在神社的神殿里举行的仪式。

无数根新蜡烛在以前没有的地方竖了起来。

"那家人一来，就会有人死。他们就是这样的一家人。"要斩钉截铁地说。

铃井俊哉心情很好。

最近公司的管理层发生变动，他们这些一线员工的意见远比以前更容易通过了。之前的上司思想陈腐，喜欢职权骚扰，认为增进交流最重要的是"酒桌交际"，简直专横至极；没想到后来的女上司也越来越没用，因为要带孩子，居然试图压缩上班时间，导致他们一线的工作非常辛苦，压力特别大。

但是，现在不同了。

铃井喜不自禁地哼着歌，回忆着几个月前，心想女科长果然挑不动销售部的大梁。

丸山睦美是四宫食品第一位从一线爬上来的女销售科长。铃井他们的销售二科曾经因为这件事士气大振，对她的期待也很高，但是丸山睦美辜负了他们的期待。不知道是不是被"第一位女性科长"这一头衔给压垮了，她动不动就把隔壁的销售一科视为眼中钉。

"不能输给一科，我们也必须做这个！"

"喂，你的工作兜来兜去，还不是在给一科作嫁衣？"

"喂，神原，你跟一科的科长很熟吗？各位，神原是一科的卧底，绝对不可以对他掉以轻心！"

无语，什么卧底啊！他哑口无言，但是睦美本人好像非常认真，真心实意地觉得他们科的业绩上不去，都是神原和一科的错。

可是，一科和二科就连负责的商品都不一样：一科负责的是生鲜食品，二科负责的是冷冻食品这一类的加工食品。虽然二科在跟客户联系的过程中，经常会应对方的要求把一科介绍过去，或者帮忙对接其他部门，但是二科也会这样做。"作嫁衣"啦、"卧底"啦这样的话，他已经不想再听了。

"亏我那么信任你，神原。你不是对我说我肯定没问题吗？！"

在无人的会议室里，睦美紧紧地揪住一脸为难的神原，那副样子很反常。神原身材高大，外表也很绅士，所以二人简直像是在乱搞男女关系，他有一种非礼勿视的心情。

当时，铃井虽然尴尬，还是进去制止了她："科长，我觉得你那样说不好，这里是公司。请你冷静一点——"

铃井进去制止她后，神原不知所措的脸上浮现出无比温和、踏实的表情。啊啊，铃井，太好了。让科长休息一下吧——

他的表情令铃井回忆起前任科长佐藤不停地给神原打电话时，公司曾交代他"不要接佐藤电话"的事，听说当时神原好像长舒了一口气。

"总是经历这样的事，神原先生也挺不容易的。"

"是啊，当时我打从心底松了口气。"听到铃井的话，神原微笑着回答，"听说我可以不用接他的电话时，我心想，啊啊，我的任务终于结束了。当时我觉得自己解脱了，真的踏实了不少。"

佐藤科长后来在相关公司的仓库又犯了故意伤害罪。不知道是不是易怒的性格带来的恶果，他因为工作上的口角殴打了下属，这一次公司总算将他辞退了。不过，后来也不知道他是不是自暴自弃了，居然跑来公司控告上司"非法解雇"，大闹一场之后，被保安给轰了出去。

再后来，他在家中自杀。听说他还逼迫自己的夫人一起殉情，并且在遗书中大肆表达了对四宫食品的怨恨。

听说佐藤科长的下场之后，无论是铃井还是公司的同事们都大为震动。其中情绪最激动的是睦美，她在上班时间发出悲怆的质问："你们觉得是我逼死他的吗？大家都是这么想的吧？都觉得是我杀了他吧？"

她的状态也传入了高层耳中。公司劝睦美回家疗养一段时间，可她大吵大闹，说："你们私自认定我是抑郁症，这是职权骚扰！"不知道是不是因为太累了，那天回家的路上，她在车站的台阶上跌倒，摔到脑袋，住院了。听说至今她还没有恢复神志，生命垂危。

"我们公司是不是被诅咒了啊？"同事滨田苦哈哈地说。铃井也点头附和"是吧"，但是心里又觉得这下清静了，因为，铃井已经不想在公司听到睦美的唉声叹气了。

他觉得二科的新科长让神原当比较好，不过神原毕竟是跳槽来的，他们公司在这方面好像很古板，所以或许比较难吧；但是，最近二科的业绩基本上不是靠睦美，而是靠神原抓住客户的心才拿下来的，他很为神原打抱不平。

就连铃井都没有察觉到，神原已经在不知不觉间获得了各种各样的客户的信赖。好像很多人都和佐藤科长的思路相同，不知道从什么时候开始，又有客户以"阿仁"这个令人怀念的绰号来叫他了。阿仁，关于前段时间商量过的店铺的事、关于我女儿的事、关于我丈夫的事、关于我男朋友的事……不知不觉间，各种各样的人的心事和秘密都汇聚到他那里。铃井觉得他人品太好了。

　　铃井回想了一下，自己好像也在不知不觉间，越来越频繁地找神原谈心、商量事情了——对现在的上司的不满、希望公司改变制度的事、老家生病的祖母的事、对学生时代分手的女朋友旧情难忘的事、认为她不应该跟自己分手的事……

　　"我懂，我懂哦。"神原会倾听铃井的话，鼓励铃井，"你前女友居然跟你分手，她真的做了一个非常遗憾的选择。"

　　自己好像也开始来来回回讲同一件事了。即便如此，神原也会耐心地、设身处地地为他出主意。铃井觉得他真的是个大好人。

　　"神原先生，你也会有烦恼吗？"刚问完，他的心里就"啊"了一声，陡然意识到这个人刚刚失去了夫人。他觉得自己是糊涂了，才会说出这么不过脑子的话。但是，神原脸上依然挂着温和的笑意："我家老大一直不出门哦。要说烦恼的话，这应该也算一个烦恼吧。不过，我希望孩子在他觉得合适的时机做他力所能及的事，所以并不打算催他。"

　　如果这个人是父亲，肯定是位理想的父亲，他想。

　　就在前几天，这位"理想的"神原被破格提拔了。

　　神原居然不再担任普通员工的职务，而是作为新的管理顾问，被提拔为四宫食品的常务董事。这件事太离谱了，以铃井为代表，整个公司一片哗然。不过，据说他的晋升获得了社长的热烈支持。

　　"我夫人的事也有一部分原因，我本来是打算辞职的，但是社长强烈挽留我。"神原一脸惭愧和为难地说。

　　他原本打算瞒着自己默默离职吗？一想到这里，铃井就有股郁闷从心头掠过，但是又庆幸于他选择留下。

　　据说是社长在听说神原以前在其他公司做过经营顾问之后，直接

提拔他为董事的。

"你愿意接受常务的任命,我特别高兴哦!"

铃井在公司撞见了社长跟神原说话的场面。进公司以来,铃井很少跟社长说话,不过,神原和社长的关系好像在不知不觉间变得特别亲密了。

神原以前做过经营顾问,铃井并不知道这件事,他渐渐地开始埋怨神原瞒着自己。虽然明白自己没必要介意,可他有种神原被别人抢走的感觉,心里有些郁闷。如今神原变成了上司,这件事固然令他开心,但是他不允许神原离自己越来越远。我还想多找你谈心呢。

是不是有人说过他是医生来着?

铃井试图回忆,可是那句话是谁说的,什么时候说的,他完全想不起来了。

有一天,有个女人来找已经是董事的神原,似乎是来给他送午餐便当的。看到铃井,她主动寒暄:"这位莫非就是铃井先生?"

"啊,是的,我就是铃井。"

"经常听我家那位说起你,说是有个年纪轻轻却出类拔萃的同事。不嫌弃的话,请收下这个,跟大家一起尝尝吧。"

铃井接过她递来的包装盒,打开一看,里面是带有精致的奶油裱花的南瓜挞,完美得像是买来的。

女人回去后,他喊住跟自己在楼层擦肩而过的神原,问他:"对了……神原先生,刚刚的那位是?我收到了她送的糕点。"

神原闻言笑了。

"啊,是我夫人。"他淡淡地回答。

# 暗被

神原二子站在新班级的黑板前做自我介绍:"我的名字是爸爸妈妈取的,寓意是表示微笑的'笑眯眯'。大家可以随便叫。请多多关照。"

他抬起脸,目光在全班同学的脸上扫过。

随即,他看向教室后方的公告栏。一共六组。很好,公告栏够用。

"老师,我有一个提议。"

"哦?什么提议?二子同学。"

"要不要制作一张表,给做好事的组和表现好的组贴贴纸呢?"

他将银框眼镜往上推了推,拿着制作好的"小红花贴纸表"开始向班主任老师进行说明。

宫崎翔子站在衣柜前,因为决定不了穿哪件衣服焦虑不已。

这件不行,太拘谨了,像是去参观公开课;这条连衣裙挺可爱的,但是会被认为自己用了很大劲儿打扮;这条半身裙又太土了……

翔子上次为穿衣服这么发愁,还是在十来岁跟喜欢的男生约会的时候。不过,她最近每周都会愁上一次。茶话会前,她把从衣柜里拽出来的衣服扔得到处都是,房间里连个落脚的地方都没有。

她看了眼时钟,已经一点半了,再不正式准备茶水就来不及了。

从烤箱里飘来烤香蕉蛋糕的香气。翔子独自站在充满甜香的房间里,有种想哭的心情。

为什么自己要遇到这种事呢?但是,她其实知道原因。

都怪那个人——神原香织来了。

"咱们公寓楼好像有挺多人的小孩是同学呢。如果可以的话，各位妈妈要不要一起喝茶？"

在此之前，公寓楼的妈妈友们都以翔子为中心聚在一起。

翔子的丈夫是在大学的医院里上班的医生。虽然她并没有秀优越感的意思，但是她想在第一次见面时尽早将这件事告诉在场的所有人。否则，如果在其他人炫耀自己没什么了不起的丈夫或职业的时候再说，就会有种故意让对方出丑的感觉，会令她过意不去。

在此之前，她也跟丈夫同样是医生的妈妈友们一起玩过。但是，她们的丈夫不过是一些小医院的私人医师，哪怕是在综合医院上班，跟她丈夫相比也是不值一提的低等级医院。丈夫的工作单位可不仅仅是大学医院，还是C大附属医院，况且他还是外科医生。不光如此，他还是下一届管理层的候选人之一。哪怕都是医生也完全不同。

从以前开始，她就对自己不服输的性格有自知之明。不过谁让她各方面都比别人优秀呢？这就是翔子的天性。只要进入新环境或者新集体，她就想先告诉周围自己是第一名——这会让各项事宜更容易推进，大家也不用出没必要的洋相。

所以她觉得因为这个叫神原香织的主妇是新来的，才会这么无知。她还不太清楚我是什么人，才会邀请我参加什么茶话会。

她还没认清自己跟我的身份之间的差距。

所以，翔子反客为主地邀请她："哎呀，茶话会的话，我家经常办啦。神原太太要是有空的话，欢迎来玩哦。"

"是吗？那就谢谢你的邀请了。"

那位妈妈很像电视上的某个人——周围的人都在悄悄地议论这个，这也令她不爽。不过在翔子看来，她身上的衣服总是那么旧，莫名给人一种很疲倦的感觉，长相也很显老，连头发都乱蓬蓬的。她就不能好好打理一下吗？

在招待这位神原香织的茶话会上，翔子开门见山地告诉她："不光是我老公哦，其实我之前也是医生。不过小孩出生后我就休假了。"

每次像拿出最终王牌一样挑明这件事，都让她心情大好。不仅是我丈夫，我自己也不是池中之物。你们这些平凡的家庭妇女估计想象不到吧？！可是，听到她带着骄傲说出来这句话后，香织却面不改色。

"啊，我也是。"她露出微笑，"要保密哦，其实我也是。"

翔子愣住了。

怎么可能？翔子盯着她瞧了半天，喝着茶的香织却泰然自若。

"你之前在哪家医院上班？""你上的是哪所大学的医学系？"面对翔子的问题，她也只会含糊地说句"这个嘛"糊弄过去。那副态度就好像想要刨根问底的翔子更没品一样，翔子心头不禁涌上熊熊的怒火。你怎么可能是医生啊？你知道我走到今天付出了多少努力吗？你以为这么明显而生硬的谎言我会信吗？

翔子有些暴躁，但更加令她暴躁的是，她端出来的手工点心，香织一口都没吃。

"好像很好吃呢。"香织说完这句话却连碰都没碰，又时不时地聊到一些侧面透露出自己喜欢下厨、自己也经常做点心的话题。简直像是在挑衅。

这个人这么让人不爽，下次不叫她就是了——明明是这样想的，可是，翔子也不知道自己为什么会不停地叫她。

她明明不怎么开口说话，只是笑着坐在那里，自己的步调却总是会莫名其妙地被她打乱。为什么这个女人从来不说我厉害？也不会满足我的期待？或许我是想让她承认我厉害，向她显摆显摆，今天才会又邀请她吧。

叮咚——玄关的门铃响了。

听到那个声音，翔子吃了一惊。

这一天的茶话会成员已经到齐了。那位讨厌的香织也来了。今天她也将自己做的南瓜挞递到翔子手上，说："这是我用每年都会收到的南瓜做的，不嫌弃的话请尝尝看吧。"

翔子今天做了香蕉蛋糕。就连蛋糕会重样这种事她事先都想不到吗？

"哇，好像很好吃！"其他妈妈发出天真的赞叹声，也不知道她们心里是怎么想的。她按捺住焦躁，将香蕉蛋糕和南瓜挞一起摆到桌子上。感觉大家盘子里的南瓜挞消灭得更快，这也令她焦躁不已。

香织一脸平静，哪块蛋糕都没有吃。她不会吃翔子做的东西。

"对了，香织老公是做什么的？"

今天一定要问出来。她带着这一信念问出口，但是香织没有回答。另一位妈妈代替香织回答："我记得是食品公司？"

原来是工薪族啊，翔子轻蔑地看向香织。

她们继续聊了起来："是四宫食品的董事吧？好厉害。"

"嗯，算是吧。"

香织露出微笑。听到"董事"这个词，翔子有一些窝火，不过，四宫食品不过是一家算不上大公司的中小型公司，没什么了不起的；而且我说你呀，要是想被别人说"好厉害"，那就好好地给我承认别人"厉害"啦，她焦躁地想。

"香织，你家二子上面还有个哥哥吧？"

"是啊。"

"哥哥几岁了？听说年纪不小了，难道已经上大学离开家了吗？"

"这个嘛，可以这么说吧。"

# 暗被

香织一边含糊其辞地回答着，一边像是在发邮件似的频繁打开自己的手机，不知道在操作什么。来参加人家的茶话会，哪有像她这样的？这一点也让翔子烦躁。

只要香织来了，她就会成为话题的中心，令人扫兴。反正等会儿要聊的肯定是那个"哥哥"在某所好大学念书之类的吧。不过肯定不是医学系。我倒是已经决定让我家小孩去医学系了。

香织将喝红茶的杯子放下，然后，罕见地主动看向翔子："对了，我之前就很想问了。"

"什么？"

"那幅画是真迹吗？"

"咦？"

香织指着那张贴在客厅墙上的海报。那是翔子学生时代的畅销书的封面，好像是一位英国画家画的海边小镇的画——一幅名画。

哈？她想。那幅画太有名了，有名到不会让人产生是不是"真迹"的想法。虽然不知道真迹在哪里，但是，肯定要么在画家本人那里，要么在某个美术馆之类的地方吧。贴在翔子家的这幅是海报。

"不是真迹……是海报。"

"哎呀。是吗？原来不是真迹啊。"

真让人上火。翔子想都没想就问："你的说话方式会不会有点不礼貌？"

"哎呀，因为我认识画那幅画的作者本人啦，我还以为你也是呢。"

"咦？"

翔子的声音和表情都有些僵，但她的心却怦怦直跳。

早就在等了。

早就在等你秀优越感了。等你对我使尽浑身解数、像小丑一样表

现自己,然后,我就能反击回去了。话说,刚刚那明显是在自吹自擂吧?大家也都看到了吧?这个人对我秀优越感了吧?

既然对方挑衅了,那么我也要应战,我早看你不顺眼了。正在翔子准备反击的时候——

"是这幅画吧?"

香织不知何时掏出了手机。不是智能手机,而是翻盖手机。现在这个时代还有人用翻盖手机吗?但她用的确实是翻盖手机,而且屏幕上还有裂纹。

她打开的页面里出现的正是贴在翔子家的那幅画。

"对了,还有这个。"

她又打开了另一个页面,出现的是翔子身上的这条碎花裙。裙子虽然并没有多贵,却是翔子喜欢的品牌的当季新品。她打开了那个品牌的官网。模特穿着同样的裙子,下面甚至还有 37000 日元的标价。

虽然她从刚刚开始就在玩手机,但是谁能料到她是在查这些啊?

"这条裙子还挺贵的呢。我觉得挺漂亮的,想着也买一条试试呢。"

身边的其他人都安静了,翔子也目不转睛地盯着对方。这个人是不是有点毛病啊?

叮咚——就是在这个时候,门铃声响了。


听到声音,翔子非常诧异。

茶话会的成员已经到齐了,应该不会再有人来了——究竟是谁啊——她疑惑地抬起头。

"来啦。"她带着困惑按下对讲电话的按钮,想要确认访客的身份,结果又吃了一惊。

没有人。

监控画面中空无一人。

"哎呀，好奇怪啊。"她故意发出声音，歪了歪头——随后——

她清晰地感觉到所有人屏住了呼吸。有个陌生人——出现在家里。

是一个穿立领制服的青年。是高中生吗？他不知不觉地进入了她的家，没发出一点声音，当真是在转瞬之间。

"咦？"

翔子瞪大眼睛。

只见青年站在茶话会的桌子前，突然抬起右手。下一刻，一个清冷的声音响彻整个房间。丁零——在还没有反应过来的翔子面前，那个声音又响了一声。

丁零……

青年手持一串银色的铃铛。

翔子隐约闻到一缕香气。和翔子家玫瑰基调的室内香水的味道不同，这个味道更偏草香——像是竹香。

在场的所有人都很茫然。大家困惑地看着突然出现的他和女主人翔子。就在这时——

在所有人中，有一个彻底僵硬、无法动弹的人。

神原香织瞪大双目，难以置信地盯着青年手里的铃铛。

丁零——清冷的声音再一次响起。翔子在那个声音里恍然清醒过来，走过去质问青年：

"我说你……"

为什么私闯民宅——接下来的话却跟尖叫声重叠在一起。

啊啊啊啊啊啊啊啊！尖叫声凄厉无比。

空气仿佛都被撕裂了，甚至令人怀疑自己的耳朵。

一动不动地盯着青年的香织突然将头撞向桌子，红茶的杯子被摔得粉碎，蛋糕上的鲜奶油沾到了她的额头和头发上。

咦？咦？咦？其他人手足无措地喊着她的名字："香织小姐！"可是，香织却按住自己的头，受不了似的疯狂地揉着自己的头发。

坐在她身边的一位主妇被香织的那副样子吓坏了，跑到她身边，手刚碰到她的肩膀，就立刻"嗖"的一声抽了回去。那是触到滚烫之物、害怕被烫伤时才会有的反应。

"最好不要碰她。"

青年手持铃铛，声音极其从容不迫。

就在下一刻。

"汪！"

响起一声狗叫。

翔子险些晕厥过去。从以前开始，她就很怕猫猫狗狗之类的小动物。不可以带狗进我家——她刚产生这个念头，就看到青年身后走来一个和他差不多年纪的年轻姑娘。她不像青年那么冷静，战战兢兢地打量着室内的光景。

从她怀里跳下来一只小狗，这是一只茶色的小型犬。它一点儿也不怕人，"噔噔噔"地跑过来，脖子上戴着红色的项圈。

小狗跳上桌子，在凌乱的餐具的缝隙间，一溜烟儿地跑到香织面前。

"汪！汪！"它大声地叫了好几次。

"汪！"

它的叫声更大了。

它肯定是要袭击趴在桌子上的香织——翔子想立刻偏过头去。但是，小狗却直接跑到香织的手边，用小脸拱了拱她的手指。

"汪！"

"汪!"

"汪……"

小狗求助般地叫着,叫声听起来像是在呼唤她。这并不是袭击,简直像是在殷切地呼唤她的名字。

香织仍然很痛苦,翻盖手机从她的手里掉到了地板上。或许屏幕上的裂痕又要增加了吧。香织顶着一头凌乱的头发,依旧伏在那里,刚刚还在疯狂摇晃的头渐渐停止了动作。

寂静的客厅里,只能听见小狗的叫声和香织凌乱的呼吸。她好像非常痛苦,像在挣扎一般困难地呼吸着。小狗担心地舔着她的手和头发。

"——三木岛梨津小姐。"

青年突然开口。

他在叫谁?翔子心想。可是,他的眼睛却正注视着倒在那里的神原香织。他对着香织呼唤:"梨津小姐,回来吧,梨津小姐。"

丁零——又是一声铃响。

在目瞪口呆的众人面前,被称为"梨津小姐"的香织的侧脸微微动了一下。她的半张脸仍旧贴在桌子上,眼睛茫然地睁开了。她的头发上沾满了鲜奶油。

"汪!"

小狗又叫了一声,呜咽着凑近她的脸颊,发出撒娇一样的呜呜声。

香织睁开的眼睛捕捉到了小狗的身影,那双终于聚焦的双眸中有泪水涌了出来。

"……小……八……"

她看着小狗,这样唤它。

## 最终章　家人

"这个人——是谁?"

"三木岛梨津,在那个小区失踪的主妇。"

听到澪的问题,要保持着手持铃铛的姿势,面不改色地回答。

其他女人围在痛苦地倒在那里的她身边,目瞪口呆地注视着她的样子。

要毫不介意她们的目光,继续说:"半年前,泽渡小区有两名女性在同一天身亡。一位是泽渡博美,她是负责该小区改造工作的设计师的妻子。据说她是在自己家的阳台上被她儿子推下去的。"

他没有回头看澪,淡淡地继续:"还有一位——柏崎惠子。"

又是一个陌生的名字。

"泽渡博美去世那天的深夜,柏崎惠子从南栋走廊坠落身亡。同一天夜里,在柏崎惠子坠楼的走廊正对着的那户人家里,有一名主妇失踪了。她就是住在养这条狗的515室的主妇。在她失踪之前,附近的邻居曾经看见死者柏崎惠子一边叫着她的名字,一边激动地拍打她家的门。"

要深深地吸了一口气:"去世的柏崎惠子住在小区南栋201室,她向周围的人介绍自己的时候,报的是'神原香织'的名字。"

耳畔传来啊啊啊啊的呻吟声,音量并不大,像是悄悄的叹息。是从倒在那里、被小八用鼻子轻拱的三木岛梨津口中发出来的声音。她身畔的小八叫了一声。那声"汪"既像心疼,又像担心。

"——汪！"

那天她也听到了。

她想起来了。

我是——梨津。

三木岛梨津。

丈夫是三木岛雄基。儿子是三木岛奏人。

正在叫的小狗叫小八。

那天晚上，神原香织当着她的面跨过了走廊的护栏，摔下去了。

丈夫和奏人去外面吃晚饭，他们不在家，自己独自在家睡觉的时候，门铃不厌其烦地响了一次又一次。神原香织来了——

梨——津——小——姐。

去见她一面啦——

砰砰砰砰，砰砰砰砰，砰砰砰砰，砰砰砰砰，叮咚，砰砰砰砰，砰砰砰砰，砰砰砰砰，叮咚，砰砰，梨——津——小——姐，砰砰砰砰，这次你见过的吧——叮——咚——

"汪！"

小八冲着门叫起来。

"汪！汪！"

小八拼命地咆哮。好可怕，太可怕了，她怕得紧紧地抱住它小小的身体。

"梨——津——小——姐——"

门外传来叫她名字的声音。

她抱住头，感觉空气稀薄，喘不上气来。

香织的声音还在继续:"还得告诉奏人哦。朝阳的妈妈死掉了嘛。他肯定很难过,很想跟她道别。要不我去告诉他吧。走吧,梨津小姐。我也去吧。"

"不要——"

听到儿子的名字,她发出一声凄厉的尖叫。在吼出声音的胸腔里感受到绵长的痛楚,她才意识到那是自己发出来的声音。她不由得打开门,飞奔出去,冲到过道上。

然后,她屏住呼吸。

香织不在。下一刻,她惊愕地望向旁边。

"啪!"

香织大叫一声,从门后跳了过来。梨津尖叫着避开了她,用尽浑身的力气躲开了她。

香织一鼓作气地从走廊的栏杆上探出身子,然后,她的身体剧烈地倾斜了。

有谁"啊"地叫了出来。不知道是自己发出的声音,还是香织发出的声音。

梨津的腿软绵绵地失去了力气。然后——

"砰"。她听见了什么东西爆裂似的声音。

坠落的声音。

丈夫雄基形容为"咚"的声音。听到那个声音的瞬间,她的听力模糊起来。声音在渐渐远去。

——啊啊,掉下去了。

神原香织——在自己面前掉下去了。

受到巨大的冲击,梨津满脸呆滞。她浑身无力,也没有心思往下看,就连闭上眼睛都做不到。但是,她的视野里突然一片漆黑。

啪嗒啪嗒，啪嗒啪嗒，她的耳畔传来风拍打东西的声音。在逐渐模糊的意识里，梨津明白那是什么声音了。周围有蓝色的塑料膜。

覆盖整个泽渡小区、搬家用的保护膜，此时正一齐迎风招展，像某种巨型生物在呼吸。

听着那个声音，她的意识突然远去。

"汪！"在坠入黑暗的最后一秒，她听见了小八的叫声。

此时此刻，她无比真切地听到了小八的叫声。

还有丁零的铃声。

丁零——丁零——丁零——

她的脑子里好像一直笼罩着一层雾。

只要她试图思考或者回忆自己是谁，那片雾就会变得更加浓厚。雾本身仿佛在不知不觉间变成了有重量的海绵，但凡自己有一丝一毫的抗拒，它就会像吸了水一样变得沉甸甸的，黏糊糊地附着在大脑和身体的每一个角落。

可是——

在丁零的铃声中，那片雾却燃烧起来。

火焰从雾的正中间腾起。从那原本以为是空心的海绵的中心，传来仿佛竹子之类的东西裂开的声音，噼里啪啦，噼里啪啦，燃烧的雾冒着浓烟由内而外逐渐变得焦黑。她在不堪忍受的痛苦中哀号着，却慢慢地明白了过来。啊啊，原来这片雾和海绵从一开始就是这个颜色啊。原来它是黑色的啊。

原来它是一片黑暗。

丁零——丁零——

铃声伴随着强烈的痛苦，雾却渐渐地消散了。黑暗被渐渐地祛

除了。

"三木岛梨津小姐。"

有人在叫她。明明是第一次听到的声音,却令她无比怀念。

"梨津小姐。回来吧,梨津小姐。"

"好……"梨津喃喃回答。

自己的唇终于在自己的意志下,颤抖一般,轻轻地动了一下。

梨津在睡梦中点了点头,呼唤爱犬小八的名字。

我是三木岛梨津。

不是神原香织,而是三木岛梨津。

"他们会补充'家人'。"要斩钉截铁地说。他没有回头看澪,不等她回应,就自顾自地说下去:"如果家庭成员少了一个,他们就会吸纳一个当时正在打交道的人,让对方充当那个少了的'家人'。他们会找年龄相仿的人担任缺失的母亲或孩子,维持这个'家庭',然后一家人继续散播黑暗和死亡。"

她没能立刻理解这番话的意思。虽然她试图拼命地理解了,大脑却跟不上。然而,要却若无其事地说:"为了代替在泽渡小区死掉的神原香织,那家人将她变成了新的神原香织。"

小八仍然担心地盯着倒在那里的女人,不肯离开,简直像是在保护她一样。看到它的样子,哪怕无法完全理解发生了什么,澪也会被它的勇敢触动。

"梨津小姐,已经没事了。"要说完这句话,总算停止了摇铃。

他深深地吐出一口气,将手掌放在倒在那里的女人的眼角。

她的眼中霎时又涌出一行眼泪。他用极轻柔的声音告诉她:"可以睡了哦。"

她的唇痉挛一般轻轻地动了一下。如果不是错觉,澪好像听见她嗓音嘶哑地喃喃应了声"好"。

"喂!"气氛突然被一个紧张的声音打断。

在这个因为要和澪的出现,好像时间停滞的房间里,一群女人将桌子团团围住。在她们中间立着一个神情尤其严肃的女人,她穿着碎花裙,眉眼艳丽,是个大美女。

"你们是什么人?来我家干什么?还有,神原太太怎么了?什么失踪啊,被推下去啊,这到底是什么意思?"

也不知道是因为愤怒还是害怕,她的声音在发抖。或许她是这个房子的业主吧。澪不知道该怎么回答,就见要转向她,说:"你们得救了哦。"

他的声音和前一刻面对梨津时已经完全不同,变得冷冰冰的,没有任何感情。只听见这么一句话,她们应该很莫名其妙吧,不过,她们却退缩了,纷纷瞪大眼睛看着要,仿佛被他震慑住了。

她们心里应该隐隐有数吧,澪想。

澪之前也经历过,所以她懂。被神原一太摆布的时候,她确实感觉有什么地方在一点点变得失常。如果是继续那么下去的话,肯定会发生更严重的事情。她当时确实有这样的预感,估计这些人也一样吧。

"有件事想请大家帮忙。请告诉我这位'神原太太'现在的家庭成员和住址。"要说。

最终章　家人

　　一打开这个家的门，澪立刻清晰地感到一股令人讨厌的气息溢了出来。

　　这并不是活物的气息，硬要说像什么的话，大概是冷气。就好比一打开冷冻室的门，就会有肉眼可见的白色冷气漏出来一样，有种极其令人厌恶的气息渗了出来。这个房间里充满了这样的气息。

　　是澪自己想跟他一起来见证的，她却在门口踌躇不前。

　　要一言不发地走进室内。其实除了那股气息，房间里还飘荡着一股霉味，或许不仅仅是霉味。外面明明是晴天，家里却隐约有种阴雨连天的感觉。

　　这种荒废的气息究竟是怎么回事？

　　据公寓楼上刚刚开茶话会的邻居们说，"神原香织"大概是两个月前搬进这间302室的。明明刚搬过来没多久，家里却乱成这样。物品并不算多，可是为什么会这样呢？她环顾四周，找到了原因。

　　虽然家具和物品都很少，物品摆放的位置却毫无章法：平底锅、香草精和面粉的空罐子被随意地扔在客厅的桌子上；貌似是从娃娃机里抓来的大玩偶被丢在沙发上的纸箱子里，半截身子露在外面；念小学的儿子的学习用品没有整理到架子上，扔得满地都是；衣服也不分男女老幼，连同衣架一起高高地堆在房间的角落里；窗帘紧闭，整个房间暗无天日。

　　明明乱七八糟的，却莫名令人感觉不到生活的气息，简直想象不出住在这里的人打开灯，在这里聊天、吃饭的样子。

　　据刚刚的那些主妇说，神原家有两个孩子。

　　大学生年纪的哥哥和小学生弟弟。对方没提过哥哥在哪所学校上学,所以她们也不清楚,也有传闻说他是"家里蹲"。小学生弟弟在附近的小学上学。听到这些话后,要不知给谁打了通电话。这还是她第一次见到他用手机跟别人联络。

"我需要支援。"要对着电话说出这句话时,她很惊讶,但也明白了一件事——原来他也有同伴。要对那个人说了弟弟念的小学和这栋公寓的名字,然后下定决心般告诉对方:"我会一口气做个了结。"

电话一挂断,他就对澪说:"走吧,最好快一点。"

"快一点?为什么?"

要转向澪,抿了抿唇角:"因为会被他们发现。说来惭愧,之前已经有好几次都在最后关头被他们逃掉了。"

尽管不明就里,她还是点了点头,跟着他来到了这栋公寓的这所房子。

302室,神原家。

客厅对面有一扇紧闭的推拉门,里面好像有一间日式房间。

要毫不迟疑,像是被一股无形的力量引导着似的径自走向那扇门。他的手里不知何时又握住了一串铃铛。

好可怕。

现场的紧张感仿佛通过空气传递了过来,令人想要临阵脱逃。澪亦步亦趋地跟在要的身后,她很害怕,拼命地忍住想要贴到他背上的冲动。

要打开了推拉门。门一开,那股发霉和阴雨的味道瞬间浓烈了无数倍,与此同时似乎还隐隐夹杂着某种糕点的甜香。

里面的光景映入眼帘的那一刻,澪忍不住"啊"地尖叫了出来。因为她被吓了一跳。

有人。

## 最终章　家人

　　之前她完全没有在这个家里感觉到活物的气息，有种突然间冒出来一个人的感觉。房间里有一张矮床，床上的人直挺挺地坐在那里，一动不动。有一瞬间她还以为床上的那个不是人，而是人体模型之类的。那个人的整张脸都埋在凌乱的长发下，眼睛望着虚空。澪不知不觉地攥住了要的立领制服。她的手暗暗用力，心跳却越来越快。不会吧，不会吧——脑海中一直在重复这句话。不会吧，难道说——

　　"……花果。"

　　她发出声音。在情绪还没有整理好，自己还没意识到的时候，她已经叫出了这个名字。她的胸膛中蔓延开一片强烈的痛楚。澪叫着这个名字，一边确认对方不会动，一边战战兢兢、一步一步地走到她的身边。

　　"花果！"上一秒还因为恐惧与紧张无法动弹，下一秒她就松开了要的衣服，上前仔细端详花果的脸。

　　那张透过长发的缝隙呆呆地望着虚空的脸，已经变得面目全非，可是她就是花果。无论澪怎么叫她的名字，她都无动于衷。她虽然会眨眼，但也仅此而已，好像丢了魂儿一样。她的眼睛似乎没有焦点，澪很担心她是否还能看得见。

　　花果的头发真的真的非常长。难道自从她失踪那天起，一次都没有剪过头发吗？澪突然想起童话中的长发公主，那被囚禁在高塔中的形象，与此时纹丝不动的花果的身影重叠在了一起。

　　头发是黑色的，确实是黑色的。澪明明亲眼确认过了，但是在昏暗的房间里，花果的头发却散发出一种银发在反光一般的怪异感。她仿佛失去了生机，一下子苍老了几十岁。

　　花果对澪的呼唤毫无反应。面对这张面目全非的脸，澪不知道除了叫她的名字以外，自己还能说什么。

她明明有好多话想问。

你一直都是这么过来的吗？从你失踪那天算起已经过了将近两年的时间。在我高中毕业、升学、开始新生活的这段时间里，你都是这么过来的吗？

——大家马上要高考了呢，真好……

她突然想起花果妈妈的话，眼泪差点夺眶而出。

床上的花果穿着睡衣——黄蓝格的睡衣。澪感觉有些别扭，很快就注意到是系扣子的方式跟她习惯的感觉不同——左右是反着的，花果身上穿的是男装①。

这是为什么？这又有什么样的意义？澪实在想不通，只能带着快要哭出来的表情看向要："要同学，花果她……"

要轻轻地点了点头。丁零——他摇了摇手里的铃铛，原本面无表情的花果的脸，立刻像是裂开似的扭曲了。

随后的短短一瞬间，发生了很多事。

花果发出尖叫，之前纹丝不动的身体猛然从床上弹了起来。她按住头，抓挠着自己的胸口。一听到她的尖叫，澪的身体就动了。

"花果！"澪叫着她的名字，扑到床上按住了她。澪紧紧地抱住那瘦得皮包骨头、坚硬而单薄的身体，心里一阵绞痛。澪之所以突然抱住她，是因为这样的尖叫声无疑是花果本人的声音，是高中时代的自己每天都会听到的声音。

花果的身体像是烧着了一样烫。在碰到她身体的一瞬间，澪就后悔了。

和神原一太那时一模一样。她回忆起身体像烙铁一样滚烫的学长，

---

① 男装和女装扣子的方向不一样，女装的扣子在左边，男装的扣子在右边。

还有要当时对她说的话:"最好别碰哦。"

要说:"快松开!"

必须松开,澪也这样想。

可是,花果和自己的身体像磁石的两极一样,紧紧地吸附在一起,无法分开。

啊啊。她开始反省。

对不起,要同学。

我总是这样。

你明明都提醒过我了,我不想扯你后腿的。如果我不跟过来就好了,为什么我总是……

——因为善良,是优等生,就要做到那种地步吗?都怪你对他太好,才会让他误会。

——都怪你不会拒绝。

——我是为了你好才这样说的。

澪,你就是这点不好。

她仿佛又看到了神原一太的脸,又听见了他的声音。对不起,学长。澪向他道歉,不可自控地道歉。

仅仅被那样对待了短短几天,他和他做的那些事,却一直烙印在她的心上,连她自己都束手无策。

醒来时,澪闻到一股酒精味。不是酒,而是消毒水一般呛鼻的味道。

她缓缓地抬起沉重的眼皮,洁白的天花板朦胧地映入眼帘。她偏过头，面前的白墙似乎在晃，墙纸像是被风吹得鼓了起来。看到它在动，她才意识到那是窗帘。

白色的遮光帘。会使用这种窗帘的地方——

是医院。

她眨了两次眼。不知道什么时候，澪躺在了某个地方的床上。她慌里慌张地坐起来，往自己身上一看，衣服还是刚刚的那一套。

"你醒了？"

伴随着这个声音，遮光帘被拉开了，白石要走了进来。看到他脸上没有任何异色，她松了口气："要同学——"

我为什么会在这里？发生了什么事？她有一瞬间的茫然，但是一看到要的脸，就什么都想起来了。

主妇们的茶话会；跑向痛苦万分的女人的小八；转移到那栋公寓的其他房间（302室）后，在推拉门后看到的情景——眼神空洞地坐在床上的花果。

"抱歉，我——"

话未说完，她心口微微一惊。在拉开遮光帘、低头看着自己的要的身后，明亮的荧光灯底下，还有另一张床。看到躺在那里的人的身影，澪立刻一跃而起。

"花果！"

花果躺在那里。

她之所以敢跑过去，是因为花果的面庞比刚刚在那个房间见到的时候安详得多，看上去只是正常地睡着了。尽管长到离谱的头发仍然乱糟糟的，人也瘦得有些脱相，可是她苍白的面孔已经稍微恢复了一些血色，让人感觉到她还活着，非常接近澪记忆里的她。她身上的衣服也从刚刚的睡衣换成了一件长袍，估计是这家医院提供的吧。

## 最终章　家人

澪看向要。要在她的视线中，指了指澪刚刚躺的那张床的床下："原野同学，鞋。"

他指着澪的运动鞋。经他提醒，澪才意识到自己还光着脚。她说了声谢谢，一边穿上运动鞋，一边又环顾了一圈。

窗外很黑，已经是晚上了。

远方传来救护车的警笛声。

"——这里是哪里？医院吗？"

"是的，是这次协助我们的片桐综合医院。"

"是你把我送到这里来的吗？"

"唔。"

"抱歉。结果我还是拖你后腿了……"

"没。"要简短地回答。

看着他的脸，澪觉得还是说一下吧。望着沉睡中的花果比刚才安详许多的面庞，她说："谢谢你。"

"嗯？"

"谢谢你遵守约定，让我见到花果。谢谢你救了她。"

"没……"要嗫嚅着回答。他好像并不是不好意思，而是纯粹不知道该怎么聊天。

"花果已经没事了吗？"

"应该吧。"

"有跟花果的父母联系吗？"

"有。不过暂时还不能让他们见面。在天亮前还有事要做。"

"有事要做？"

听到这句有所示意的话，澪反问了一句，要却没有继续解释。

花果的父母肯定想尽快见到女儿吧。想到他们之前有多担心，她

# 暗被

一刻也不想多等，因为她能够体会他们的一部分心情。不过，现在估计也只能照他说的做吧。

她已经适当地认识到了，仅仅是今天一天，就已经发生了好多件不能用常识来思考的事。

窗外能看见街区的灯火。望着那里的霓虹招牌和风景，她知道这里是一个陌生的街区。

是花果他们刚刚在的公寓附近？还是泽渡小区附近？片桐综合医院，她对要告诉她的医院名字也没有印象。

病房里有两张床：一张是花果躺着的靠窗的床，另一张是澪刚刚躺过的床。

望着躺在那里的花果的面庞，澪突然有股悲哀涌上胸膛。

"花果醒后，还能像之前那样跟我说话吗？"

"嗯。不过想要立刻恢复会有点困难。"

"她会记得之前的事吗？比如自己这段时间做过的事。"

说着说着，她感觉有些喘不上气来。啊啊——

"花果在那个家都在做什么呢？"

"只是我的猜想，不过，估计她一直是那样过来的吧。"

澪无声地瞪大眼睛。听到他说"那样"，她立刻回忆起那个阴暗、潮湿、发霉、隐约飘荡着糕点香气的房间，还有那个孤独地待在房间里，一动不动地望着虚空的可怜身影。

"你是说，她一直那样孤零零地待在家里吗？将近两年？"

"恐怕是。"

"那也太……"澪无法排解心中的郁结，忍不住继续说下去，"那也太过分了！这两年我们都高中毕业，上大学了，花果却一直被关在那个房间里，岂不是被耽误了？太过分了！这两年的时光再也回不来了！"

"——真的吗？"

咦？这次换成澪盯着要了。要的眼神依然令人猜不透情绪。

"还是能回来的吧？不过两三年而已。"

"而已——"

在沉睡的花果面前，他居然能心平气和地说出这种话，澪理解不了他的心理。可是或许她也无可奈何吧。哪怕现在在这里指责他，跟他争论，也没有任何意义，而且他本来就是一个有点古怪的人。

可是，澪无论如何都无法原谅，也无法释怀，因为她做不到事不关己。毕竟只要稍有差池，现在的花果就是她的下场。被神原一太纠缠的本来是澪。只是因为得到了要的帮助，她才能够平安无事，自己原本也有可能变成花果这样。

"神原学长为什么要带走花果？"

"花果同学应该是神原一太的替身。"

"替身？"

"我说过的吧？那家人会补充失去的家人。就像把三木岛梨津变成神原香织，让她当妻子和母亲一样，他们估计是让年龄相近的花果同学当家里的'长子'吧。"

"长子——"

那个家有两个孩子：一个是大学生年纪的哥哥，另一个是小学生弟弟。

要解释道："这只是我的推测——我觉得花果同学对神原家来说，只是一种紧急情况下的补充。因为我当时对神原一太造成的伤害过大，导致神原家比计划中更早失去了'长子'，他们只能在权宜之下把花果同学带走。他们本来想要的是'长子'，可是性别变了，肯定无法让花果同学担任神原一太,于是就只能暂时将她关在家里。"

"你说的'家庭成员'会变,到底是怎么回事?"

"啊啊——"要深深地吸了一口气。

虽然他只会简单粗暴地回答问题,但是只要问他,他就会回答。她耐心地等了一会儿,听到他说:"你还记得死在三重县的前一位神原一太吗?"

"——你说的是田径部的学长吗?"

"是的。"

在她陷入危难的时候,是要救了她。然而清楚地听到"死"这个词以后,澪的胸口立刻变得无比沉重。她已经不喜欢他了。可是,只要听到他的名字,回忆起他的模样,她还是会按捺不住自己的情绪。

"我搞砸了。"要说,"我本来是想从神原一太着手,将那家人一网打尽的,但是当时我没把握好分寸,导致他受了没必要的重伤;而且,我也没有算到那家人会跑得那么快。都怪我预估得太乐观了,给原野同学和花果同学带来了麻烦。"

要走到花果床边,望着她的睡脸。

外面的警笛声还在呼啸。

"我没有注意到神原还盯上了原野同学以外的人。因为我造成的伤势,神原一太估计在逃跑的路上就没命了。他知道自己大限将至,才会把花果同学带走。为了让她替代自己。"

"学长是怎么死的?"

问出这个问题的时候,她的心跳得非常快。她只听说他死在了三重县,哪怕刚刚听到要说他"死"了,她也没有什么真实感。

要沉默地望着澪,随后掏出自己的手机操作了一下,打开一个网页递给她看。

# 最终章　家人

上面是新闻网站上的报道——在三重县的山中自缢的男性身份已确定。

澪屏住呼吸，问："是自杀吗？"

"嗯。"

她看了一下那篇报道，好像是遗体被发现后一个月左右的报道。

上月七号在三重县山中发现的男性遗体，被证实为七年前离家后失踪的北海道小学男生（当时）安田雪哉。

她的目光定定地望着安田雪哉这个陌生的名字。

报道上面没有刊登他的照片。但是，她想象了一下自己认识的"学长"还是小学生时的纯真面庞，几乎无法呼吸。

"这是学长？其实他的真名是安田雪哉？"

"是的。神原家不知道第几代的长子——神原一太。"

"他为什么会自杀？"

"加入那个家，彻底变成非人的怪物，向周围散播死亡与黑暗，这样的任务应该很累吧。"

要的目光落在花果的脸上。"累"这个词好像直接被吸收进了眼窝凹陷、面庞消瘦的花果的体内。

"在将身边的人拽入死亡的过程中，自己也会离死亡越来越近。所以他们常常一边将身边的人拽入黑暗和死亡，一边为自己寻找替身。"

"为什么？"

"我只能说他们就是那种东西。"要为难地摇了摇头，"只是被迫成为神原家的一员就很累了，所以或许他们也想挣脱这个身份吧。神原一太的骚扰或许让原野同学很困扰，但是像那样对别人苦苦相逼，散播黑暗，对于他本人而言也是一件无法控制的事。那并不是他自己的意志。他被迫与他们做'家人'，自己也会一步步走向死亡。"

要注视着与花果的床连在一起的输液瓶，喃喃道："比如，今天被我祛除黑暗的三木岛梨津小姐，在她成为神原香织之前担任神原香织的柏崎惠子，从泽渡小区的走廊上摔下去了。估计是她自己跳下去的。她那么做，就是为了死后让梨津小姐替代自己。"

"你是说成为'家人'的那些人，原来也是正常人吗？"

她望着手机屏幕上"安田雪哉"这个名字问道。在她鼓起勇气说出"正常人"这个词后，要似乎有些迟疑。他短暂地沉默了片刻，点点头："原野同学遇到的神原一太，原本应该也是个正常的孩子。听说当时前任神原一太转到了安田北海道的家附近的棒球队，从此一点一点地控制了他。据说安田原本是位开朗的队长，但是他渐渐地开始制定苛刻的规矩，性情也越来越古怪。在一年的时间内，包括球队教练和老队员在内，他的身边死了将近十个人。最后，安田雪哉从那个街区失踪了。"

她回忆起找到花果的那间彻底荒废的公寓。她不觉得在那个房子里，他们可以像"家人"一样聊天、度过像"家人"一样的时光。他和他的那些"家人"，在那样的房子里每天过着什么样的日子呢？

在这种情绪的触发下，她突然想起一件事。

花果和学长失踪后，曾经有几个老师去神原家了解情况，据说当时的神原家特别乱。

屋子里一片狼藉，完全无法想象他们之前是怎么生活的。大家都说他们家可能是为了连夜潜逃，才把东西都给翻了出来。不过现在想想，那间公寓不是和他们家当时的状态一模一样吗？

"原来他打过棒球啊。"澪的声音有些哽咽。她也不知道自己为什么有些想哭。

安田雪哉曾经是个正常的孩子。

她好想听一听他自己的故事。神原学长在社团活动中运动神经也非常发达呢。一想到这里,她的心底就泛起一阵无言的心酸。

"嗯。"要点点头,动作很轻。

"柏崎惠子小姐,就是前一任神原香织,涉嫌在秋田县杀害母亲,被警方通缉了。据说她因为不堪照顾卧病在床的母亲之苦,弑母后自杀未遂。"

"啊……"

"听说她原本是位无论有多少烦恼,都会优先考虑别人,永远都在委屈自己的女性。听说她总是畏畏缩缩地看别人的眼色,大概因此才更容易走极端——当时的新闻报道上是这么写的。不过在她失踪前,神原家的人也在她居住的街区出现过。听说当时神原家有位母亲,无论对方有什么烦恼,她都会表达共鸣——'我也是''我也是啦'。她曾经对柏崎惠子说过这样的话——'我也是啦。我也杀过父母,所以没关系''不过是掐脖子罢了,大家都在做啦。没关系,我也是'。"

澪的胳膊上立刻起了一层鸡皮疙瘩。

"你是说那家人一直在更换家庭成员吗?一边将正常人卷进来,一边……"强烈的愤怒在澪的胸膛中翻涌,"那不就跟把人当成一次性用品没两样吗?简直十恶不赦!"

她明明非常愤怒,但是一说出来,就有种自己的语言非常老套的感觉。澪咬住嘴唇,问:"神原家到底是什么?两个孩子、一个母亲,还有——"

"还有父亲。"要回答,口吻非常干脆。

"父亲和母亲,加上两个孩子,一家四口。这就是他们目前的全部家庭成员。"

"目前?"

"这个家族从未断过代。不知何年何月出现,家族中也会有孩子出生,就像正常人会生老病死那样,他们也会长大和老去。如果神原家的孩子娶妻生子的话,生下来的孩子也会长大。孩子长大后会作为小学生、中学生、高中生,继续将其他人卷进来,散播黑暗,将周围的人变成怪物并且杀害。"

她没有立刻理解这些内容。并不是因为她脑子里太乱了,而是她无法立刻相信。

"家族中也会有孩子出生"这句毛骨悚然的话,在她的耳畔萦绕不去——在被补充、被操纵的状态下出生的小孩。"娶妻"这个词也莫名令她觉得身临其境。她自己也险些被曾经是"长子"的神原一太带走。

她想起刚刚聊过的话。

神原家出现在后来成为神原学长的安田雪哉身边时,他还是小学棒球队的一员。"家人"会长大。

"不知何年何月出现,意思是说……"

"很久以前就在了,神原家的继承人。那家人连户籍都有,一代又一代地延续下来,在我们身边不停地散播黑暗。"

"户籍?太离谱了,在成员替换之后,他们还能用别人的户籍生活下去吗?"

"就算周围的人多多少少感觉到了不对劲,他们也会强行合理化。就算一般没有那种事、年龄对不上、性别也对不上,他们也会通过诡辩自圆其说,强行让对方接受自己的逻辑,让奇怪的地方变得合情合理，他们身边的人也会因此产生混淆，觉得可能就是那样吧。所以，这家人非常难对付。"要停顿了一下，继续说，"他们会让周围的人产生混淆，彻底融入其中。哪怕是我们，一旦将他们盯丢了，下次再想找到他们也很困难。"

要闭上一只眼睛，声音突然变得很轻，像是在耳语："原野同学，你最好赶紧离开这里。"

"咦？"

"今天下午，在我们把梨津小姐和花果同学从那间公寓里救出去的差不多同一时间，我的同伴将神原二子从学校里带出来了。"

她第一次听到"神原二子"这个名字。不过，通过数字"二"联想一下，感觉跟长子"一太"的名字有着异曲同工之处。

要说："他是神原家的小儿子。现实中他在这个家担任的角色也是个男孩，但是，说不定这个角色最初是个女孩。不过，这也只是从二子这个名字推断的。或许是发生了和花果同学正好相反的情况，他们直接把妹妹变成了弟弟，继续过起了日子吧。他已经适应那个家庭了。"

自言自语般说完以后，要的脸上浮现出一抹笑意，但这个笑容转瞬即逝。要恢复严肃的表情："被我们抢来的神原二子，现在就躺在这家医院的其他病房里，梨津小姐也在其他病房。三个人目前都聚在这里。所以——估计他会来回收。"

病房外又响起救护车的警笛声，澪刚刚好像也远远地听到了。警笛声越来越近了，要直视着澪的眼睛："因为这是他第一次同时失去三个'家人'，所以，我估计他会来回收。我们现在正在等。"

"等谁？"

"等'父亲'。"

要的声音里带着紧迫感。他继续对瞠目结舌的澪说:"如果用常规的做法,估计还是会被他逃掉。所以,我们决定设一个陷阱。"

"那个人就是一切的根源吗?"

"根源"一词脱口而出,澪的脑海中浮现出的是"万恶之源"这个词——不停地补充缺失的家人、吸收新人、维系家庭的那个根源。

"一切都是那位父亲所为吗?为什么他这么执着于拥有'家'和'家人'呢?他想干的话,自己去干不就好啦!"

伤害并控制花果和学长的人,就是那个人吗?

要的唇微微张开了一些,好像有话要说。但是,就在这时——

一声巨响撼动了天地。

"咣"!像是什么东西往上顶的声音。地面在震颤,窗外也能感觉到空气的震颤,像是发生了一场大地震。可是又有点不一样,究竟是什么?

手机振动起来。

不是澪的手机。澪拿着的是要刚刚为了让她看报道递给她的手机。

刊登有"安田雪哉"名字的网络报道不见了,屏幕切换成黑色的来电界面。她看见"梦子阿姨"的名字。

"要同学,电话——"

地动山摇的冲击还在持续。还会继续晃吗?还是要停了?不过,现在发生的事真的是"摇晃"吗?还是别的?究竟发生了什么?在巨大的冲击里,她失去了判断的能力,就跟长时间坐船后感官无法立刻恢复正常一样。

要迅速从澪手中接过手机,接通后立刻跟对方聊起来:"我是要,好的,好的。"他的侧脸变得非常严肃。

病房里,澪刚刚躺过的那张床边有台电视,要打开了它。看到他毫不犹豫地按下遥控器按钮的动作，她有一瞬间担心电视的声音会吵醒花果。

电视画面出现了，好像正好在播晚间十点档的新闻。

画面上映出熊熊燃烧的大楼。

"这里是现场，现场的情况——非常严峻！"

"这一带已经变成一片火海。"

"因为巨大的爆炸声，我的耳朵现在还什么都听不到。"

"无法与现场的摄像取得联系。"

滋滋滋——

播映画面里的声音断了，正在进行实况转播的摄像机的画面歪歪斜斜地卡在那里。

影像切回了演播室。神色紧绷的播音员望着屏幕正中央，用一种紧迫的语气说："重播一则消息。"

"重播一则消息。今日晚间七点左右，神奈川县横滨市的食品公司——四宫食品的三楼被一名男性员工占领。据说该男子携带有某种爆炸物，他是该食品公司销售二科的男员工。该男子因向其交往过的女子寻求复合遭拒，因此致电警方及媒体，威胁对方如果不与自己复合，将杀害其上司与同事。警方正在持续与男子交涉，但是，刚刚突然从三楼传来疑似爆炸的动静。现场直播的节目摄制组人员也有人生死未卜——"

要换了个台。其他台也在紧急转播这一事件。熊熊燃烧的红色火焰宛若在舔舐夜空。

澪能听见警笛声。

不是一辆车的声音，是很多辆。

不知道是救护车、消防车还是警车，齐鸣的警笛声在夜色中蔓延，响彻四方。

"——我看到了。"要对电话中的人说。

"好的。"他点了点头,随后说,"是的。四宫食品就是'父亲'的公司。"

澪的脸像弹簧一样抬了起来,吃惊地看向要。但是,要却没有看她,他正在眺望窗外。远处隐约有一片火光。不知道为什么,澪觉得电视里熊熊燃烧的大火和窗外的火光颜色不太一致。电视里那座燃烧的大楼的窗玻璃全碎了,画面里能看到弯腰抱头的行人和节目摄制组员工的身影。

要挂断电话,看向澪。

"原野同学。抱歉,你现在能立刻回泽渡小区自己的房间吗?回去之后,今晚绝对不要外出。不要担心会发生什么,我现在立刻安排车送你。"

"这也是神原家的'父亲'做的吗?"

要沉默地点了点头。窗外救护车的警笛声变得更加尖锐嘹亮,看来已经接近这里了。

"计划被打乱了。本来是想请你协助我的,但是这家医院稍后可能也会被送来很多伤者。所以,原野同学就……"

他是想说让她先回去吧,她猜。

不过,要后面的话却被覆盖掉了。

"砰"!伴随着一声巨响,澪的眼前骤然一片漆黑。不知道发生了什么,但是她感觉到头顶有碎渣散落下来,她慌忙闭上眼睛。

是房间的荧光灯碎了。要的动作很迅速,澪的身体被要揽进他的臂弯里。要的力气很大,带着不容分说的力道,将澪的身体护在自己怀里。

光倏地消失了，消失得无影无踪。

完全无法感受到从窗外漏进来的光线。

耳畔传来尖叫声。有人因为恐慌发出了尖叫，还有不知所措的说话声。

不光是澪他们病房里的荧光灯，整个医院的荧光灯都受到了无形的冲击，一瞬间同时碎裂了。

在一声含混的啪声后，橙红色的应急灯微弱的光照在澪和要的脸上。其他房间好像也都切换成了应急灯。窗外，只见医院前的那条路，已经全部被染成了同样的橙红色。

警笛声戛然而止。

"他来了。"

澪缩在要的怀里，在他的鼻息下，听到他说。

◆

医院走廊上挤满了陷入恐慌的人们，要牵着澪的手在人群的缝隙中穿行。在应急灯的光照下，有四处询问"没事吧"的医生和护士，也有跑到走廊上的患者模样的人们。

白衣医护握着的手电筒射出的环形光，在橙红色的灯光里纵横交错。

要紧紧握着澪的手，毫不迟疑地往前走。他左手牵着澪，右手给某个地方拨去一通电话："喂？换一下房间吧。可以帮我照看一下泽田花果小姐吗？"

花果。

他们离开陷入黑暗的房间后，她很担心花果一个人怎么办，当时很想对要说不能丢下花果,但是爆炸的新闻和停电打乱了她的思绪,导致她错过了开口的时机。

要挂断电话后,步履不停地说:"没事的。"

他抬起头,那张缺乏表情的脸直直地望着前方:"花果同学不会有事的。就算那家伙打算回收'家人',她的优先级也很低。因为就算带她回去,也不知道她还能不能继续担任'长子'。"

"——难道不用担心要同学会代替她被带走吗?"澪忍不住问。毕竟刚刚一口气听完"补充家人""替换"的故事,她不禁有些担心。她虽然不知道要确切的年龄,但是要跟花果、自己是同龄人,符合"长子"的年龄。

"咦?"

要露出一副打从心底吃了一惊的表情,看了澪一眼。估计是察觉到她是在认真地替他担心吧,他立刻转向前方,用认真的声音回答:"不会。谢谢你担心我。不过那是不可能的。让我当他的儿子,只会弄巧成拙。"

要牵着澪的那只手很温暖。从刚才起她就这样想了,虽然曾经觉得他情感淡漠、难以捉摸,但是,要肯定是"这一边"的人。

是活生生的人。

他究竟为什么能够和那种黑暗家族对峙,并且祛除他们呢?这是他的任务吗?如果能平安地离开这里,她准备认真地问问他。此时此刻,澪由衷地想。

要打算去的地方,好像不是他们刚刚在的那栋楼。

医院很大,他们穿过迷宫一样的过道,爬上楼梯——经过停止运行的电梯——手动掰开几扇自动门挤进去。

他终于在一个房间前停下脚步,那里已经有几个人的身影。

## 最终章　家人

"要。"

有人叫他,那是名五十岁左右的男性。又有一名女性叫着"要"走了过来,是名四十五六岁左右的女性,穿着白色的护士服。其他几个人也看向他们。大家在紧急情况下也都很冷静,脸上见不到慌乱之色。

"我在里面等。'父亲'来了的话,请通知我。"

他们彼此对视一眼,点了点头。

"小心一点。"有人在要的肩膀上拍了拍,简短地说了一句,便直接放要和澪进房间了。要说:"三木岛梨津小姐和泽田花果小姐,就拜托你们了。"

他们点头应"好"。

这个房间既没有编号,也没有患者姓名等任何标记。

房间比刚刚花果睡的病房还要小一些,有一张床,周围没有任何人陪护,床上躺着一个小孩。

他的面庞还很稚嫩,眼睛闭着,被修剪过的齐刘海格外有光泽,枕边放着一副镜片很厚的眼镜。看见附近的椅子上挂着的双肩包,她想,原来是个小学生啊。

要终于松开了澪的手。被握了太久的手麻酥酥的,虽然是紧急情况,但是牵手的羞涩和尴尬令她一时说不出话来。澪深呼吸了一下,才问他:"……这孩子就是'次子'吗?"

"没错。神原二子。如果他想'回收'的话,目标应该是这孩子。"

"为什么?"

"除了'父亲'以外,在目前的'家人'里只有这孩子替换的时间最久,最好用。他很擅长做'神原二子',所以在他周围的牺牲者也最多,是个优秀人才。"

"优秀人才"，这个词让她的心冻结了。

被黑暗迷惑、被补充进去的"家人"，他们所担任的角色也有适合不适合一说吗？

"轰"！

外面传来一声巨响。

与此同时，地板又一次震荡起来。澪尖叫着蹲下去，看见窗外又有新的火焰燃烧起来。这次很近，比刚刚还近。难道是在这所医院内吗？不会是花果和他们刚刚所在的房间吧？

要的手机响了。

与此同时，又传来一声轻微的爆裂声。她尖叫出来，不知道发生了什么，但是确实有什么东西在接近。

明明听得见嘈杂的声音，但是唯独这个房间、这个空间安静得有些惊悚，简直像是与门外的世界彻底隔绝了。

噔噔。

传来一个声音。

她能听见嘈杂与尖叫，警笛声也不绝于耳。可是，那个声音仿佛跟一切声音都泾渭分明。澪能够清晰地听到那个脚步声。

"好可怕……"

房间里冷得反常。

明明在同一所医院内，却跟刚刚截然不同。她冷得牙齿都在打战，不知道自己现在究竟在什么地方。

澪本来想说的是"好冷"。她想要表达的明明是这个词，话到嘴边却莫名变成了"好可怕"。

但是，就在这时——

"不可怕。"

最终章　家人

她循声望去，在很近的地方看到了要。

要不知道什么时候来到了澪的身边，紧挨着她的肩膀，他们身后是那张躺着陌生小孩的床。他在澪身边跟她说话，声音非常清晰。

噔噔，那个声音又来了。

噔噔，噔噔。

是皮鞋踩在走廊上，一步一步朝这里走来的声音。

澪的身体重重地哆嗦了一下，突然产生一种冰冷的蛇在背上爬来爬去的感觉，明明她并没有碰过蛇，可是就连那干燥的鳞片的触感都沿着皮肤传递过来。她快受不了了，想抓自己的后背，想逃。虽然她只是想想，要却仿佛看穿了她，抬起手轻轻地按住她的后背。

"不可怕。那个'家'确实超乎想象。可是，他们能使用的只有语言和行为，无法改变我们能力范围内的事。就算是他们，也并不是无所不能。"

噔噔，噔噔。

噔噔，噔噔。

那个声音像是精准的四分音符，慢慢地朝他们逼近。

身体无法动弹。

要的手仍然放在澪的背上，斩钉截铁地开口："关于停电，我估计他只是去了趟变电室，将高压一下子输送到所有房间，荧光灯承受不住才会爆炸。接着他又扳下了医院的断路器，仅此而已。"

噔噔，噔噔。

"现在，即便他——"

噔噔，噔噔。

噔噔，噔噔。

"即便他找全了他的'家人'所在的房间，估计也是在停电前调查的，并不是使用了超自然的力量。"

噔噔。

噔噔。

一步一步，声音越来越大。脚步声越来越闷了，好似有些步履蹒跚。虽然很有规律，但是节奏的变化和声音大小的变化，让她没有办法不在意。

她克制不住那种仿佛有无数只什么东西从袖口钻进来的感觉，有种铁丝一般、盔甲一般的触感。

好想叫出来。

她总觉得衣服里有蜈蚣在自己的皮肤上蠕动，背上的蛇不知不觉间变成了两条。她的身体动弹不得。

成千上万条蚯蚓从脚底往她的体内钻。

要的手从澪的后背移到衣袖处，像是为了将袖口堵上一样，用几乎弄疼她的力道攥紧她的两只手腕。

"原野同学，如果你的眼前产生了恐怖的幻觉，那其实源于你自己感到的恐惧。是原野同学自己创造了它。没关系，不可怕。"

脚步声戛然而止。

病房里异样的寒冷不知不觉间消失了。

门开了。应该并不是多重的门，却发出格外响亮的声音。

门缝里露出一张戴眼镜的男人的脸。

他穿着一身散发出破旧感的西服。他的眼镜在反光，眼眸的颜色和表情都辨不分明，瘦高的身躯散发出古怪的魄力与威慑力。

要守在外面的同伴没有阻止他吗？抑或是布置的陷阱没有见效？外面的警笛声仿佛电闪雷鸣。听着那个声音，澪感觉房间里的空气似乎都要被撕开一条巨大的裂缝。

要发出一声沉重的叹息，仿佛在说"终于见面了"，对那个陌生面孔的男人说："好久不见。父亲。"

一道闪电亮起。

原本无风无雨的天空划过一道闪电，紧接着传来震天动地的巨响。

咯嘣咯嘣咯嘣，仿佛树木开裂一样的巨响，窗外腾起熊熊火光。或许是附近的树被雷劈了吧。但是澪顾不得去看，她的目光无法从面前的男人的脸上移开。

在要说话期间，面前男人的脸开始缓慢地扭曲。她看见了他眼镜底下的表情。

虽然和那种令人想要逃跑的压迫感很矛盾，但是——

是个普通人。

——普通的、像我爸爸一样的人。

——普通的、像某个人的好爸爸一样的人。

在电视新闻的街头采访环节，记者经常会在某个车站逮住一个微醺的男人，这样问他——这位爸爸，可以耽误你一点时间吗？这位爸爸，你那样说不会被夫人骂吗？这位爸爸、这位爸爸、这位爸爸……"这位爸爸"是对中老年男子的称呼。与这个词相称的、普通的、某个人的"爸爸"。

她瞪大眼睛。

身体总算能动了，澪看向要，然后深深地抽了口气。

要的脸上浮现出她从未见过的表情。重逢之后，她一直觉得自己在他脸上见到的接近微笑的表情比以前多了。但这次不是。要的面孔扭曲得像是要哭了，同时又充满愤怒。

丁零——铃声响了。

不是要。要的手正扶着澪的双肩。他直直地望着前方，瞪着现身的"父亲"。

要的目光带着说不出的凌厉,带着强烈的愤怒与哀伤。他的眼睛死死地瞪着面前的男人。

澪想起来了,慢慢地都想起来了。

要说过的话。

他提起"父亲"时的措辞。

"因为这是他第一次同时失去三个'家人',所以,我估计他会来回收。我们现在正在等。"

"等谁?"

"等'父亲'。"

他还说过:"是的。四宫食品就是'父亲'的公司。"

"我在里面等。'父亲'来了的话,请通知我。"

父亲。

父亲。

还有,他刚刚也说了。对着这个突然出现的人,他清楚地说:"好久不见。父亲。"

脑海里一阵嗡鸣。

铃声越来越粗、越来越响了,不是一声,是许许多多声。它们重叠在一起,崩开,飞散。原本被捆成一束、叠在一起的声音,碎裂成千千万万片。

澪担心地问过要。你会不会变成"长子"?会不会被带走?当时,要的神情由震惊转为认真,这样回答她:

"谢谢你担心我。不过那是不可能的。让我当他的儿子,只会弄巧成拙。"

啊啊——

## 最终章　家人

刺眼的闪电消失后，站在房间门口的男人睁开眼睛，眼镜底下的眼睛在看要。他的嘴巴像金鱼一样动了动，像是有一根透明的线正在操纵着他。

他唤："要。"

要的脸夸张地扭曲了，看起来像是要哭了。

二人的眉眼非常像，都是沉重浮肿的眼皮、鹰钩鼻、一字眉。

因为他们是父子。

"父亲。"要唤道。他的手从澪的肩膀上放了下来，像是在与病房外的铃声呼应一样，身体大幅度地向后仰去。他的后背弯曲得像是在用浑身的力气深呼吸一样，接着又恢复了站姿。他的手上握着铃铛。

丁零！

铃声响了。

耳畔响起竹子被风吹弯的声音。哗——哗——在澪的老家也经常能听到的那个声音。

"父亲！"要大吼一声，"回来吧！"

"啊啊啊啊啊啊啊啊啊啊啊啊——"

尖叫声响起。

风在呼啸，窗外火焰轰然腾起，火舌伸向天空，垂死挣扎一般猛烈地、猛烈地——

竹子的清香和燃烧所产生的剧烈的焦煳味，渐渐地笼罩住整个病房。

医院的院子里着火了。

外面传来警笛声。

是运送在那家食品公司的爆炸事故中受伤的患者的救护车的声音。可是，这家医院今晚也发生了停电和火灾的紧急情况。很多救护车估计要寻找别的转运医院了吧。警笛声彻夜不绝。

此时，在这所医院里响着的是消防车的警笛声。

院内广播因为停电尚未恢复，也不知道是谁拿出了扩音器喊话："——通知！请不要离开医院！医院外有树木遭到雷劈，发生了火灾。请不要外出。医院内是安全的。刚刚医院内的个别区域也因为锅炉爆炸发生了火灾，但是火已经被扑灭，不存在二次爆炸的可能性。请大家切勿惊慌！用不了多久，外面的火灾肯定也会被扑灭！"

扩音器里循环播放着"请大家不要离开医院、保持冷静"的内容。病人们纷纷推开病房的窗户，探出身子，眺望院子里燃烧的大树。也有人指着那里，掏出手机拍照。大家都激动地望着消防车对着被雷从正中间劈开的大树喷水的画面。

"火肯定会被扑灭"并不是一句安抚，事实确实如此。火焰渐渐地失去了踪影。

结束了。渼想。

她离开窗边，回头看向病房，要仍然寸步不离地守在"父亲"的身边。

父亲——不是神原家的"父亲"，而是他自己的父亲。

枕边放着镜片开裂、镜框变形的眼镜。焦煳味仍然附着在房间里，还是说这是外面火灾的味道？

要的"父亲"刚刚看起来像是在无缘无故地尖叫。他的西服上到处像烧焦了一样沾着黑灰，简直像是被无形的烈焰包围、被严重地烧了一遍似的。

最终章　家人

有很长时间，要都呆呆地望着尖叫着倒下去的"父亲"。

确认他终于不动了之后，要才跑过去，抱起他的身体。那个时候，精疲力竭的"父亲"的面庞已经完全不可怕了，没有了刚开门走进来时的那一捉摸不透的压迫感，真的像是一位随处可见的"普通人"。

"要。"

外面的人立刻赶了过来，是刚刚在房间门口对要说"小心一点"的人们。他们很担心要，也没忘了关心澪："你也没事吧？"

跪在"父亲"身侧的要担心地问他们："大家都没事吧？"

他的声音听起来很紧张，目光殷切地注视着周围人的脸："没有让任何人逃掉吧？'母亲'和'长子'都在吧？"

"都在，放心吧。"

听见最年长的男人的回答，要仿佛浑身都脱力了，嘴里吐出一声长长的叹息："太好了。"

在尚未恢复秩序的医院里，要的"父亲"像花果一样，也被安排进病房里躺下了。要的同伴们将要和"父亲"留在房间，又返回秩序混乱的医院的某个地方去了。

澪也顺其自然地留在了要身边。虽然觉得自己这样的外人不应该待在这里，但是澪还有很多事情想知道，而且或许有些没有分寸，她纯粹不想在这个时候留下要一个人。

她觉得需要有人陪在他身边。

"这个人是要的'父亲'吗？"澪主动打破沉默，一直坐在椅子上注视着"父亲"的要终于抬起脸。

澪问他："可以告诉我到底是怎么回事吗？难道要曾经被那个'神原家'吸纳过，后来逃出来了吗？"

比如，要就是学长之前的"神原一太"？或者说，要本来就跟那家人有血缘关系,是他们家真正的"长子"?

听到她的问题,要的表情骤然缓和下来,露出了与年龄相符的、还是个半大孩子的、无疑与她同龄的男孩子的表情。她忍不住想,真希望他今后也能一直露出这样的表情啊。一想到这里,她就有些心疼。

"不是的。这个人是我真正的父亲。虽然他被神原家吸纳了,但他本来叫白石稔,以前是精神内科的医生。"

"医生——"

"这家医院的院长和我父亲是同届校友,所以这次才能请他帮忙。托他的福,没有造成严重的后果。"

要像是为必须去道谢感到头疼一样,脸上泛出一抹无力的微笑。不过,他还是立刻恢复了严肃的神色。"原野同学。"他叫了凉一声,对她说,"神原家来的时候,我刚上小学。一切都要从神原家的父亲神原仁来我父亲的医院就诊那天说起。"

空气一下子变得稀薄起来,此刻正闭目沉睡的他的父亲——白石稔的神色好像也变得充满痛苦。

"父亲开始倾听神原仁失眠的烦恼,接受他的咨询,作为医生为他提供建议。在这个过程中,他的妻子也开始来医院找我父亲诊治了。半年后,我的祖父母、姐姐和母亲都死了,周围也有很多人死亡或者失踪,不过规模没有这次这么大。"

刚刚她打开电视的时候,电视里恰好在播新闻。在今晚的四宫食品爆炸案中,目前已经出现了十一名死者,重伤和轻伤的准确数字还不清楚。被视为凶手的销售二科的铃木俊哉也已确认死亡。

看了一会儿新闻,她意志消沉,立刻关掉了电视。

一想到那场爆炸或许跟这个人——躺在自己面前的白石稔有关,凉就有些窒息。

## 最终章　家人

　　刚刚要解释过，他们能使用的只有语言和行为，并不能使用超自然的力量，但她不认为刚刚那道突然从天而降的雷电是偶然。澪清楚地知道他们和要都是超越她常识的存在。

　　医院里的锅炉火灾又是什么情况？是这位"父亲"亲手造成的吗？还是他教唆、逼迫、操纵某个人做的呢？

　　"那一年，就只剩下我一个人。"要喃喃地说着，碰了碰父亲从烧焦的袖口中无力地垂下来的手。

　　"再继续下去的话，我也会遇到危险，就是在那个时候，刚刚的梦子阿姨他们救了我。从此以后他们就成了我的养父母，对我倾囊相授，养育我长大。"

　　"他们是什么人？"

　　"暗祓师。他们发现了那种散播黑暗的家族的存在，从此就担负起了守护人们的使命。也有很多人本来出生在那个家族，在失去了家人或结婚对象后选择了加入我们。他们像我一样，为了找回自己的家人。"

　　要的眸子寂寥地低垂着："我父亲以前很厉害哦。"

　　他喃喃地说："那个'家庭'会补充成员，替换'父亲'或'母亲'，一边替换，一边逐渐吸收和继承那个人本身的性情和特点。吸收了从事心理咨询工作、原本是医生的父亲后的神原仁，恐怕非常难对付。神原家的牺牲者让我父亲当上'父亲'之后，他变得更加冷酷，所以我无论如何都想阻止他。"

　　要的父亲还没有醒来，注视着他面庞的要的表情令人无比心疼。要说，他的祖父母、母亲、姐姐都死了，他想找回的父亲是他唯一的亲人了。

　　"虽然花了点时间，但他终于回来了。所以我想要从头开始——

和我父亲。"

"对不起！"澪低头道歉。她知道要正茫然地看着自己，可是她实在抬不起头来。

澪咬了咬唇，继续说："刚刚——我因为花果的事，说了非常不过脑子的话。"

回忆起那些话，她的脑子里再次像烧开了一样越来越热。她羞愧得无地自容。

"我居然说失去了两年的大好时光，再也回不来了这种话……"

——那也太过分了！这两年我们都高中毕业，上大学了，花果却一直被关在那个房间里，岂不是被耽误了？太过分了！这两年的时光再也回不来了！

要当时问："真的吗？"

"还是能回来的吧？不过两三年而已。"

不过两三年而已——澪当时为这句话感到很无语，但是直到此时她才明白要当时的心情。她明白得太晚了。

从刚上小学的年纪到今天，哪怕要和澪同龄，简单计算一下也有十二年了。父亲被夺走了这么长时间，要却打算从现在开始，重新找回他们的人生。一想到那么漫长的岁月，她实在不知道该怎么表达自己的心情。

要喃喃地"哦"了一声，慢慢地摇了摇头："为什么原野同学要道歉？"

"因为……"

"或许很难马上做到吧，但是我们回得去的。花果同学应该也可以。"

她不知道该怎么回答才好，眼泪模糊了她的视线，马上就要夺眶

## 最终章 家人

而出了。在蒙眬的视线的尽头,要的手紧紧地覆在他父亲的手上。

溇望着他的手,问:"可是——我有一件事不明白。"

"什么事?"

"神原家的'父亲'以前是要的父亲,原本应该是个普通人,可是他却被吸纳进那个家,被迫担任'父亲'的角色。"

"嗯。"

"这样的话,一切的罪魁祸首又是谁呢?"

从刚刚开始,她就一直很在意这件事。难道说——她心里冒出一个念头,不舒服的冷汗沿着后背滑落下来。

"难道说——神原家的核心人物是那个孩子?"

要曾经说过,如果"父亲"打算来回收的话,应该是冲着那孩子——当时也在病房的那个孩子,次子——神原二子。

稚嫩的面庞,修剪整齐的刘海,毫无瑕疵、清秀的睡脸。

话说回来,她唯独捉摸不透那个孩子,不了解他是个什么样的孩子。她一次都没有见过他睁开眼睛、正常地说话的样子。

倘若如此,岂不是还没有结束吗?寒意立刻裹住她的身体。那之后他怎么样了呢?要的同伴有好好地守着他吗?

"是那个孩子吗?不是'父亲',而是那个孩子在补充缺失的家人吗?他就是让他们做那种事的罪魁祸首吗?"

她在"大事不妙"的念头中抬起头,看到要点了下头。

"哦哦——"他若无其事地说,"不是哦。"

"咦?"

"不是的。那孩子只是四年前被那家人吸纳了而已。刚刚在场的女士中有一位是他真正的母亲。她一直很后悔自己当初太固执,因为儿子小学考试没考好,就将儿子逼得那么紧,给了神原家乘虚而入的机会。刚刚她也紧紧地抱住儿子，哭着向他忏悔：'对不起，妈妈只要你活着，不需要你再做好孩子了。'那个做过神原二子的孩子，真正的名字是宫上大河。"

"那……"

"'核心'或者'罪魁祸首'，根本不存在。"要说。

外面的警笛声骤然间又回到了房间里。此时此刻，有个地方正响着救护车或消防车的声音，还有很多人正处在痛苦中。

"那个家并不存在一个特定的控制所有人的核心人物。没有任何人是'核心'或者'罪魁祸首'，他们是'家人'这件事本身就拥有力量。少一个就补充一个，再少就再补充，仅此而已。这样的事会永远持续下去，他们会以'家'的形式彼此束缚，不存在谁控制谁。硬要说的话，是'家'和'家人'的形式在控制着他们。"

她想起那间完全没有生活气息的公寓。

杂乱、没有生活感的房间，飘荡着霉气、潮气和甜腻的糕点香气。澪完全无法想象他们在那样的环境里作为"家人"聊天或者生活的情景。

鸡皮疙瘩唰地起来了。

她想象了一下那个场景——所有人一回到家，都只是呆呆地在那个名为"家"的箱子里眼神空洞地"待着"，就像花果久久地呆坐在那张床上，像是完成使命般盯着虚空那样。

"所以，必须将一家人同时祛除，否则就无法结束。只要留下任何一个人，他们就会继续补充、组成'家庭'，所以我绝对要阻止他们所有人，不过之前一直都不顺利。"

"你的意思是说，被诅咒的是'神原家'这个容器本身吗？"

要有些惊讶地看了澪一眼。片刻后，他迟疑地点了点头："如果将

## 最终章　家人

那个家做的事用'诅咒'来表达的话，差不多就是这么回事吧。"

"你说过，他们很久以前就已经出现了吧？神原家的成员明明只是东拼西凑起来的，他们却一直作为'家庭'存在。他们并不是出于谁的意志，只是存在而已。是这个意思吗？所有人都是普通人，并不是某个人出于某种目的才那样做的，只是本来如此——"

"是呢，只是本来如此。"

澪按住自己的胸口。她为这种荒谬的事心跳加速、呼吸急促。没有目的，只是本来如此。世界上存在这种散播黑暗、进行黑暗骚扰的人——这样的黑暗家族，祖祖辈辈都在吸纳着与自己同时代的某个人的脾性与特质，不断升级，永无止境。

要深深地点了点头："说是没有任何人的意志，可能并不准确，硬要说的话，是'家的意志'。为了让家这个形式长存，家本身在操控他们这些家人。"

"没有逃离的方法吗？"

不停替换的"家人"，那些家人散播的恶意。在那份恶意之下，人们被逼到绝境、走向死亡。来路不明的恶意与死亡，以"家"为中心蔓延，以人为媒介不断扩张。

要摇了摇头："唯一的方法就是不接触。只要接触一次，就很难全身而退。"

"这样的事情终于结束了吗？"她问。一想到当时自己在场，就感觉自己好像亲眼见证了一件荒诞的事。

源远流长、没有核心、空洞的"家"所产生的黑暗骚扰的源流，今天终于被截断了。所有人都不在了，被诅咒的"家"终于瓦解了吗？

要的脸有些为难地偏了一下，然后点点头。

"嗯。结束了哦。不过，只是'神原家'。"

"只是'神原家'？"

"嗯。"

"你的意思是？"澪瞪大眼睛。就在这时，要的手机突然振动了起来。要对振动做出了反应。他拿起手机，松开父亲的手，神色又变得无比严肃。听着电话里的内容，他的表情越来越僵硬。

"'——家'的事吗？"

他说的是什么"家"的事，由于刚刚受到的冲击，她的耳朵没有听清。

外面的警笛声依然震耳欲聋。

尾声

# 暗被

自从那个女生搬过来，一切都变得不对劲起来。

心里一直躁动不安，我也不知道自己为什么如此关注她。

"听我说，听我说，听我说。是我做错什么了吗？这是她发给我的短信，你帮我看看，绝对是她有问题吧？"

起初我很开心。

我在班里没有称得上好朋友的朋友，○○爽朗、坦诚地找我倾诉恋爱、成绩的话题时，我很高兴她能够向我敞开心扉。而且，我的烦恼她也愿意聆听。

可是，我们之间的话题渐渐地被她的心事占据了。

"那个男生应该喜欢我吧？"

"那个老师应该觉得我特别优秀吧？"

"那个女生对我那么冷淡，绝对是嫉妒我吧？"

"我在班上被孤立，是因为我是平凡人无法理解的特殊存在吧？"

必须附和的电话、信件、LINE，日复一日、日复一日，我好想逃跑，但又无法视而不见。

是啦，大家肯定很羡慕你啦，很不甘心啦，因为○○你——越是像这样盛赞对方，这种事就越是永无止境。

看我，看我，看我。

安慰我。

赞美我。

"听我说听我说听我说——"

我一直以为可以控制。

只要随便夸夸她、附和她几句就没事了。可是为什么呢？重要的逐渐不再是她找我商量的内容本身。

我不再继续夸奖她这件事，在○○那里逐渐变成了最严重的问题。

"为什么不回复我——"

"我还以为你是我的好朋友——"

"我明明对你那么好，你却忘恩负义——"

呜呜呜呜，从说话的间隙直接传来了假哭声。

"呜呜呜呜呜呜呜呜呜呜呜呜呜呜呜呜呜呜呜呜呜呜呜呜呜呜呜呜呜呜呜呜呜呜呜呜呜呜呜呜呜呜呜呜呜呜呜呜呜呜呜呜呜呜呜呜呜呜呜呜——"

"我死给你看。"

"杀人凶手。"

她在电话那头嘟囔了一句。

明明我们既不是正在交往的恋人，也不是好朋友，甚至连朋友都不是。

她心目中最无法原谅的人，却渐渐地变成了我。

❀

自从他来了，一切都变得不对劲起来。

"我是个废物吧。"

"我都保护不了你。"

"说好要保护你的，我却没有做到。"

"我这种人配不上你，你去找个更好的男人吧。"

"可我就是这种人。虽然没有自信，但是不要离开我。"

"我可以为你去死，但是——"

"喂，那种男的到底哪里好？"

"那小子根本不喜欢你。"

这句话之后，他再也没有回复，我不停地等啊等，心想哪怕是暴力性质的内容也没关系，只要回一下就好。可是他一直不回，一直不回，一直不回。

要是他遇到事故了怎么办？他是不是出什么事了？我担心地等着他的回复，然后，收到了这条消息。

"都怪你。"

"都怪你太纵容我，我才会变成废物。"

看到他这么说，我不知该如何是好。被"喜欢"这句话捆绑，一动也动不了。一起变成废物吧，这句话动摇了我的心。

"一起去死吧。"

面前明明没有敌人，也没有障碍，空无一人，他却想从什么东西那里逃离，还邀请我一起。

自从那个老师来了，我们就变得不对劲起来。

我们班不存在霸凌。

会不会是从这样斩钉截铁地下结论的时候开始，老师心里就发生了什么变化呢？实际上排挤同学在我们班是家常便饭，不受待见的同学经常在课堂上被欺负。不过，老师估计不觉得那算是霸凌吧。

可是无论发生什么，老师都会说"我们班不存在霸凌"。

## 尾声

并没有特别的规定，有人却在班里贴出写有"团结"这个班级目标的招贴纸。吃饭的时候也不能分组，必须全班同学一起吃，班里强调"友爱"，无论发生了什么都要表现得若无其事。这个班别说是霸凌了，连吵架都会被无视。有一天，我作为班长被叫到老师的工位，被要求看他的电脑。

电脑桌面上打开了一篇名为《大家的纽带》的文章。

文章跟小说一样，写了混乱的班级是如何拧成一股绳的。老师给我看完以后，"啪"地拍了拍我的肩膀：

"这个故事如何完结，要看你们的表现。我会把它提交给研究会，所以你给我补救一下，让它变成我们班的故事。"

我无言以对，舌头好像被粘住了一样发不出声音。究竟为什么会变成这样——

自从收到那条信息，一切都变了。

"你写的这些内容是关于我的作品吧？真想不到。太可悲了。你知道自己有多伤人吗？"

我有一个专门发表影评的社交账号，不久之前确实隐去影片名，写了一些对某部影片的感想。写感想本来就是自由的，更何况也没有确切的证据表明这条信息来自创作者本人，所以我选择了无视。

结果我开始不停地收到私信，一条又一条，数量庞大到想忽略都不行。

"既然你这么能说，怎么不自己去创作？"

"要是你连自己写的东西会涉及另一个人都想象不到，就不该那样得意扬扬地写评论。"

"我可是为我的小说赌上了性命的。"

看到小说这个词我才意识到，我的影评只是针对电影，是对方误会了。所以我回复对方："不好意思，您弄错了。我列举的那些都是对电影的感想，没有一条是针对小说的。"

可是——"别假惺惺的了。"

"都是狡辩。"

"事到如今，我饶不了你。"

"我在你过去的网站上找到了这张照片哦。可以曝出去吧？"

对方附上了一张我和朋友一起拍的脸部照片。可是这张照片我并没有在账号上发出来。我目瞪口呆，随即对方又发来了私信："家庭住址是△△吧？我要再找找吗？你应该受到惩罚。"

我吓得将对方屏蔽了，结果立刻又收到陌生账号发来的私信："我是刚刚跟你联系的人。你是逃不掉的，请你接受惩罚。"

惩罚究竟是什么？我明明什么都没有做。我为什么会遇到这种事？

从他说出那种话的那天起，一切就都开始了。

我确实隐隐察觉到，一起打工的同事们都觉得店长有些强硬和粗线条。不过大家都不知道自己会在这里做到什么时候，便都抱着一种"算了吧"的心态，觉得没必要多在意，一直把这些话默默地藏在心里。

可是——

"——喂，你们不觉得店长超让人火大吗？"

这句话将大家的默契给挑明了，然后在不知不觉间——

既然已经说出来了,就再也回不到彼此不说的时候了,可是他们也并没有打算做到那个地步——

没想到大家会把店长——

🌀

只要那个学妹在活动室,我就会控制不住自己。

一开始我还以为她是个好女孩,她拥有春风般的笑脸,是魅力四射的社团经理。大家都喜欢上了她,除了我以外的所有人都跃跃欲试,想要看看究竟谁能把她追到手。可是后来听说了那件事,我非常吃惊。听说她不会拒绝任何人的邀请和表白。所以——

不知不觉间,为什么会发生这种事——

🌀

那个男人来了之后,我家就变得不对劲起来。

🌀

那个人——

🌀

——

【黑暗骚扰】
由于精神或心灵处于黑暗状态而产生的，将自己的处境或感受强加于对方、使对方感到不舒服的言行。无论本人是否别有用心，只要使对方感到不舒服、伤自尊或受威胁，即为黑暗骚扰。

【黑暗家族】
散播黑暗者及其集合体。无处不在，包括你的身边。

【暗祓师】
从散播黑暗者身边逃离、祛除他们体内的黑暗，以及以此为业者的总称。

※ 本故事纯属虚构。
与实际存在的任何团体或个人一概无关。
但是，黑暗骚扰或许存在于每个人身边，请务必小心。